AF304295

Michael Trommer, 1958 in Hannover in einen Künstlerhaushalt hinein geboren, lebte bis nach dem BWL-Studium in Aachen. Als Student begann er als Fahrer, Schauspieler, Stadtführer und Kellner im Karneval sein „Sammeln von Erfahrungen" von denen er heute noch zehrt, wenn es um Einblicke ins Leben anderer geht. Zunächst viele Jahre im Marketing als Angestellter unterwegs, machte er sich 1996 selbstständig. Neben seinen Hobbies wie Reisen, Tauchen, Fotografie und Segeln schrieb er jetzt seinen ersten Krimi.

SCHULDIG

EIN KRIMINAL-ROMAN

MICHAEL TROMMER

Für meinen Vater,
der die ersten Seiten gerne gelesen hat
und die letzten leider nicht mehr lesen konnte.

VORWORT

Liebe Leserinnen und Leser,
als ich vier Jahre alt war, dirigierte mein Vater in Aachen die Oper "Hänsel und Gretel" von Humperdinck als Weihnachtsmärchen. Nach der Vorstellung nahm er mich mit hinter die Kulissen und ich lernte die böse Hexe kennen. Ich war begeistert, vor allem von ihrer riesigen krummen Nase voller Pickel, und einem Buckel, den man einfach abnehmen konnte.
Seitdem hat mich das Theater nicht losgelassen. Ich stand ein paar Mal als Statist und Laienschauspieler auch selbst auf der Bühne und vor der Kamera.
Neben Hobbies wie Reisen, Tauchen, Fotografie und Segeln schrieb ich viel auf Social Media, woraufhin einige Freunde tatsächlich meinten, ich solle doch mal „was Richtiges" rausbringen. Das hat die Welt jetzt davon: der erste Krimi ist erschienen – und zwar mit Aachener Lokalkolorit, wo ich jetzt auch wieder wohne. Der Bezug zum Thema Theater ließ sich ebenfalls nicht vermeiden. Ob der Krimi „was Richtiges" ist, müssen andere beurteilen, aber immerhin ist es schonmal ein Buch.
Und mein Kommissar Mehrwald ist nicht durch Zufall Griechenland-Fan...

STADTTHEATER AACHEN, PREMIERE JULIUS CAESAR, 6. SEPTEMBER 1997

Es goss wie aus Eimern. Der für einen Spätsommerabend ungewöhnlich starke Wind trieb den Regen seitwärts. Erste Pfützen bildeten sich auf dem Platz vor dem Aachener Stadttheater. Taxis fuhren vor. Ehemänner ließen ihre in Schale geworfenen Begleiterinnen an den Stufen zum Eingang des Theaters aus dem Wagen steigen und machten sich auf, um einen der letzten halbwegs fußläufig erreichbaren Parkplätze zu ergattern. Niemand warf bei diesem Sauwetter einen Blick auf die von Scheinwerfern angestrahlte weiße, klassizistische Fassade des Gebäudes mit seinen acht ionischen Säulen. Die Besucher freuten sich stattdessen, wenn sie das hell erleuchtete Foyer mit einigermaßen trockener Garderobe erreichten.

Armin Gollertz, der Intendant des Stadttheaters, klein und rundlich, Ende vierzig und grau meliert, stand etwas abseits in einer Nische der Eingangshalle und beobachtete zufrieden das Treiben. Ein dunkler Anzug mit einer nachtblauen Fliege und weißem Hemd gaben ihm einen festlichen Anstrich. Samstagabend, kurz vor halb acht. An der Abendkasse hatte sich eine beachtliche Schlange gebildet. Vorbestellte Karten wurden abgeholt. Anfragen unverbesserlicher Optimisten nach Restkarten mussten – trotz des unübersehbaren orangefarbenen Schilds *Ausverkauft* – von der Kassiererin persönlich verneint werden.

Die Karten waren auch an jedem anderen Premierenabend im Handumdrehen vergriffen, doch an diesem Tag wäre eine Karte an der Abendkasse so wahrscheinlich gewesen wie ein Sechser im Lotto.

Wenn ein Name wie Franz Wolf im Spielplan einer deutschen Bühne auftauchte, sah man hin, das war Gollertz klar gewesen, bevor er ihn in Aachen unter Vertrag nehmen konnte. Kulturbeflissener Theaterbesucher oder Fernsehzuschauer: Wer mochte ihn nicht einmal live gesehen haben! Zwar kam er von der Bühne, damals in den Siebzigerjahren in der DDR, aber erst, nachdem er sich 1984 in den Westen abgesetzt hatte, startete er im Fernsehen durch. Seit Mitte der Achtziger gab es ihn in den unterschiedlichsten Sparten zu sehen: Von der Familienserie im öffentlich-rechtlichen Fernsehen bis zu Neuverfilmungen von Klassikern reichte sein Spektrum. Zurzeit war er als *Tatort*-Kommissar im Gespräch. Und er sorgte auch heute für volle Kassen und Ränge. Die Titelrolle in *Julius Caesar* – das zog. Zurück zu den Wurzeln, so der Tenor dem Intendanten gegenüber und in den zahlreichen Interviews der letzten Wochen.

„Man darf nie vergessen, woher man gekommen ist", hatte Wolf nach der gestrigen Generalprobe den *Aachener Nachrichten* verraten.

Die Zuschauer füllten langsam die Eingangshalle. Stimmengewirr, Schlangen vor den Garderoben, zum Trocknen aufgespannte Regenschirme zwischen den

Mänteln. An der Sektbar kamen erste kleine Gruppen zusammen. Einzelne Personen waren nur selten zu sehen. Gollertz nickte freundlich einigen bekannten Gesichtern zu, die er in der Menge ausmachen konnte. Er kannte sein Theaterpublikum, seien es langjährige Abonnenten oder mehr oder weniger prominente Ortsgrößen. Bei solchen Gelegenheiten zeigte man sich gerne in der Öffentlichkeit, auch weil man sich sicher sein konnte, dass heute nicht nur regionale Presse anwesend war. Um Viertel vor acht tönte das erste elektronisch samtweiche Ding-Dang-Dong, das auf den baldigen Beginn der Vorstellung aufmerksam machte. Armin Gollertz zog sich in seine Intendantenloge im ersten Rang zurück. Ein volles Haus, was konnte er mehr erwarten?

Eine attraktive Dame Anfang vierzig lehnte mit einem Glas Weißwein in der Hand an der Säule neben dem Eingang. Alles an ihr atmete Stil, die blonde, vom Regen zerzauste Kurzhaarfrisur, die ein intelligentes Gesicht mit markanten Zügen umrahmte, das maßgeschneiderte schwarze Kostüm, die knallrote Handtasche unter ihrem Arm und das Ensemble aus Diamanthalskette, passenden Ohrsteckern und Ring. Mittelgroß und schlank war sich Claudia Berning ihrer Wirkung durchaus bewusst. Die Blicke einzelner Herren erwiderte sie nicht. Sie schien auf keinen Begleiter zu warten, und doch strahlte sie trotz ihrer Selbstsicherheit eine gewisse Unruhe aus.

Die meisten Zuschauer hatten inzwischen ihre Sitzplätze im großen Saal und den oberen Rängen eingenommen und studierten das Programmheft. Man grüßte bekannte Gesichter um sich herum, schüttelte

Hände, tauschte die letzten Neuigkeiten aus. Vereinzelt herzliche Umarmungen. Die Spannung stieg.

In den Minuten, bevor sich der Premierenvorhang eines Theaters hob, glich die Welt dahinter einem Bienenschwarm. Bei der Inszenierung eines *Julius Caesar* traf das alte Rom auf moderne Bühnentechnik der Neunzigerjahre. Ein Bühnenarbeiter in grauem Overall drängte sich an fünf alten, weißhaarigen römischen Senatoren in Toga vorbei und ordnete einige umgefallene Amphoren aus Styropor auf der linken Seite der Bühne neu. Ein Beleuchter daneben gab seinem Kollegen auf dem Gerüst in zehn Metern Höhe ein Handzeichen, der daraufhin einen großen Scheinwerfer in letztem Feinschliff um eine knappe Handbreit zur Seite justierte. Jetzt befand sich der Mann unten im vollen Licht, war damit offensichtlich zufrieden, nickte und formte die Finger zu einem Okay. Hinter ihm trugen zwei kräftige junge Männer eine römische Säule auf die Bühne und stellten sie als Letzte einer Reihe ab. Jeder war sich bewusst, dass das Publikum auf der anderen Seite des Vorhangs langsam den Saal füllte. Und auch wenn der dicke rote Stoff anderes vermuten ließ, nicht alle Geräusche zum Zuschauerraum wurden davon geschluckt. Daher war Ruhe angesagt.

Walter Moger, achtundvierzig Jahre alt und leicht ergraut, war Inspizient und Respektsperson in einem. Dazu verhalfen ihm seine stattliche Größe von einem Meter neunundachtzig und der gewichtige Körperbau. Genügte dieses Erscheinungsbild bei Anweisungen nicht, verschaffte er sich mit seiner Bassstimme Gehör. Er war die gedankliche und technische Steuerungszentrale der Vorstellung und ging an seinem Pult neben der Bühne noch einmal die technischen Abläufe durch. Mehrere Reihen von beschrifteten Kipp- und Drehschaltern, ein Mikro, Bildschirme und Schieberegler ließen ihn Vorhänge öffnen und schließen, Lichtwechsel per Scheinwerfer einleiten, Toneinspielungen starten und wechselnde Bühnenbilder mit den dazu passenden Kulissen erscheinen. Die Auftritte der Schauspieler mit den richtigen Requisiten – alles wurde von ihm an seinem Schaltpult persönlich gelenkt oder über Monitore überwacht. So hatte er über verschiedene Kameras die Bühne, den Zuschauerraum mit seinen siebenhundert Sitzplätzen und das Foyer im Blick. Leise gab er in die Garderoben der Schauspieler per Mikro den Ruf „Zehn Minuten bis Vorhang auf. Mitwirkende des ersten Bildes bitte zur Bühne". Rot aufblinkende Signalleuchten leiteten die Info gleichzeitig an die Beleuchter hoch über und die Techniker hinter der Bühne weiter.

Hinter den Kulissen in den Gängen und Künstlergarderoben abseits der Bühne war es deutlich lauter. Die Anspannung und das aufkommende Lampenfieber waren greifbar. Ein Stimmengewirr von Sklaven, Römern, Soldaten und Marktweibern, die nun ihre eigenen Probleme entdeckten. Monologe wurden ein letztes Mal laut und gestenreich deklamiert. Ein stämmiger Gladiator in silberfarbenem Brustharnisch, Helm und Ledersandalen pflügte durch die Menge der umherstehenden Darsteller und suchte sein Schwert.

„Wü kann mmm denn so idiotiff sein, süch aufn Lorbeerkranz zu setzem! Wü sühht'n ds aus!", schimpfte die Kostümbildnerin. Sie kniete mit einigen Stecknadeln im Mund vor einer leicht bekleideten Sklavin und kürzte deren Umhang.

Eine weiße Tür, auf der mit schwarzen Folienbuchstaben *Künstlergarderobe Franz Wolf* geschrieben stand, war geschlossen. Der Star des Abends hatte mit seinem Auftritt Zeit bis zum zweiten Bild, und so musste er sich von der Hektik nicht unnötig anstecken lassen.

Der Gong im Foyer erklang mahnend, die letzten Zuschauer eilten in den Saal. Claudia Berning hatte in der Mitte der achten Parkettreihe Platz genommen. Die Platzanweiserinnen schlossen die Türen. Zwei Minuten später verdunkelte sich das Licht der Kronleuchter langsam.

Daniel Stürner, der Regisseur des *Julius Caesar*, war kein Fan davon, Klassiker in irgendeinen Teil der Neuzeit zu transportieren. Shakespeare durfte Shakespeare sein.

Anders als sein Vorgänger, ein übereifriger Kreativer, der geglaubt hatte, die Szenerie des *Fliegenden Holländers* „zum besseren Verständnis durch Adaption" unbedingt in das einundzwanzigste Jahrhundert transferieren und seine Protagonisten in Raumschiffen und fliegenden Untertassen anstelle von Segelschiffen über eine Bühne voller Planeten rauschen lassen zu müssen.

Er hatte damit im wahrsten Sinne des Wortes Schiffbruch erlitten. Es war seine erste und gleichzeitig letzte Inszenierung an der Aachener Bühne gewesen, was Richard Wagner posthum gefreut haben dürfte.

Die Aachener Presse hatte mit seinem totalen Verriss reagiert: *Beam me up, Wagner!* oder *Holländer flog unterm Radar durch*, so die Headlines der Kritiker.

Kündigungen Dutzender Abonnenten zeugten von einem Publikum, das sich nicht mehr abgeholt fühlte. Um ein eindeutiges Zeichen zu setzen, hatte Gollertz den Vertrag mit sofortiger Wirkung beendet.

Nichts dergleichen würde heute auf die Bühne kommen. Rom blieb das Rom vor der Geburt Christi. Senatoren kamen in Toga, Legionäre in Uniform, und der Blick auf die sieben Hügel der Stadt über das Forum Romanum verleitete den Zuschauer, sich durch liebevoll gemalte Details in den Kulissen vom Geschehen ablenken zu lassen. Der Vorhang öffnete sich. Eine römische Straßenszene wurde sichtbar, und erleichtertes Raunen ging durch den Saal.

Erster Akt, erstes Bild, die Vorstellung lief. Das Lampenfieber aller Schauspieler auf der Bühne war wie weggeblasen. Sobald sie den Scheinwerfer auf sich fühlten und die ersten Worte gesagt waren, war dafür kein Raum mehr. Walter Moger bereitete an seinem Pult den Wechsel zum zweiten Bild vor und rief die Mitwirkenden per Mikro aus ihren Garderoben, obwohl das an diesem Abend nicht nötig war, alle waren äußerst aufmerksam. Drei Bühnenarbeiter hielten sich für einen kurzen Umbau bereit. Brutus, Cassius und andere Herren warteten auf ihren Auftritt. Bei Premieren waren die Abläufe zwischen den Bildern, obwohl zigmal geprobt, immer noch holperig. Mal klemmte ein Ständer beim Aufbau einer Kulisse, mal fehlte ein Obstkorb als Requisite. Erst nach der fünften Vorstellung kam meist so etwas wie Routine auf.

Caesar fehlte. Der hat die Ruhe weg, dachte Moger und schickte einen Arbeiter zur Garderobe. Es wurde Zeit!

Ahmet Aslan, ein junger Hilfsarbeiter, lief, um Franz Wolf zu holen. Er mochte ihn, den er die letzten Monate im Fernsehen und jetzt live, quasi zum Anfassen, auf der Bühne erlebt hatte. Ahmet wollte ebenfalls Schauspieler werden, allerdings hatte ihm sein Vater begreiflich gemacht, dass er davon nicht viel hielt.

„Lern erst mal was Vernünftiges, dann sehen wir weiter."

Und etwas Vernünftiges, das war aus Sicht des Vaters die Mitarbeit im familieneigenen Obst- und Gemüseladen. Mit Mühe hatte Ahmet ihm abringen können, dass er wenigstens abends ab und zu im Theater aushelfen durfte, wenn dort Not am Mann war. So wie an diesem Tag, als zwei Bühnenarbeiter kurzfristig wegen Grippe ausgefallen waren. Ein bisschen Atmosphäre schnuppern, das war ja auch etwas. Und ab und zu lernte er, als Vorbereitung für später, einen berühmten Schauspieler kennen.

Ahmet stand vor der geschlossenen Garderobentür und klopfte dreimal. Drinnen rührte sich nichts.

Er klopfte erneut. „Herr Wolf, es ist Zeit!"

Ahmed hörte keine Antwort, öffnete zaghaft die Tür und sah ins Zimmer.

Er kannte die Garderoben der meisten Schauspieler. Schon öfter war er herbeigerufen worden, um Hilfe zu leisten oder einen Kaffee aus der Kantine zu besorgen. Ungemütliche Räume mit Spiegeln vor den Sitzplätzen und einem Geruch aus Schweiß, Creme und Haarspray in der Luft.

In diesem Zimmer war er nie zuvor gewesen. Es war nicht sonderlich groß, keine zehn Quadratmeter. Der Tür gegenüber neben einem Sessel ein Kleiderständer mit privaten Habseligkeiten von Franz Wolf. Ein abgetragener Ledermantel, ein breitkrempiger Hut und eine Jeans, davor eine Reisetasche aus Leder zum Umhängen, ein zum Trocknen aufgespannter Regenschirm, rechts daneben eine zweite Tür. Es war schummerig. Das einzige Licht rührte von dem beleuchteten Garderobenspiegel, vor dem Caesar in wenig imposanter Haltung saß. Sein Kopf ruhte auf dem Garderobentisch. Er schlief anscheinend. Das durfte doch nicht wahr sein!

„Herr Wolf? – Herr Wolf!"

Keine Reaktion.

Wolfs Arme waren nicht wie bei einem Schlafenden unter dem Kopf verschränkt, sondern hingen rechts und links herab.

Ahmet ging zögerlich auf Wolf zu. Ihm stockte der Atem. Diesem Mann fehlte der halbe Hinterkopf. Er blickte in den offenen Schädel eines Menschen. Jetzt erst fielen ihm die Fetzen von Gewebe, Knochen und Hirnmasse auf, die zusammen mit Blutspritzern überall im Raum verteilt waren.

Caesar war tot. Allerdings zwei Akte zu früh.

STADTTHEATER AACHEN, 6. SEPTEMBER 1997

Als sich Kriminalhauptkommissar Gerd Mehrwald mit der vollen braunen Papiertüte auf den Heimweg machte, fielen die ersten dicken Tropfen. Das fehlte noch, dass ihm alles aus einer durchweichten Tüte auf den Bürgersteig kullerte, dachte er und beschleunigte seine Schritte. Die paar Hundert Meter bis zu seiner Wohnung trabte er in Vorfreude auf das Essen. Mit seinen zweiundfünfzig Jahren war seine Figur nach wie vor sportlich – trotz Bauchansatz, ein Quell steten Missfallens beim morgendlichen Blick in den Spiegel. Auch die Haare zeigten seit Kurzem leichte Ausfallerscheinungen, was ihn ziemlich fuchste. Er war nicht eitel, aber so etwas musste nicht sein! Gerade rechtzeitig vor dem ersten schweren Regenguss öffnete er die Haustür und stieg die ausgetretenen Steinstufen des Treppenhauses hoch in den zweiten Stock des Altbaus auf der Oppenhoffallee, in dem er eine gemütliche Dreizimmerwohnung mit Balkon bewohnte.

Entspannung pur. Und was lenkte besser ab vom täglichen Wahnsinn des Jobs, als in Ruhe zu kochen? Auf der großen Marmorarbeitsplatte seiner Küche baute Mehrwald alles auf, was zum Gelingen eines griechischen Salats beitrug.

Die Tomaten waren das Wichtigste. Keine geruchs- und geschmacklosen holländischen Riesenkugeln vom Discounter, sondern kleinere, feste Exemplare, die einen Geruch zum Anbeißen verströmten. Die frischen Zutaten hatte er bei seinem türkischen Gemüsehändler drei Straßen weiter erstanden. Zwei große Gemüsezwiebeln, eine Schlangengurke, ein Bund glatter Petersilie, grüne Oliven aus Mehmets Theke mit den Plastikschüsseln, in denen sich ebenfalls die in Salzlake eingelegte Scheibe Feta gefunden hatte. Das Olivenöl hatte Mehmet ihm in einer Probeflasche gratis dazugegeben. Es sei gut, hatte er gemeint, und der Kommissar solle ihm morgen sagen, wie er es finde.

Einige Flaschen Retsina hatte Mehrwald als Griechenlandfan sowieso immer im Haus. Der Geschmack war nicht jedermanns Sache, und viele seiner Bekannten hatten schon oft abschätzig über die „geharzte Brühe" hergezogen, doch ihm schmeckte der trockene Tafelwein. Kalt und im Sommer auf dem Balkon passte er einfach. Und wenn es unbedingt ein anderer Wein zum Essen sein sollte, gab es für Gäste genug Alternativen in seinem Weinregal.

Um das Abendessen hellenisch abzurunden, startete er eine CD mit Georges-Moustaki-Liedern. Gerade wollte er sich einen eiskalten Ouzo aus dem Kühlschrank holen, als das Telefon an der Garderobe neben der Wohnungstür klingelte.

Unwillig schloss er die Kühlschranktür, schaute auf seine Armbanduhr und seufzte. Kurz vor halb neun. Wenn um diese Zeit das Telefon ging, war es meistens dienstlich.

„Mehrwald."

„Man verlangt nach uns." Kälbchen war am anderen Ende. „Es gibt einen Toten im Theater. Soll ich dich unterwegs aufsammeln?"

Er besann sich kurz darauf, dass er seinen Dienst-BMW gestern am Polizeipräsidium hatte stehen lassen, weil er mit einem Kollegen noch einen Wein beim Italiener am Bahnhof hatte trinken wollen. Wegen des bevorstehenden Wochenendes waren es nach der exzellenten Saltimbocca eine Flasche Chianti und zwei Grappa geworden.

„Ja bitte. Wo bist du?"

„In fünf Minuten bei dir."

„Okay, ich stehe dann unten."

Erneutes Seufzen. Mehrwalds Blick glitt über die Zutaten. Er packte den Käse in den Kühlschrank, stellte das Bund Petersilie in ein Glas Wasser, riss ein Stück Fladenbrot ab und stellte die Musik aus. Dann schnappte er sich seine Dienstwaffe aus dem Tresor im Dielenschrank und den feuchten Regenmantel vom Haken und zog die Wohnungstür hinter sich zu.

Eleonore Kalb, genannt Kälbchen, war einunddreißig Jahre alt, schlank, blond, ihres Zeichens Kriminaloberkommissarin und der Schwarm aller männlichen Kollegen. Vor einem halben Jahr war sie Mehrwald zugeteilt worden. Kälbchen hörte man immer schon, bevor man sie sah. Sie hatte eine Vorliebe für schnelle Autos und ihre artgerechte Nutzung. Das zeigte sich leider in einer stetig wachsenden Anzahl von Protokollen wegen Geschwindigkeitsüberschreitungen. Oft schaffte sie es, bei den Kollegen, die sie wegen des zu rasanten Fahrstils anhielten, mit Charme zielsicher zur Entschärfung der Lage beizutragen. Augenaufschlag, bereuende Worte. Ausreden wie die in den Presswehen wartende Freundin, deren Mann sich vom Acker gemacht habe – „Der Schuft soll mir unter die Augen kommen!" – oder ähnliche Storys setzte sie gerne ein.

Was die schnellen Autos betraf, so erschien sie öfter privat mit PS-Boliden auf der Bildfläche, die man ihrer Besoldungsstufe bei der Mordkommission absolut nicht zutraute. Irgendwann hatte sie Mehrwald in der Mittagspause an einer Dönerbude erzählt, dass einer ihrer Bekannten einen Gebrauchtwagenhandel betriebe und sie sich öfter mal ein Fahrzeug „zur Probe" leihen dürfte.

So problematisch ihr Verhältnis zu Geschwindigkeitsbegrenzungen, so bewundernswert war allerdings ihre Art, mit Computern umzugehen. Eine Fähigkeit, die sie in Mehrwalds Augen sofort zu einem wertvollen Mitglied der Abteilung machte. Und auch sonst hatte sie sich mit ihrer blitzgescheiten Art bei Verhören und logischem Denken bei ihm beliebt gemacht.

Kaum stand Mehrwald, einen Rest Fladenbrot kauend, bei inzwischen strömendem Regen draußen im Hauseingang, bog ein betagter schwarzer Ford Granada Kombi mit quietschenden Reifen um die Ecke. Der Wagen stoppte mit laufenden Scheibenwischern neben Mehrwald in einer Pfütze. Sie saß in Hosenanzug und Mantel am Lenkrad.

Mehrwald überquerte den Bürgersteig, ließ sich auf den Beifahrersitz fallen und zog schnell die Tür zu. Kälbchen trat das Gaspedal durch, und der Wagen schoss los. Mehrwald staunte, was seine junge Dienstpartnerin dem alten Kasten noch an Lebenskraft entlocken konnte.

„Immerhin – ich habe gehört, dass man Schwarz wohl in den Radarfallen nicht so gut erkennt ...“

„Tatsächlich?“ Sie schien interessiert.

„Vergiss es, das war ein Scherz! Und von was hat man dich weggeholt?“

„Ich hatte Karten reserviert fürs Kino. *Die Brücken am Fluss.* Meryl Streep und Clint Eastwood. Stürmt im Moment alle Charts. Zwei ein viertel Stunden heile Welt zum Mitheulen. Eine Schande.“

„Tja, das ist eben kein Job für Verheiratete von acht bis fünf mit festen Kegelabenden. War dir aber klar, oder? Was wissen wir?“ Ohne Übergang war er mit seinen Gedanken bei ihrem Fall gelandet.

„Ein Mitarbeiter des Theaters rief die Eins-eins-null an, ich glaube, der Pförtner. Man hat einen Schauspieler tot in seiner Garderobe gefunden. Einen Herrn Wolf.“

„Wolf?“

„Kennst du ihn?“

„Wenn es *der* Franz Wolf ist, kennst du ihn sicher auch. Wahrscheinlich eher aus dem Fernsehen, vermute ich. Es sollte heute Abend die Premiere von *Julius Caesar* sein, mit ihm in der Titelrolle. Hatte ich mir eventuell ansehen wollen. Na ja, hätte wohl so oder so nicht geklappt, nicht? Ist die Spusi verständigt?“

Als sie am Theater eintrafen, hatte sich der Platzregen in ein sanftes Nieseln verwandelt. Mehrwald dirigierte seine Partnerin zum Künstlereingang an der linken Seite des Gebäudes. Kälbchen parkte den Wagen halb auf dem Bürgersteig, sie stiegen aus. Einige uniformierte Kollegen vom Wachdienst aus der Kasernenstraße hatten ein rot-weißes Flatterband angebracht und hielten eine Traube von Schaulustigen vom Eingang fern. Ein älterer Mann in Jeans und Jackett unterhielt sich mit einem Polizisten auf den Stufen.

„Ach, Sie sind's", grüßte Polizeiobermeister Lange. Er hielt das Absperrband hoch.

Mehrwald bückte sich mit Kälbchen darunter durch und begrüßte ihn mit einem Nicken.

Schon standen sie im Blitzlicht eines Fotografen, der sich für die ersten Bilder weit zu ihnen hinüberbeugte. „Herr Kommissar, wissen Sie, ob es Mord war?"

Mehrwald drehte sich ungehalten zu dem Journalisten um und raunzte: „Mensch, Winkler! Wenn Sie gestatten, komme ich erst mal an, ja? Schönen Dank auch!" Er ließ den alten Bekannten vom *Nachtjournal* stehen und wandte sich Kälbchen zu. „Weiß der Teufel, welche Buschtrommel den wieder informiert hat ..."

Sie nickte.

„Und wen haben wir da?" Er wandte sich einem weiteren Uniformierten zu, der ihnen daraufhin den Portier vorstellte.

„Herr Podbielski hat die Polizei verständigt", fügte der Mann hinzu.

„Aha. Na, dann lassen Sie uns erst mal reingehen und alles ansehen", sagte Mehrwald. „Lange, ich verlass mich auf Sie, dass hier erst mal keiner raus- und reinkommt, in Ordnung?", bat er den Polizeiobermeister.

Sie gelangten in den Vorraum der Pförtnerloge und trafen auf den sichtbar erregten Intendanten, den Mehrwald bereits bei anderen Anlässen getroffen hatte. Er eilte ihnen entgegen und überfiel sie mit einem Wortschwall und weit ausholenden Gesten.

„Herr Kommissar, das ist eine Tragödie! In meinem Theater solch ein Vorkommnis, schrecklich! Franz Wolf ist ein … war ein Schauspieler von solcher Qualität! Und als Mensch und Kollege ebenfalls wunderbar! Was soll ich sagen? Dann ausgerechnet die Premiere … volles Haus … die Presse … Was mach ich nur mit dem Publikum?" Die Angelegenheit schien ihn zu überfordern.

„Herr Gollertz, eine unangenehme Sache, ohne Zweifel", meinte Mehrwald mitfühlend, „aber lassen Sie meine Partnerin und mich erst einmal zum Ort des Geschehens."

Ein uniformierter Beamter in der Nähe führte sie durch einen langen Gang an offen stehenden Türen und diskutierenden Grüppchen von Schauspielern vorbei bis zur Garderobe von Franz Wolf.

Gollertz war ihnen gefolgt.

„So, ab hier schaffen wir es allein, vielen Dank", sagte Kälbchen. „Wir kommen nachher wieder auf Sie zu."

„Eine Bitte hätte ich noch", meinte der Intendant. „Das Publikum haben wir bislang nicht gehen lassen, weil wir ja nicht wussten …" E zuckte mit den Schultern und sah sie fragend an. „Es sind immerhin über siebenhundert Zuschauer, die langsam ungehalten werden, da sie nicht nach Hause dürfen. Wäre das möglich?"

Kälbchen warf Mehrwald einen Seitenblick zu. „Ja, aber sämtliche Personen auf und hinter der Bühne, Schauspieler, Techniker, Pförtner, die Bedienung in der Kantine, alle halten sich zu unserer Verfügung."

Sichtlich erleichtert trat Gollertz den Rückzug in Richtung Bühne an.

Mehrwald überlegte, ob die Entscheidung richtig war, kam jedoch schnell zu der Überzeugung, dass die Vernehmung einer solchen Masse Menschen nicht zielführend sein konnte und den Polizeiapparat unnötig lange blockieren würde.

„Ah, *bonsoir, Madame!*" Er begrüßte die Rechtsmedizinerin Dr. Henriette Morel, die in einem weißen Ganzkörperanzug mit Kapuze neben dem Stuhl mit dem Toten stand und Kälbchen und ihm zwei Paar Einwegüberzieher für die Schuhe reichte.

„*Bonsoir, Madame et Monsieur le Commissaire!*" Sie nickte ihnen freundlich zu. „Und wiedär wurde 'ier ein 'eller Stern vom Firmament der Kunst gewischt", meinte sie in französischem Akzent mit Blick auf den Toten bedauernd.

Dr. Morel, Anfang sechzig, Französin aus Leidenschaft, war eine der längsten Begleiterinnen von Mehrwald in seiner bisherigen Polizeikarriere. Ab dem ersten Tag arbeitete sie bei jedem Fall eng mit Mehrwald zusammen. Mit den Jahren war eine Freundschaft entstanden, bei der es trotz aller gemeinsamen Kochabende mit Coq au vin und Creme brûlée nach wie vor beim „Sie" und der Anrede mit dem Vornamen geblieben war.

Mehrwald trat auf die andere Seite des Stuhls und schaute sich um. Er hatte in seiner Schulzeit manchmal als Statist gearbeitet, um sein Taschengeld aufzubessern. Daher kannte er Garderoben als Räume, die im leeren Zustand keinen Charme versprühten, dazu waren sie zu nüchtern. Und gerade stellte er fest, dass sich seit damals nichts daran geändert hatte. Sie bekamen nur zeitweise einen persönlichen Touch, solange die

Schauspieler oder Sänger sie nutzten und einige ihrer persönlichen Dinge verteilten. Den Rest der Zeit herrschte zweckdienliche Pflegeleichtigkeit, wovon der fleckige und abgenutzte dunkelgraue Teppichboden zeugte. Ein weißer Resopaltisch mit einer Schublade stand vor einem großen, mit mattierten Glühbirnen versehenen Spiegel, in den man nur blicken konnte, wenn man auf dem Plastikstuhl davorsaß. Bis hierher war das die Grundversion einer Garderobe. Wolf als Hauptdarsteller hatte die Luxusvariante: Rechts neben dem Garderobentisch ging es durch eine Tür in ein eigenes Bad mit Toilette, Dusche und einem Waschbecken. Ansonsten gab es dort einen braunen Sessel mit einem abgewetzten Cordbezug, einen Garderobenständer mit ein paar Kleidungsstücken, ein Paar schwarzer Halbschuhe, davor aufgespannt ein noch feuchter Regenschirm mit einem Werbeaufdruck der *Stadtsparkasse Aachen*. Gleichmäßig verteilt auf allen Gegenständen, der Wand und dem Fußboden erkannte Mehrwald mehr oder weniger große Flecken aus Blut, Hautgewebe und Fleischfetzen. Ein unschönes Bild, besonders auf leeren Magen.

Ein seltsames Gefühl beschlich Mehrwald. Einen bekannten Schauspieler persönlich zu treffen, war eine Sache. Hier jedoch war Wolf beziehungsweise das, was von ihm übrig war, dazu als Caesar zurechtgemacht und ohne Zweifel mausetot. Quasi eine Doppelrolle. Die Augen waren weit geöffnet, ein entsetzter Ausdruck lag darin. Der komplette hintere Teil des Schädels hatte sich durch die Wucht des Schusses, der ihn von vorne getroffen haben musste, hinter ihm im Raum verteilt und diese Riesensauerei hinterlassen.

Wolf trug eine knielange weiße Toga, die von einem breiten Lederriemen um die Taille zusammengehalten wurde. Eine Schlaufe des Gewands lag über der linken Schulter, die rechte war, wie beide Arme, nackt. Alle sichtbaren Hautpartien – Gesicht, Arme, Beine und Oberkörper – hatte die Maskenbildnerin mit einem leicht dunklen Farbton abgepudert, damit Caesar als Römer im grellen Scheinwerferlicht nicht allzu kalkweiß auftreten musste. An den Füßen entdeckte Mehrwald zwei schwarzbraune Ledersandalen.

Rechts neben dem Kopf des Toten auf dem Schreibtisch lag ein blauer DIN-A4-Schnellhefter. Das Textbuch für seine Rolle mit ein paar handschriftlich markierten Passagen auf der aufgeschlagenen Seite. Mehrwald meinte, die Zeile *Auch du, mein Sohn, Brutus?* entdeckt zu haben. Zur Linken ein benutztes Glas mit einer kleinen, halb geleerten Flasche Mineralwasser, daneben eine Uhr mit einem dicken schwarzen Lederarmband. Eine der teuren Marken mit einigen Tausend D-Mark Neupreis.

„Und, Henriette?", fragte Mehrwald Dr. Morel. „Können Sie schon etwas Näheres sagen?"

„*Mais oui!* Isch kann sagen, es war diesmal nischt der Brutus mit dem Messer."

Sie nahm Wolfs Kopf in die behandschuhten Hände und hob ihn etwas an, sodass Mehrwald das Gesicht von vorne sehen konnte. An der Stirn entdeckte er ein Einschussloch.

„Man wird vielleischt mehr erkennen, wenn isch ihn auf dem Tisch 'abe."

„Das muss aber mächtig geknallt haben", dachte Mehrwald laut. „Vielleicht ein Schalldämpfer?"

Kälbchen kam dazu. „Selbst dann muss etwas zu hören gewesen sein. Dass es nur ein hartes Plopp gibt, wenn jemand mit Schalldämpfer schießt, das Märchen können wir getrost vergessen."

„Nun, die Tür war geschlossen, und draußen auf dem Gang war ein ziemlich hoher Geräuschpegel, könnte ich mir vorstellen. Mit etwas Glück hat man nicht beachtet, dass es einen lauten Schlag gegeben hat", erwiderte Mehrwald. „Den Todeszeitpunkt können wir wahrscheinlich genau eingrenzen, nicht, Henriette?"

„*Oui*, isch tippe auf Viertel vor acht, plus minus ein' Viertelstunde."

Mehrwald wandte sich ab. „Hol doch bitte mal die Person, die den Toten gefunden hat, Eleonore." Er trat mit einem „'n Abend" durch die Tür um die Ecke ins Bad. Dabei stolperte er beinahe über einen aufgeklappten Aluminiumkoffer. „Bernd, alter Fährtensucher, bist du auch schon da?"

„Hm, hm." Eine sonore Stimme kam vom Badezimmerfenster.

Bernd Jäger von der Spurensicherung kniete davor und bearbeitete den Drehgriff mit einem Pinsel.

„Was Interessantes gefunden?"

Jäger wog den Kopf hin und her. „Der Mörder hat mit Sicherheit Handschuhe getragen. Und du kannst davon ausgehen, dass er da raus ist." Er deutete mit dem Kinn auf das halb geöffnete Fenster und anschließend auf den Toilettendeckel. „Er hat sich wahrscheinlich auf den Deckel gestellt, um besser rausklettern zu können."

Auf dem weißen Deckel zeichneten sich Abdrücke von feuchten Schuhsohlen ab.

„Und solche ähnlichen Abdrücke haben wir hier noch mal." Jäger ging zur Dusche, schob den Vorhang zur Seite und sah in die Duschtasse. „Vermutlich derselbe."

„Was treibt einen Mörder in die Dusche?", fragte sich Mehrwald selbst. Er schüttelte den Kopf und beugte sich durchs Fenster.

Es zeigte auf einen schummrigen Innenhof, von dem aus man durch eine überdachte Einfahrt auf die Straße gelangte. Im Hof gestapelte Bierkästen mit leeren Flaschen und fahrbare Müllcontainer. Die Kantine musste dort ihren Lieferanteneingang haben. Vom Fenstersims konnte man sicher leicht springen, da das Bad im Hochparterre war und unter dem Fenster außer einem Container nur Betonplatten lagen. Keine zwei Meter Höhe – das war selbst für einen Ungeübten durchaus zu schaffen.

„Reingekommen ist er da nicht, denke ich. Er muss also die Tür genommen haben", sinnierte Mehrwald laut.

„Es sei denn, er hätte sich solch einen Blechcontainer unter das offene Fenster geschoben", erwiderte Jäger. „Das prüfen wir noch."

„Sieh bitte zu, dass wir morgen die persönlichen Sachen von Wolf aus der Garderobe im Präsidium zur Verfügung haben. Hast du die Kugel gefunden?"

„Jou", antwortete Jäger, „komm mal mit." Er erhob sich und ging in die Garderobe. „Hier muss der Täter gewesen sein, als er geschossen hat. Stell dir vor, Wolf hat aufrecht mit Blick zum Spiegel gesessen. Der Schuss hat ihn direkt von vorne aus diesem Winkel getroffen." Er stand nun im Türrahmen des Badezimmers und hielt den Arm auf Höhe von Wolfs Kopf, bevor der

Mörder ihn getötet hatte. „Wenn du den Schusswinkel verlängerst, landest du genau da hinten in der Fußleiste." Er deutete auf das andere Ende des Raums knapp vier Meter entfernt.

Mehrwald nickte stumm.

„Und da haben wir auch die Kugel gefunden." Aus seinem Alukoffer zog Jäger einen Beweismittelbeutel mit einem Metallstück.

„Gab es eine Patronenhülse dazu?"

Jäger zeigte unter den Schminktisch. „Die lag da. Wahrscheinlich war der Täter in Panik und wollte schnell verschwinden. Sonst hätte er sie mitgenommen. Alles Weitere dann morgen, aber es ist eine Neunmillimeter."

Kälbchen erschien mit einem jungen Mann von ungefähr siebzehn Jahren in einem grauen Arbeitskittel und Turnschuhen an der Tür. „Das ist Ahmet, Ahmet Aslan. Er hat den Toten entdeckt."

Mehrwald schob sie durch die Garderobe hindurch auf den Gang hinaus. Ein Polizeifotograf war dabei, Schilder mit Nummern aufzustellen und unterschiedliche Ansichten des Tatorts aufzunehmen.

„Ahmet Aslan ... Ahmet, ich kenne dich. Sag mir doch bitte, woher."

Ahmet nickte. „Sie kaufen manchmal bei uns ein, Herr Kommissar."

Mehrwald tippte sich an die Stirn. „Natürlich, dein Vater hat den Lebensmittelladen bei mir um die Ecke! Was machst du dann hier?"

Der Junge war verstört. Der Anblick der Leiche hatte ihm zugesetzt. Andererseits freute er sich offensichtlich, helfen zu können. „Ich will Schauspieler werden und darf manchmal im Theater arbeiten, wenn Mann in Not ist."

Mehrwald konnte sich ein Lächeln nicht verkneifen. „Soso, wenn Not am Mann ist. War das an diesem Abend so?"

„Ja, zwei Bühnenarbeiter sind krank, und weil heute Premiere war, hat Vater mir erlaubt zu helfen."

„Dann erzähl uns jetzt bitte ausführlich, wann und wie du den Toten gefunden hast. Versuch, dich an Details zu erinnern. Lass nichts aus, es könnte alles wichtig sein."

Ahmet nickte erneut. „Es war kurz vor dem Beginn des zweiten Bilds. Alle Schauspieler waren schon vorne in der Bühnengasse und haben gewartet – alle, bis auf Franz Wolf. Da meinte Herr Moger, ich solle schnell laufen und ihn aus der Garderobe holen, und ..."

Mehrwald unterbrach ihn. „Herr Moger? Das ist wer?"

„Der Inspizient. Ich bin sofort los und habe an die Tür geklopft."

„Sie war also geschlossen?", hakte Mehrwald nach.

„Ja."

„Und was ist dann passiert?"

„Gar nichts, ich habe erneut geklopft und gerufen. Als sich immer noch nichts getan hat, habe ich die Tür aufgemacht und bin hinein. Und da habe ich Herrn Wolf tot daliegen gesehen."

„Hast du irgendetwas angefasst?"

Ahmet schüttelte heftig den Kopf. „Nein, gar nichts."

„Ist dir sonst etwas aufgefallen? Gab es vielleicht Geräusche, oder waren Personen auf dem Gang, die du nicht kanntest?"

Wieder Kopfschütteln.

„Und weiter?"

„Ich bin schnell zurück zu Herrn Moger und hab ihm Bescheid gesagt."

„Danke dir, Ahmet. Du hast uns sehr geholfen. Wenn dir noch was einfällt, ruf uns bitte unter der Nummer an." Mehrwald zog eine Visitenkarte aus der Manteltasche und reichte sie dem Jungen. „Du kannst gehen – und grüß deinen Vater von mir."

Ahmet verschwand.

„So, sprechen wir mal mit dem Inspizienten", entschied Mehrwald. „Ich schlage vor, wir nehmen uns eine der freien Garderoben. Alle Personen, die mit Franz Wolf direkten Kontakt hatten. Ich vermute, die Maskenbildnerin, die Requisite möglicherweise, dann – dringend – der Pförtner, eventuell andere Kollegen und so weiter. Und lass vom Intendanten bitte eine vollständige Liste aller Mitwirkenden des Stücks und Beschäftigten des Theaters zusammenstellen, die heute Abend anwesend waren."

Kälbchen nickte und wollte gerade zur Tür hinaus, als sie mit dem Inspizienten zusammenstieß. „Herr Moger? Das trifft sich gut. Kommen Sie, Sie unterhalten sich mit dem Kriminalhauptkommissar nebenan."

Während zwei Mitarbeiter eines Bestattungsinstituts eintrafen und den Toten in einen Leichensack packten, gingen sie hinaus und fanden eine freie Garderobe eine Tür weiter. Mehrwald nahm auf dem Stuhl vor dem Spiegel Platz, zog ein Notizbuch aus der Manteltasche, schlug es auf und nahm einen weiß-blau gestreiften Werbekuli in die Hand.

ταβέρνα με τον Κώστα stand darauf. Eine Erinnerung an seine Besuche bei Kostas, dem Besitzer einer griechischen Taverne am Strand von Thessaloniki. Bei seinen zahlreichen Griechenlandaufenthalten war der Besuch dieses Restaurants immer der Urlaubsauftakt, sobald er aus dem Flieger stieg. Kostas' Gigantes als Vorspeise waren unübertroffen: dicke Saubohnen in einer würzigen Tomatensauce, überbacken und mit Oregano bestreut. Den Stift hatte Kostas ihm nach seinem letzten Abendessen dort mitgegeben. Seitdem führte der ein dienstliches Leben als ständige Erinnerung, dass es etwas anderes neben dem Job gab.

Er seufzte leise, als er den Stift in die Hand nahm, und hörte seinen Magen knurren. Kein Wunder, er hatte seit dem Morgen nichts Vernünftiges gegessen. Moger bot er den Sessel gegenüber an, den der Inspizient komplett füllte und Mehrwald um einige Zentimeter überragte.

„Herr Moger, ich bin Kriminalhauptkommissar Mehrwald, Kripo Aachen. Meine Partnerin, Kriminaloberkommisssarin Kalb, haben Sie ja bereits kennengelernt. Sie sind der Inspizient des Hauses, richtig?"

Sein Gegenüber nickte.

„Eine kurze Aufführung heute", begann Mehrwald. Moger wirkte auf ihn wie eine Respektsperson. Im Theaterbetrieb tat man gewiss besser daran, sich gut mit ihm zu stellen.

„Ein Abend, wie man ihn sich nicht jeden Tag wünscht, wenn man sein Haus voll haben möchte." Seine Bassstimme dröhnte durch die Garderobe. „Ich bin zwar schon über fünfundzwanzig Jahre am Theater, aber so was …" Sein Kopfschütteln beendete den Satz.

„Herr Moger, wenn mich meine sparsamen Kenntnisse vom Theaterbetrieb nicht im Stich lassen, sind Sie so etwas wie die gute technische Seele der Vorstellung."

Moger nickte. „Und wenn man den Job nicht nur als Pflicht sieht, ist man mehr als das." Er machte es sich in seinem Sessel bequem.

Mehrwald hatte das Gefühl, dass der Mann zu einem Monolog ausholen würde.

„,Technische Seele' trifft's gut. Schauen Sie, die Vorstellung vom ersten Pausengong bis zum Schlussvorhang kann nur perfekt funktionieren, wenn bei einem alle Fäden zusammenlaufen, die auch nur im Entferntesten mit Zeitplanung und dem richtigen Hintereinander von Licht, Auftritten, Abgängen und Hintergrundtechnik zu tun haben. Ich verfolge das Stück auf dem Papier und passe an meinem Pult auf, dass die richtigen Schauspieler rechtzeitig aus den Garderoben kommen und nicht die falschen auf der Bühne stehen oder das Licht im Saal noch an ist und der Vorhang bereits aufgeht. Und wenn's in irgendeinem Stück knallt und zischt, können Sie sich sicher sein, dass ich den Knopf gedrückt habe. Hängt die falsche Kulisse von oben runter, kommt man zu mir. Und bei Alarm oder Feuer schließe ich den eisernen Vorhang." Von sich selbst angetan lehnte sich Moger zurück. Der Sessel quietschte.

„Durch diese enge Zusammenarbeit mit den festen Mitarbeitern und der Besetzung für das Stück werden Sie auch ein Seelentröster, Beichtvater und Problemlöser in einem sein, oder?", fragte Mehrwald.

„So ist es, ob es in der Beziehung nicht klappt oder die Schulden drücken, der eine nicht mit dem anderen kann oder einer gerne mal einen über den Durst trinkt, all das erfahre ich – ob ich will oder nicht."

„Und wie war das, als Sie Ahmet geschickt haben, um Herrn Wolf zu holen? Was passierte danach?"

„Erst einmal habe ich mich gewundert, dass der Wolf so lange auf sich warten ließ. Er hatte ja seinen Auftritt direkt zu Beginn des zweiten Bilds, und da ist man, erst recht bei einer Premiere und dann als Hauptdarsteller, in der Bühnengasse. Aber es waren nur noch zwei Minuten, ich hatte schon durchs Mikro alle an die Bühne gerufen, und er war nicht da."

Mehrwald nickte, sah hinter Moger aus dem Fenster in den Abendhimmel und stellte fest, dass es mittlerweile dunkel war. „Können Sie mir möglichst genau sagen, wie spät es da gewesen ist?"

„Nun, wir haben ein paar Minuten später mit dem Stück begonnen", überlegte der Inspizient laut, „weil die Zuschauer länger gebraucht haben, ihre Plätze einzunehmen. Das kommt öfter mal vor. Wissen Sie, es ist immer sehr unwillkommen, wenn in den ersten Minuten nach Spielbeginn die Saaltüren aufgehen, um ein paar Nachzügler einzulassen. Sonst fängt das Geschiebe und Gerutsche in den Reihen an, und das stört, auch auf der Bühne, obwohl man von da wegen der Scheinwerfer nur die ersten beiden Reihen sehen kann. Es war fünf nach, denke ich, als der Vorhang aufgegangen ist. Das erste Bild ist ziemlich kurz. Bis Flavius von der Bühne abgeht, sind es zwei bis drei Minuten. Ich habe sofort nach Beginn des Stücks nach Wolf geschickt."

„Es muss also sechs, sieben Minuten nach acht gewesen sein, richtig?"

Moger nickte.

Mehrwald machte sich eine Notiz. „Und wie ging es mit Ahmet weiter?"

„Der lief los, und nichts passierte. Nun habe ich da vorne an meinem Pult neben der Bühne nicht allzu viele Möglichkeiten, ein Stück zu unterbrechen, wenn etwas nicht klappt. Natürlich gibt es zwischen dem ersten und zweiten Bild den Vorhang, das Umbauen der Requisiten und Einrichten der Scheinwerfer dauert jedoch an der Stelle nicht länger als ein bis zwei Minuten. Dann muss es weitergehen. Als alles fertig war, ist der Junge zurückgestürmt und hat gerufen: ‚Herr Moger, der Herr Wolf ist – tot!' Ich habe zuerst gedacht, da macht einer einen schlechten Scherz, doch das käseweiße Gesicht von dem Jungen hat mich schnell überzeugt. Ich habe den Vorhang zu gelassen und bin in Wolfs Garderobe, um nachzusehen."

„Sie waren beim Toten im Zimmer?", fragte Mehrwald schnell.

„Ja, Herr Kommissar, allerdings in größter Eile, wie Sie sich denken können, es musste ja irgendwas mit dem Stück passieren. Ich habe nur kurz nachgesehen, ob er wirklich tot ist. Ein grässliches Bild, muss ich sagen. Ich bin sofort zurück an meinen Platz, um den Intendanten zu rufen."

„Wie ging es weiter?"

„Herr Gollertz kam mir auf dem Gang entgegengelaufen, weil er das von Wolf gehört hatte, sah völlig aufgelöst in dessen Garderobe und meinte, ich solle den Vorhang geschlossen lassen, er wolle sofort auf die Bühne und ein paar Worte sagen. Anschließend hat er jemanden zum Pförtner geschickt, der müsse die Polizei verständigen, und wir sind beide wieder auf die Bühne. Vorher hat er die Garderobe abgeschlossen."

Mehrwald überlegte und notierte sich ein paar Stichworte. „Herr Moger, hatten Sie heute im Verlauf des Abends vor der Vorstellung Kontakt mit Herrn Wolf? Ich meine, direkten Kontakt, nicht übers Mikrofon."

Kopfschütteln. „Nein, auf der Bühne war er vorher nicht, und der Trakt mit den Garderoben ist nicht mein Arbeitsbereich. Obwohl ich da durchgehe, wenn ich beim Pförtner abends reinkomme, geht ja kaum anders. Aber ich war seit ungefähr halb drei im Theater, weil ich die Videokameras überprüfen wollte, und da ist in den Garderoben meist noch nichts los. Und wenn ich mich recht erinnere, war Wolfs Tür zu."

„Es gibt Kameras?" Mehrwald blickte erstaunt auf. „Wo sind die?"

„Ich habe drei Kameras laufen, wenn Vorstellung ist. Eine für die Bühne, eine vorne im Foyer und eine im Zuschauerraum."

„Sind die im Theater Standard? Darauf habe ich nie geachtet." Mehrwald dachte, dass er sich erst einmal mit Technik und Räumlichkeiten des Theaters vertraut machen musste, bevor er sinnvoll weitersuchen konnte.

„Nun, sie sind keine Pflicht, doch es kann helfen, sie zu haben. Es gibt sie noch nicht lange, ungefähr vier oder fünf Jahre. Eigentlich hat es damit angefangen, dass ein Regisseur vom Berliner Ensemble einmal *Die Weber* inszeniert hat."

Mehrwald sah sich einen Moment lang wieder selbst auf der Schulbank sitzen. „Dürrenmatt?"

„Genau. Er war es aus Berlin gewohnt, dass man die Proben auf Video ansehen konnte, zum Beispiel, wenn es um Stellproben ging. Das vereinfacht vieles, wenn sich alle Mitwirkenden hinterher von außen sehen können. Und da der Intendant länger von mehr Technik geträumt hatte, hat er seinen Neffen, der am Hansemannplatz einen Elektroladen führt, die Kameras einbauen lassen. Seitdem läuft ein Videoband der Bühne mit. Und die anderen beiden Kameras erleichtern mir die Arbeit, da ich sehen kann, wie es mit dem Einlass der Zuschauer im Foyer und im Saal aussieht. Das Band läuft da nur aus Versicherungsgründen mit, falls mal etwas passiert."

„Dann stellen Sie uns bitte die Bänder vom Abend zur Verfügung", bat Mehrwald und machte sich eine weitere Notiz. „Ein letzter Punkt, Herr Moger: Welchen Eindruck hatten Sie von Franz Wolf als Mensch? Was für ein Typ war er? War er im Ensemble beliebt? Hatte er irgendwelche Feinde?"

Moger dachte nach. „Also, über ihn als Schauspieler kann ich nur Gutes berichten. Was er auf der Bühne ablieferte, war gekonnt, das muss ich sagen. Man merkt, ob jemand nur Filme gedreht oder auf der Bühne gelernt hat – und bei Wolf besonders."

Mehrwald blickte in fragend an.

„Schauen Sie, ein Filmschauspieler arbeitet mehr für den Moment und immer nur für die Kamera. Das heißt, er lernt gerade mal den Text, der für den nächsten Drehtag wichtig ist, danach kann er alles wieder vergessen. Hat jemand dagegen auf der Bühne gelernt, ist er es gewohnt, den Text seiner Rolle parat zu haben – jeden Abend, über Wochen hinweg. Das kann bei einem Klassiker schon mal ziemlich viel sein, bisweilen sogar in einer Fremdsprache. Und er muss lernen, einen Raum zu füllen! Das heißt, er steht auf der Bühne, manchmal allein, und das Publikum spürt seine Präsenz bis in den zweiten Rang ganz oben. So einer war Wolf: Der kam, sah und siegte. Doch bei ihm war es extrem, neben ihm war für viele Kollegen auf der Bühne kein Platz mehr. Er hat sie einfach an die Wand gespielt, sobald er auftrat. Eine richtige Rampensau konnte er sein."

„Dann war er nicht sonderlich beliebt? Gab es welche, die ihm Böses wollten?"

„Nein, so weit würde ich nicht gehen. Es gab sicher den ein oder anderen, der ihm nach solchen Auftritten die Pest an den Hals gewünscht hat. Aber umbringen – nein! Er war ja auf der anderen Seite kontaktfreudig, sehr unterhaltsam bei Feiern oder im kleinen Kreis. Da kam er schnell auf einer menschlichen Ebene daher und erzählte einem die privatesten Dinge über sich, aus alten DDR-Zeiten und von Frauen."

„Hatte er eine feste Beziehung?"

„Zurzeit glaube ich nicht. Das ist ... das war in seinem Fall auch nicht so einfach, jemanden zu finden, der dieses Leben mitmacht. Die Frau muss noch geboren werden. Wochenlange Drehs irgendwo im In- und Ausland, dann ein paar Monate Bühne an einem Ort, eventuell beides parallel. Diese Feiern, die ständige Präsenz in der Presse, irgendwelche Beziehungsgeschichten in der Yellow Press, nein danke. Und wenn man so aussieht wie er, schreckt das die Frauen nicht unbedingt ab. Ein

Kerl wie Siegfried, sagen wir mal, dazu intelligent und wohlhabend, das zieht viele an. Soweit ich weiß, gab es da allerdings eine Beziehung, die länger gehalten hat. Das hat er mir mal erzählt, eine Claudia, glaube ich. Das ist irgendwann Mitte des Jahres mit einem großen Knall zu Ende gegangen. Nicht unbedingt sauber, hatte ich den Eindruck, aber mehr weiß ich nicht."

„Hatte Franz Wolf Familie?"

„Ja, eine Schwester irgendwo im Osten, wo er herkommt, in Mecklenburg oder Magdeburg, glaube ich. Es klang jedoch nicht danach, als hätte da vorher ein intensiver Kontakt bestanden. Die Eltern sind in den Siebzigern bei einem Autounfall ums Leben gekommen. Kinder hatte er keine."

Mehrwald klappte seinen Notizblock zu und erhob sich. „Ich danke Ihnen, Herr Moger, jetzt bin ich schon ein wenig weiter. Wenn Sie meiner Partnerin nachher bitte noch die Bänder zum Auswerten geben könnten." Er begleitete ihn zur Tür.

Kälbchen stand mit dem Intendanten zusammen auf dem Gang und unterhielt sich.

„Nun, was gibt's bei dir Neues?", wollte Mehrwald wissen.

„Sofort", meinte Kälbchen. „Herr Gollertz und ich sind fertig. Die Liste aller Beteiligten am Stück erhalten wir morgen aus dem Büro. Die Maskenbildnerin wartet dort hinten auf uns."

BRANDENBURG, DEUTSCHE DEMOKRATISCHE REPUBLIK, 17. AUGUST 1983

Nachdem Günther ihm die Einzelheiten erklärt hatte, dachte Jürgen, die Zeit sei denkbar schlecht gewählt. Es war einfach zu lange hell im August. Zu viele Autos, die schwer einzuschätzen waren. Warum nicht im November? Da hätte man ab fünf Uhr nachmittags die nötige Dunkelheit und weniger Risiko. Es ginge nicht anders, hatte Günther gemeint. Zu viele Einzelheiten wollte er ihm nicht mitteilen, das sei nur gefährlich für alle – falls es missglücke.

„Aber es geht nicht schief", hatte Günther und ergänzt ihm zugezwinkert. „Wir machen es ja nicht zum ersten Mal." Das hatte Jürgen irgendwie beruhigt.

Die Sonne stand bereits tief, trotzdem schwitzte er selbst hier im Schatten zwischen den Bäumen. Er spürte die Schwitzflecke unter den Achseln, die lange Autofahrt hatte ihm auch einen nassen Rücken beschert. Es war ein heißer Hochsommertag gewesen, die Hitze würde wohl über Nacht andauern. Er sah auf seine *Ruhla*. Gleich acht Uhr – noch eine halbe Stunde. Gleich ist die *Aktuelle Kamera* zu Ende. Er musste über sich selbst lachen. In dieser Situation an so etwas zu denken, trotz der Spannung, die er in sich aufsteigen fühlte.

Die abendlichen Propagandameldungen würde er nicht vermissen. All die Erfolgsmeldungen von übererfüllten Fünfjahresplänen und strahlenden Errungenschaften der sozialistischen Wertegemeinschaft. Dass es im Dachstuhl dieser Gemeinschaft mächtig knirschte, wurde geflissentlich verschwiegen. Stattdessen erschien Erich nach wie vor mit strenger Brille und weißem Haar jeden Abend auf dem Bildschirm zur Einweihung des soundsovielten Plattenbaus in Leipzig oder zum Start der Druckerproduktion des VEB Büromaschinenwerks *Ernst Thälmann* in Sömmerda. Nur wenn man Schlagsahne für die Geburtstagstorte oder eine neue Zylinderkopfdichtung für den Trabi brauchte, war man Selbstversorger. Erst im Tausch gegen eine Rolle Dachpappe oder zwei Kilo Johannisbeeren aus dem Kleingarten wurde man fündig. Solange es an solchen Artikeln fehlte, war dies zu verschmerzen. Wenn es jedoch bei lebenswichtigen Medikamenten eng wurde, wie etwa bei der Versorgung seiner Diabetespatienten mit Insulin, brachte das enorme Probleme mit sich, nicht nur bei Jürgen in der Poliklinik, auch im übrigen Brandenburg und der Deutschen Demokratischen Republik. Und das hatte er mit seinen sechsundvierzig Jahren und über zwanzigjähriger Tätigkeit als Arzt häufig erlebt.

Am Nachmittag hatte ihn das „Zubringerfahrzeug", wie Günther es genannt hatte, pünktlich um drei Uhr in Magdeburg am Botanischen Garten abgeholt. Es war ein dunkelblauer Opel Rekord mit Westberliner Kennzeichen, der ein Tagesvisum in den Osten hatte und ihn zur Übergabestelle bei Karstädt bringen sollte.

Die Stelle an der Fernverkehrsstraße 5 von Berlin nach Hamburg hatten Günthers Leute nicht umsonst gewählt. Alle anderen Transitstrecken, speziell die von Berlin über Helmstedt, die bei ihm an der Haustür vorbeiführte, wurden streng überwacht. Fahrzeuge mit Westkennzeichen, die durch die DDR fuhren, erhielten an den Grenzstationen bei der Einreise ein Durchgangsvisum mit Tag und Uhrzeit. Die voraussichtlichen Fahrtzeiten bis zur Grenzstation der Ausreise waren bekannt, größere Abweichungen wurden nicht gerne gesehen. Sämtliche Mitropa-Raststätten und Parkplätze waren mit Kameras bestückt, und patrouillierende Grenzsoldaten sowie die Staatssicherheit in Zivil beobachteten ausnahmslos alle aussteigenden Personen, ob sie Kontakt zu DDR-Bürgern aufnahmen. Ein einfaches Gespräch zwischen Westlern und Einheimischen oder gar ein Austausch von Gegenständen wie Zigaretten, Zeitungen oder Ähnlichem waren strikt untersagt.

Die Fernverkehrsstraße 5 bildete eine Ausnahme. Sie war – obwohl sie ebenfalls als Transitstrecke diente – noch nicht zur Autobahn umgebaut, sondern führte als Landstraße durch Städte und kleine Dörfer. Zwar wurde sie nicht von Kameras überwacht, die DDR-Führung hatte jedoch darauf gedrungen, diesen Mangel durch verstärkte personelle Überwachung durch die Grenzpolizei auszugleichen. Ein frommer Wunsch, der allerdings auf Schwierigkeiten stieß. Zum einen gab es Engpässe im Personal. Eine Streckenlänge von über zweihundert Kilometern ließ sich mit den gegebenen

Mannstärken nicht rund um die Uhr überwachen. Zum anderen kam die teilweise unübersichtliche Streckenführung durch Wälder, Dörfer und lange Ebenen hinzu, besonders in Brandenburg.

Doch eine Änderung war in greifbarer Nähe: Seit einigen Jahren baute die DDR an der Autobahn A24, die diese Strecke ersetzen würde. Ein großzügiges Entgegenkommen aus dem BRD-Staatshaushalt in Form von Investitionshilfen und Krediten in dreistelligen Millionenbeträgen über die letzten Jahre hatte dies in beiderseitigem Verständnis und unter dem persönlichen Einsatz des bayerischen Ministerpräsidenten Franz Josef Strauß möglich gemacht. Die Eröffnung war für das kommende Jahr geplant. Danach würde es für Jürgen schwieriger werden, hatte Günther gemeint.

Der Fahrer des Opels, ein sympathisch wirkender Mann Mitte dreißig mit Jeans und einem weißen Longsleeve, begrüßte Jürgen knapp, als er einstieg.

„Nenn mich einfach Klaus."

Die zweihundert Kilometer über Land bis kurz vor Perleberg saßen sie schweigend nebeneinander und hatten viel Zeit nachzudenken. Nur zwischendurch, als sie durch den Abendverkehr von Osterburg fuhren und die Schlaglöcher im Kopfsteinpflaster tiefer wurden, hatte Klaus ein paarmal laut vor sich hin geflucht. Selbst ein Opel aus dem Westen kommt bei unseren Straßenverhältnissen an seine Grenzen, stellte Jürgen fest. Es war nach wie vor heiß im Auto, obwohl sie alle Fenster geöffnet hatten. Die Hitze hing wie eine riesige Dunstglocke über Brandenburg. Gott sei Dank lagen für ihn eine Flasche Mineralwasser und ein paar

Butterbrote bereit. Jetzt erst fiel ihm auf, dass er seit dem Morgen nichts gegessen hatte.

Wenn Franz mich so sehen könnte, dachte er. Hier auf dem Sprung in den Westen mit einem Fluchthelfer! Das hätten sich beide Monate zuvor nicht vorstellen können. Er, der große Franz Wolf, Star der ostdeutschen Bühnen. Jürgen hatte ihn als Patienten kennengelernt, als er ihn im Juli vor einem Auftritt in den Magdeburger Kammerspielen zum ersten Mal getroffen hatte. In der *Dreigroschenoper* hatte Franz den Polizeichef Brown gegeben.

Der Intendant unterhielt sich mit Jürgen kurz vor Beginn der Vorstellung im Foyer, da er selbst sein Patient im Krankenhaus war und ihn beim Betreten des Theaters erkannt hatte. Sie sprachen bei einem Glas Sekt über die Rückenprobleme des Intendanten, der sich positiv darüber äußerte, dass Wolf an diesem Abend spielte, wenn auch nur als Gast.

„Solche Namen bringen volle Häuser", sagte er zufrieden. „Der Kerl macht Karriere, das muss ihm erst mal jemand nachmachen."

Kurz darauf stürmte ein erschrocken dreinblickender Mitarbeiter ins Foyer und flüsterte ihm etwas ins Ohr. Der Intendant wandte sich sofort an Jürgen und bat ihn zu helfen. Es war nichts Gefährliches, Wolf war ohne Vorwarnung zusammengeklappt, der Kreislauf hatte ihm einen Streich gespielt. Er lag auf dem Fußboden und kam zu sich, als Jürgen die Garderobe betrat. Nach einem feuchten Handtuch auf der Stirn, hochgelegten Beinen, einem kalten Getränk und ein paar Minuten Ruhe ging es Wolf wieder gut. Mehr hatte Jürgen ohne seinen Arztkoffer nicht tun können. Als Begründung für seine schwache Konstitution nannte Wolf entschuldigend sein Arbeitspensum der letzten Wochen. Lange Drehtage in der prallen Sonne für irgendein Lustspiel, Pressetermine, wochenlang abends auf die Bühne. Intendant und Schauspieler bedankten sich überschwänglich bei Jürgen, der Wolf für den nächsten Morgen zur Nachuntersuchung zu ihm ins Krankenhaus bat.

An diesem Abend hatten sie sich auf Anhieb verstanden. Als Arzt und Patient wie zwischenmenschlich. Sie entdeckten ihre gemeinsame Liebe zur Natur, und Franz lud ihn öfter ein, wenn er frühmorgens mit der Schrotflinte und seinen beiden Dackeln auf die Pirsch ging. Anschließend gab es mit Glück Fasan oder Hasen, den Franz' Schwester Silke so exzellent zubereiten konnte. Bei solchen Essen redeten sie viele Nächte durch, mal mit mehr, mal mit weniger Alkohol. Oder Franz besorgte ihm Theaterkarten.

Jürgen fragte sich manchmal, was Franz eigentlich zu ihm hinzog. Ihm selbst war bewusst, dass ihn das Exotische an Franz' Beruf reizte. Die Bühne, der Film, die Prominenz, das Leben, das sich darum herumrankte mit all seinen Vorteilen. Es war das genaue Gegenteil von Jürgens Berufsalltag. Als Allgemeinmediziner im Bezirkskrankenhaus von Magdeburg kämpfte er den lieben langen Tag gegen die sozialistische Mängelwirtschaft an. Eigentlich hatte er den Beruf aus Überzeugung gewählt, aus dem Wunsch heraus, Menschen zu heilen. Diese Einstellung war geblieben und hatte bis in die späten Siebzigerjahre angedauert. Nacht- und Notdienste, Überstunden, fehlendes Personal, das hatte ihm nichts ausgemacht, wenn er täglich trotzdem die

Erfolge seiner Arbeit hatte sehen können. In den letzten Jahren dagegen war die Situation immer mehr eskaliert: fehlende Medikamente oder Verbandsmittel, Kollegen, die sich in den Westen absetzten, ausbleibende Investitionen ins Krankenhaus und Operationen, die nicht durchgeführt werden konnten, da es in der gesamten Republik keinen Ersatz für kaputte Fenster des OP-Saals gab. Die Nadeln der Spritzen wurden mangels Nachschubs manchmal zum Scherenschleifer gebracht, der sie manuell anschliff.

Kurz, das von der SED trotzdem öffentlich und so hoch gelobte Gesundheitswesen bekam mehr und mehr Pflaster aufgeklebt.

Klaus unterbrach Jürgens Gedanken, als sie Wittenberge durchfuhren und hinter einer Militärkolonne die Elbe überquerten. Er begann, Jürgen den weiteren Ablauf noch einmal zu erklären.

„Pass auf, wir wechseln in Perleberg auf die Fünf und fahren bis kurz hinter Karstädt. Dort beginnt eine ziemlich lange Gerade, die bis Grabow führt. Jetzt das Wichtigste: Ich werde an einer bestimmten Stelle stoppen. Da steht eine Baumgruppe aus Fichten am Straßenrand. Wir müssen Glück haben, dass vor und hinter uns kein Fahrzeug auftaucht und kein Mensch in der Nähe ist. Es ist gut, dass heute Montag ist und Sommerferien sind. Die meisten haben Feierabend, sitzen an der Ostsee im Zelt oder zu Hause in der Datsche. Es sollte also nicht allzu viel los sein. Du steigst aus, sobald ich anhalte. Wenn ich dir ein Zeichen gebe, verschwindest du in den Bäumen und legst dich sofort auf den Boden. Sollte dir irgendwas Verdächtiges auffallen, bleibst du an den Bäumen stehen und tust so, als würdest du pinkeln, verstanden?"

Jürgen nickte.

Klaus sah auf die Uhr im Armaturenbrett. „Es ist Viertel vor acht. Um halb neun kommt ein hellgrauer Mercedes mit dem Hamburger Kennzeichen HH-MH-drei-sieben-zwei aus Richtung Karstädt. Darin sitzt ein Mann mit einer roten Baseballkappe, er nennt sich Werner. Er wird bei dir halten, falls die Luft rein ist. Ansonsten fährt er weiter und kehrt später zurück. Bleib so lange liegen, bis er ausgestiegen ist! Wenn er hält, wird er sofort den Kofferraum öffnen. In dem Fall muss alles sehr schnell gehen. Die Wand vom Kofferraum zur Rückbank ist präpariert. Sie steht dann offen, und du musst dich so schnell es geht schräg hineinzwängen. Es ist zwar eng, aber es wird gehen. Werner wird die Wand hinter dir schließen und weiterfahren. Bis Lauenburg sind es ungefähr hundert Kilometer. Hast du das verstanden? Wie lautet das Kennzeichen?"

„HH-MH-drei-sieben-zwei. Hellgrauer Mercedes."

Klaus nickte zufrieden. Jürgen dachte, dass es auf der Strecke quer durch Brandenburg wahrscheinlich nicht allzu viele Mercedes mit Westkennzeichen geben würde. Klaus schien seine Gedanken erraten zu haben.

„Wir haben diese Stelle ausgesucht, weil du in beide Richtungen einen guten Blick auf alle Fahrzeuge hast. Gleichzeitig bist du nicht zu sehen, wenn du unten bleibst. Und lass dich nicht täuschen, in letzter Zeit fährt die Grenzpolizei manchmal Fahrzeuge aus dem Westen, sogar mit passenden Kennzeichen. Du erkennst sie nur daran, dass immer zwei Personen im Wagen sitzen!"

Sie gelangten nach Perleberg, Klaus bog nach links auf die Transitstrecke ab. Nun hing es vom Verkehr ab, wie es weitergehen würde. Bald tauchte Karstädt vor ihnen auf, Klaus wurde langsamer. Plötzlich stockte ihnen der Atem. Rechts in der Einfahrt zu einem Feldweg stand ein dunkelgrüner Trabant in der offenen Ausführung der Grenztruppen, ohne Dach und mit tief ausgeschnittenen Türen. Als sie den Wagen passierten, bemerkten sie zwei Grenzer in Uniform darin, die ihnen nachschauten. Sie fuhren in gleichbleibendem Tempo weiter und erwarteten, dass der Wagen ihnen folgen würde. Gründe gab es viele. Das Land brauchte Devisen, und so hatten bereits geringe Verkehrsvergehen wie ein vergessenes Blinken an der Kreuzung hohe Geldstrafen zur Folge. Oder es war die Neugier, ein neues West Auto zu sehen, das man nicht kannte. Der Opel war ein älteres Modell, Klaus fuhr absolut vorschriftsmäßig, und so hatten sie aus dieser Richtung nichts zu befürchten.

Nichts geschah.

Auf der Straße kamen ihnen vereinzelte Trabis und ein Wartburg entgegen, ab und zu ein Laster. Klaus sah öfter in den Rückspiegel. In Karstädt flimmerte das Pflaster. Klaus hatte recht, der Zeitpunkt war gut gewählt, das Dorf wie ausgestorben. Nur eine alte Frau in Kittelschürze am Gartenzaun schaute ihnen nach, wie sie den Ort verließen.

Kurz dahinter tauchte eine Baustelle auf, die zu der neu geplanten Autobahn gehörte. Baumaschinen parkten entlang einer in die Landschaft gefrästen Trasse, die Felder waren tief aufgerissen. Eine erste grobe Straßenführung hatte man parallel zur Landstraße mit in die Erde gerammten Pfosten gekennzeichnet. Um diese Uhrzeit bewegte sich dort nichts mehr. Rechts und links der Straße erstreckten sich riesige, überreife Weizenfelder, die darauf warteten, dass ein Mähdrescher seine Arbeit verrichtete.

Sie fuhren mit mäßiger Geschwindigkeit weiter, und Klaus beobachtete die Gegend vor ihnen und im Rückspiegel. Die Landschaft war flach, die Straße lag schnurgerade vor ihnen. Sie konnten den Verkehr vor und hinter sich auf einige Hundert Meter einsehen. In der Ferne erschien ein einzelnes Fahrzeug und kam ihnen entgegen.

„Da vorne rechts", meinte Klaus auf einmal.

Ungefähr zweihundert Meter vor ihnen eine Gruppe hoher Fichten am rechten Straßenrand. Direkt dahinter zweigte ein Feldweg ab. Jürgen merkte, dass Klaus abwog, ob er halten konnte oder nicht. Das Fahrzeug, ein beigefarbener Trabant, war jetzt dreihundert Meter entfernt, und sie konnten nicht erkennen, wer darinsaß. Normalerweise fuhren die Grenzpolizisten oder die Staatssicherheit keine Trabis, sondern mindestens einen Wartburg oder Wolga, aber man konnte nie wissen. Er näherte sich mit hoher Geschwindigkeit. Klaus drosselte den Motor des Opels bis auf fünfzig Stundenkilometer. Mehr geht nicht, sonst fällt er auf, dachte Jürgen und merkte, wie sich sein Puls beschleunigte. Bisher war nicht viel passiert, was ihm hätte gefährlich werden können, kontrollierte man ihn. Sobald er allerdings dabei gesehen werden würde, wie er sich an der Transitstrecke nach Hamburg in die Büsche schlug, gab es Grund genug.

Doch darüber nachzudenken, war der falsche Moment. Der Trabant passierte sie. Drei junge Frauen in Sommerkleidern winkten ihnen lachend zu. Vielleicht kamen sie vom Schwimmen? Jürgen atmete auf – keine Gefahr.

Der Opel verlangsamte die Fahrt.

„Wenn du nachher in Hannover bist, meldet sich Günther bei dir, okay?" Klaus schlug ihm auf die Schulter. „Alles Gute."

Er bremste den Wagen ab, Jürgen drückte die Tür auf, hechtete über den Straßenrand auf die Fichten zu, verschwand dazwischen und ließ sich schwer atmend ins weiche, trockene Moos fallen. Die Zweige schlugen hinter ihm zusammen, und er war unsichtbar.

Als er sich umdrehte, beschleunigte der blaue Opel in Richtung Grenze.

STADTTHEATER AACHEN, 6. SEPTEMBER 1997

Sie verabschiedeten den Intendanten auf dem Gang.

Mehrwald nahm Kälbchen am Arm, dann zögerte er. „Ach, sagen Sie bitte, Herr Gollertz, wo hat Herr Wolf eigentlich während seines Engagements gewohnt?"

„Er hasste Hotels und hat sich von der Stadt ein luxuriöses möbliertes Apartment mit Dachterrasse am Katschhof gemietet, also fußläufig von hier." Gollertz schien noch im Nachhinein beeindruckt. „Ich habe ihn wegen einer Vertragssache am Anfang der Probenzeit einmal besucht. Toller Blick von da oben, direkt auf Dom und Rathaus. Ich lege Ihnen die Adresse zur Personalliste." Der Intendant verschwand den Gang hinunter.

„Und ich weiß, was wir jetzt machen." Mehrwald hatte eine Tür mit der Aufschrift *Kantine* entdeckt und steuerte in der Hoffnung auf irgendetwas Essbares darauf zu. Mittlerweile beschwerte sich sein Magen lautstark. Die Maskenbildnerin Iryna Mandlikova lasen sie unterwegs auf.

Die Kantine war nüchtern und zweckmäßig eingerichtet. Ein von Neonröhren erhellter, weiß gefliester Raum mit einer Theke, einer Glasvitrine, billigen Resopaltischen und Plastikstühlen. Mehrwald fühlte sich an die Räumlichkeiten von Dr. Morel in der Rechtsmedizin erinnert. Drei Männer mittleren Alters saßen an einem Tisch in der hinteren Ecke vor ihrem Bier, alle ohne Kostüm, und unterhielten sich mit der Wirtin in weißem Kittel. Mehrwald begab sich mit seinem Gefolge zur Theke. Hier bot sich ihm ein erschütternder Anblick: In der Vitrine lag lediglich ein in Einsamkeit vor sich hin trocknendes halbes Brötchen mit einem welken Salatblatt unter einer gewölbten Scheibe Gouda.

Die Wirtin, eine kleine, dralle Frau um die fünfzig mit stark blondierter Dauerwelle und Kittelschürze, trat hinter die Theke. „Na, was darf's denn sein? Nur was trinken?" Sie registrierte Mehrwalds traurigen Blick auf das Brötchen. „Lassen'se sich von dem letzten Mohikaner nich täuschen, es gibt auch noch was Richtiges."

Erleichterung erhellte Mehrwalds Gesicht. Die Wirtin schob ihm eine Speisekarte zu, und er konnte wählen zwischen Schnitzel mit Pommes Frites und Schnitzel mit Kartoffelsalat.

Er bestellte das Schnitzel mit Salat, und sie gingen an einen Tisch etwas abseits, um ungestört reden zu können. Zwei Minuten später saßen die drei vor Kaffee, Wasser und einem Pils für Iryna Mandlikova, was Mehrwald neidisch registrierte.

Die Maskenbildnerin, eine Frau mit feuerroten Haaren, die in einem Pferdeschwanz nach hinten fielen, schätzte Mehrwald auf Anfang vierzig. Er studierte im Neonlicht ihr Gesicht, um herauszufinden, wie eine Maskenbildnerin wohl aussah, die jeden Abend mit Schminke und Puder an ihren Kollegen arbeitete. Irgendwie hatte er bei der Berufswahl ein stark geschminktes Gesicht und ein auf jung getrimmtes Äußeres erwartet. Doch Iryna Mandlikova besaß anscheinend das Talent, jung zu erscheinen, ohne ihr Alter zu verbergen. Ein dezentes Make-up ließ sie frisch und natürlich aussehen. Die schlanke Figur steckte in einer verwaschenen Jeans und einem schlichten schwarzen Baumwollpullover. Um den Hals trug sie einen bunten Seidenschal. Mehrwald ertappte sich dabei, dass er sie auf Anhieb attraktiv fand.

Kälbchen ergriff die Initiative. „Frau Mandlikova, erzählen Sie uns bitte erst einmal, wie der Abend für Sie gelaufen ist und welchen Kontakt Sie zu Herrn Wolf hatten.“

Die Zeugin nahm einen tiefen Zug aus dem Glas und überlegte. „Mein Zimmer neben den Garderoben habe ich um halb sechs aufgeschlossen. Ich musste etwas vorbereiten, wissen Sie, ein paar Perücken auffrisieren und die letzten Überbleibsel von der gestrigen Generalprobe wegräumen. Es kommt immer mal vor, dass jemand die Sachen nach dem Auftritt auszieht und sie einfach in seiner Garderobe liegen lässt. Fragen Sie ruhig in der Requisite nach, was da schon alles verloren gegangen ist ...“ Sie schüttelte den Kopf. „Na ja, so gegen halb sieben kamen die Ersten rein, und ich war zusammen mit Frau Kasper durchgehend bis kurz vor halb acht beschäftigt.“

„Frau Kasper? Wer ist das?“ Kälbchen runzelte die Stirn. Der Name war in den bisherigen Befragungen nirgends aufgetaucht.

„Meine Kollegin. Wir machen so große Sachen meistens zu zweit, besonders die Premieren. Und heute hätten immerhin knapp über vierzig Personen auf der

Bühne sein sollen. Sie musste allerdings plötzlich um kurz vor halb acht gehen. Jemand hat bei ihr angerufen, ihre Mutter wird nach einem Unfall gerade im Luisenhospital operiert. Da wir mit fast allen durch waren, habe ich Elke gesagt, sie solle ruhig gehen. Den Rest habe ich allein geschafft."

Die Bedienung brachte das Schnitzel für Mehrwald. Eine Scheibe Zitrone auf dem Fleisch und Petersilie auf dem Salat gaben dem Gericht in diesem sterilen Umfeld ein unerwartet appetitliches Äußeres. Er packte das in eine dünne Papierserviette eingerollte Besteck aus.

„Und wann hatten Sie heute Kontakt mit Franz Wolf?", fragte er.

„Na, ich bin so gegen halb acht in seine Garderobe gegangen."

„Sie gingen zu ihm?", wunderte sich Kälbchen. „Kommen die Schauspieler nicht zu Ihnen in die Maske?"

Iryna Mandlikova errötete. Sie senkte den Blick auf ihr Bierglas, bevor sie antwortete. „Nun ja, manche Hauptdarsteller kriegen halt auch schon mal eine Einzelbehandlung. Franz ..., ich meine Herr Wolf, war schließlich ein Promi. Da drücken wir ein Auge zu."

Mehrwald schnitt sich ein Stück Schnitzel ab. „Kann es sein, dass Sie zu Franz Wolf ein engeres Verhältnis hatten? Ich meine eines, das über den beruflichen Kontakt hinausging?"

Von einem Moment auf den anderen hatte die Maskenbildnerin deutliche Probleme, ihre Gefühle im Zaum zu halten. Sie schniefte laut, zog aus der Jeanstasche ein zerknülltes Papiertaschentuch, schnäuzte sich vernehmlich und tupfte sich verlaufene Schminke von den Augen. Anscheinend hatten sie einen wunden

Punkt getroffen, und ein Redeschwall ohne Punkt und Komma brach aus ihr hervor.

„Ach ja, mein Gott, wir hatten eine kurze Affäre miteinander. Er war ein netter, gut aussehender Kerl, konnte charmant sein und so männlich, und er hatte so eine Art, die mich angezogen hat. Wir haben uns ein paarmal getroffen, bei ihm zu Hause. Einmal sind wir in die Eifel gefahren. Gestern waren wir verabredet, er ist nicht erschienen und hat sich nicht gemeldet, da wollte ich ihn zur Rede stellen. Aber es war ja Premierenabend, er war gedanklich bei seinem Textbuch, da hab ich es gelassen und ihn nur schnell geschminkt, und, mein Gott, wenn ich gewusst hätte ...“ Der Rest des Satzes verschwand zusammen mit ihrem Gesicht in dem durchweichten Taschentuch. Sie heulte auf.

Mehrwald und Kälbchen gaben ihr einen Moment, bis sie sich wieder gefasst hatte.

Kälbchen zog ein sauberes Taschentuch aus der Jacke und reichte es ihr. „Wie sind Sie auseinandergegangen, Frau Mandlikova?“

„Tschuldigung, normalerweise weine ich nicht so schnell los, nur heute ... Nun, ich habe ihm toi, toi, toi gewünscht und bin gegangen. Ich wollte nach der Vorstellung zurückkehren, doch ...“ Ein erneuter Schluchzer, dann hatte sie sich wieder halbwegs unter Kontrolle.

„Ist Ihnen beim Schminken in seiner Garderobe irgendetwas aufgefallen?“, fragte Mehrwald. „Waren Sie die Zeit mit ihm allein, oder hat jemand reingeschaut? Und wann haben Sie die Garderobe verlassen, können Sie das genau sagen?“

Sie nahm einen Schluck Bier und schüttelte den Kopf. „Nein, da war sonst niemand. Geklopft oder reingesehen hat auch keiner. Ich war zehn Minuten bei ihm und bin anschließend gegangen."

Mehrwald machte sich eine Notiz. „Das war gegen zwanzig vor acht? Hat Sie jemand gesehen, wie Sie die Garderobe betreten oder verlassen haben?"

„Ja, natürlich, mindestens ein Dutzend Leute. Der Gang war ja voll, so kurz vor Beginn."

Mehrwald nickte, steckte sich eine letzte Gabel Kartoffelsalat in den Mund und schob den Teller zur Seite. „Frau Mandlikova, danke für Ihre Zeit. Es wäre hilfreich, wenn Sie morgen zu uns aufs Präsidium kommen und die Aussage zu Protokoll geben würden. Außerdem benötigen wir Ihre Fingerabdrücke zum Abgleich."

Sie stand auf. „Sagen Sie bitte", anscheinend hatte sie noch etwas auf dem Herzen, „bin ich jetzt etwa verdächtig?"

„Bis wir die Sache klarer sehen, sind alle Personen verdächtig, die mit Herrn Wolf kurz vor seinem Tod Kontakt hatten. Das liegt in der Natur unserer Ermittlungen. Aber machen Sie sich keine Sorgen, es klärt sich sicher bald alles auf." Er reichte ihr seine Visitenkarte, und sie verabschiedeten sich.

Mehrwald schaute sich nach der Wirtin um. Sie kassierte bei den drei Männern.

„Was meinst du, Kälbchen? Frau Mandlikova dürfte die letzte Person gewesen sein, die Wolf lebend gesehen hat, oder?"

Sie nickte. „Stimmt. Außer dem Mörder. Gekränkte Eitelkeit und Liebeskummer halte ich bei ihr allerdings als Motiv nicht für ausreichend. Dazu hätte sie sich in Ruhe eine gefahrlosere Umgebung aussuchen können als vor aller Augen. Und Mord im Affekt können wir ausschließen. Frau Mandlikova scheint mir nicht zu den Personen zu gehören, die eine Waffe mit sich herumtragen.“

„Denke ich auch. Wir können Sie erst mal von der Liste der Verdächtigen streichen.“ Mehrwald erhob sich und ging zu der Wirtin, die gerade hinter der Theke Gläser spülte. Kälbchen folgte ihm.

Sie stellten sich vor und erkundigten sich nach dem Namen der Frau.

„Bertram, Gerda Bertram“, antwortete sie und musterte sie. „Es geht um Herrn Wolf? Furchtbare Sache, nicht wahr?“

Mehrwald nickte und begann mit seinen Fragen.

„Ja, Frau Bertram, sicher. Kannten Sie Franz Wolf näher, war er oft hier?“

Sie wiegte den Kopf bedächtig. „Nein, oft will ich nicht sagen. Er ist einmal die Woche vorbeigekommen, wenn die Proben mal wieder länger gedauert haben. Ein netter Mann, das muss ich wohl sagen. Und heute Abend, ja, da war er kurz da, so gegen halb sieben. Er hat sich ein Wasser mit in die Garderobe genommen. Er hat bezahlt, wir haben sonst nicht weiter miteinander gesprochen.“

„Wir würden uns gerne ein wenig umsehen. Könnten Sie uns die Räume zeigen, die auf den Innenhof führen?“, fragte Mehrwald.

Gerda Bertram umrundete die Theke und ging voraus durch einen weiß gefliesten Raum, rechts und links rostfreie Stahlregale voller Konserven, Geschirr, Gläserkartons, Säcken mit Kartoffeln und Zwiebeln. Hinten Bierfässer und gestapelte Getränkekästen. Gegenüber befand sich eine verschlossene Doppeltür. „Das sind die Vorratsräume und da der Lieferanteneingang." Sie nahm einen Schlüsselbund von einem Wandhaken und öffnete sie.

Sie traten ins Freie auf eine Rampe. Der Innenhof war schwach beleuchtet, geradeaus ein offenes Gittertor, das zur Straße führte, links an der Wand drei fahrbare metallene Müllcontainer, oberhalb davon die Fenster der Garderoben. Über den beiden linken konnte Mehrwald Wolfs Garderobe und das Bad erkennen. Die Spurensicherung war anscheinend mit ihren Untersuchungen fertig. Lediglich ein paar Reste rot-weißen Flatterbands hingen noch am Tor.

„Frau Bertram, wann begann Ihr Dienst?" Mehrwald machte ein paar Schritte die Rampe hinunter und sah sich an den Containern um. Er konnte sich gut vorstellen, dass der Mörder aus dem Fenster entkommen war, wie der Kollege von der Spusi vermutet hatte. Dazu boten die Fensterbank des Badezimmerfensters und der direkt davorstehende Container die beste Gelegenheit. Ein Einstieg von hier erschien ihm allerdings unwahrscheinlich, dafür war das eine zu laute und wackelige Angelegenheit. Und irgendein Hilfsmittel, um auf den Container zu gelangen, konnte er nirgends entdecken.

„Meine Schicht beginnt um halb sechs. Ich räume erst ein bisschen auf, sortiere angelieferte Waren ein, und dann treffen meist schon die ersten Gäste ein."

Kälbchen nickte. „Und die Tür, ist die meistens geschlossen, oder lassen Sie sie offen stehen? Ich meine, hören Sie, wenn sich im Hof etwas tut?"

Gerda Bertram schüttelte den Kopf. „Nein, die Tür ist meistens zu. Wenn ich vorne bediene, möchte ich nicht, dass jeder reinkann. Ich gehe nur raus, wenn ich den Müll wegbringe oder Lieferanten kommen. Die haben 'nen eigenen Schlüssel und stellen alles rein, wenn niemand da ist. Man muss ja immer mehr aufpassen, es wurde schon einiges geklaut. Letzten Monat zwei Leergutkästen und ein Zehn-Kilo-Sack tiefgefrorener Pommes. Was auch immer die damit anstellen wollten ...“ Sie drückte einen Schalter. Plötzlich strahlte eine Halogenleuchte über der Tür auf, und es wurde taghell im Innenhof. „Die haben wir seit ein paar Wochen, damit sich die Fahrer im Winter beim Entladen nicht die Haxen brechen.“

Mehrwald drehte sich dankbar zu ihr um. „Und heute Abend? Ist Ihnen da irgendetwas aufgefallen?“

„Nein, ich war nicht im Hof.“ Sie zögerte. „Ach doch, warten Sie, einmal musste ich nachsehen, weil es draußen so laut gescheppert hat. Das war wohl wieder eine Katze, die auf den Container geklettert ist. Dann verrutschen die Deckel, und es gibt einen Höllenlärm.“

Mehrwald wurde hellhörig. „Können Sie sagen, um welche Uhrzeit das war? Und haben Sie danach noch irgendwas gehört oder gesehen?“

„Das muss gegen Viertel vor acht gewesen sein. Der Gong für die Zuschauer war gerade gegangen, den hören Sie hier ebenfalls über den Lautsprecher. Aber gesehen, nein, da war nichts. Ich habe nur den offenen Container geschlossen und bin zurück an die Theke.“ Gerda Bertram dachte nach und schreckte zusammen. „Sie meinen ...? Kann es sein ...? Dann war das eventuell der Mörder?“ Sie wurde blass im Gesicht.

Kälbchen nickte. „Möglich ist es. In jedem Fall müssen wir Sie bitten, uns morgen im Präsidium zu besuchen und uns Ihre Fingerabdrücke zu geben." Und auf ihren erschrockenen Blick ergänzte sie: „Nur, um einen Abgleich zu ermöglichen, selbstverständlich." Sie drückte der Kantinenwirtin eine Visitenkarte in die Hand.

Auf dem Rückweg, vorbei an den inzwischen verlassenen Garderoben, versuchte Mehrwald, sich Klarheit zu verschaffen, wie der Mörder überhaupt bis zu Wolf gelangt sein konnte. Der Seiteneingang war eine Möglichkeit, am Pförtner vorbei. Oder, theoretisch zumindest, durch den Hof und durchs Fenster. Er wusste, dass es einen großen Bühneneingang auf der Rückseite des Gebäudes gab. Hierdurch schafften die Bühnenarbeiter größere Teile, die für eine Vorstellung gebraucht wurden: Requisiten, Technik aller Art, Windmaschinen oder Scheinwerfer, Kostüme, Kulissen und so weiter. Und ging das Theater mit einem Stück auf Tournee in die umliegenden Städte wie Rheydt, Düren, Jülich oder auf andere Bühnen, so war solch ein aufwendiger Komplettumzug unter Umständen mehrmals in einer Spielzeit notwendig. Mehrwald brauchte mehr Informationen, ob und wann das Tor an diesem Abend geöffnet gewesen war. Doch wie sah es vorne, bei den Zuschauern aus? Existierte da ein weiterer Durchgang?

Vom Garderobengang gelangten sie zur Pförtnerloge gegenüber dem Künstlereingang. In einem Glaskasten thronte Stefan Podbielski mit einer gewissen Wichtigkeit hinter seinem Schreibtisch wie in einem Aquarium. Von dort konnte er alles und jeden überblicken, der hinein- oder hinauswollte.

Alle Insignien der Macht sind versammelt, dachte Mehrwald. Auf dem Schreibtisch war eine Telefonanlage mit einer gehörigen Anzahl beschrifteter Knöpfe platziert. Daneben das gute alte Stempelkarussell mit dazugehörigem Stempelkissen. Ein großer Block mit selbsthaftenden Zetteln, von denen einige hinter ihm an einer Pinnwand klebten. Mehrwald konnte einige Notizen entziffern:

28.9. Installateur 13.00Uhr!!, Kantine 3 Pils, Schlüssel Req.

und

Mona Tel. wegen Fleurop.

Daneben einige vergilbte Postkarten aus Spanien und Venedig. An der Wand neben der Pinnwand hing ein offen stehender Schlüsselkasten aus Metall, der mehr als zwanzig Schlüssel beherbergte. Einige Haken waren frei. Auf der Schreibtischunterlage lag ein Kreuzworträtselheft mit Kuli, dazu ein halb voller Kaffeepott mit der Aufschrift *Einen Sch... muss ich!*
Gegenüber dem Zugang zu den Garderoben ging eine zweite Tür ab. Mehrwald vermutete, dass man dort zu den Zuschauern ins Foyer, in den Saal und auf die Ränge gelangte. Er drängte sich mit Kälbchen in den Eingang des Glaskastens.
Der Pförtner schien von den Geschehnissen des Abends nicht so mitgenommen zu sein wie die anderen Mitarbeiter. Er war Ende vierzig, und seine überwiegend sitzende Tätigkeit hatte ihn über die Jahre fülliger

werden lassen. Das blau-weiß karierte Hemd, das er unter dem schwarzen Cordjackett trug, wölbte sich über
einem beachtlichen Bauch. Sein fröhliches Gesicht
strahlte mit den leicht geröteten Pausbacken eine innere Ruhe aus. Ein Mensch, der den Stress nicht erfun-
den hat, dachte Mehrwald.

„Herr Podbielski", begann er, „wie haben Sie den
Abend bis zum Anruf bei der Polizei erlebt?"

„Tja", antwortete er, und es war ihm anzusehen, dass
das Reden nicht zu seiner Kernkompetenz zählte, „eigentlich wie immer." Befriedigt lehnte er sich im Plastikstuhl zurück und griff in eine Schublade. Aus einer
großen Tüte angelte er eine Handvoll Gummibärchen.

Mehrwald und Kälbchen wechselten einen Blick, die
Vernehmung würde länger dauern.

„Das heißt?" Mehrwald beugte sich vor und zog die
Brauen hoch.

„Also, um drei hat mein Dienst begonnen, ich war
pünktlich." Pause. Ein paar Bärchen wanderten in den
Mund. Da Podbielski dies extra erwähnte, ließ Mehrwald vermuten, dass es der Portier mit der Pünktlich-
keit sonst nicht so genau nahm. „Dann habe ich erst
mal alles abgearbeitet, was sich so angesammelt hat."
Er machte eine weitläufige Geste und versuchte damit
wohl zu vermitteln, dass das allein schon eine Aufgabe
darstellte, die einen Mann wie ihn über alle Maße for-
derte. „Zettel, Anrufe auf dem AB, Bestellungen, Notizen von Kollegen und so." Seine Hand verschwand wieder in der Schublade mit den Süßigkeiten.

Mehrwald nickte.

„Die Truppe trudelt immer ab halb sechs ein, wenn
Vorstellung ist. Der Wolf kam gegen halb sieben. Er hat

nur kurz Hallo gesagt und ist in Richtung Garderoben verschwunden. War wohl ein wenig nervös, wie alle heute. Das hat man ihm angesehen."

Mehrwald trat einen Schritt vor, lehnte sich an den Schreibtisch und zog seinen Notizblock aus der Manteltasche. „Das hört sich so an, als hätten Sie sonst näheren Kontakt mit ihm gehabt."

Podbielski taute langsam auf. „Na ja, an manchen Tagen war er gesprächiger, da konnte man sich gut mit ihm unterhalten. Er hatte ja auch ein spannendes Leben hinter sich, meine Güte. Erst die DDR mit all den Histörchen aus dem Osten, dann die Sache, wie er sich hierhin abgesetzt hat – vierundachtzig, glaube ich –, und danach ging's los mit Fernsehen und Karriere. Und Frauen waren da natürlich einige ..." Er stoppte mitten im Satz und warf einen Seitenblick auf Kälbchen.

Sie begriff sofort und winkte ab. „Erzählen Sie dem Kriminalhauptkommissar mal ruhig." Und zu Mehrwald: „Ich geh mal nach hinten wegen des Toreingangs an der Bühne. Bis gleich." Und weg war sie.

Podbielski rückte in seinem Stuhl umständlich hin und her und lehnte sich mit konspirativer Miene nach vorne. „Wissen'se, man meint ja immer, die Ossis hinter der Mauer konnten eigentlich keinen Spaß haben bei den ganzen Einschränkungen. Kein ordentlicher Kaffee, nur diese Plaste-Autos, keine richtigen Reisen ... Das war wohl nix, die haben da manchmal richtig die Sau rausgelassen, wenn ich das mal so sagen darf." Er sah sich verschwörerisch um. „Wenn die Künstler nach der Vorstellung feierten, hat der Wolf mal angedeutet, gab's da 'ne richtige Groupieszene, mit Ringelpiez und nicht nur Anfassen, wissen'se? Da wurden diverse

Damen auch mal zum Wanderpokal ..." Er lehnte sich zurück und zwinkerte ihm zu.

Mehrwald vermutete, dass er bei diesem Thema keine konkreteren Anhaltspunkte gewinnen konnte. Er nickte und merkte, dass sein Bein vom Anlehnen an der Schreibtischkante einschlief. Deshalb verlagerte er das Gewicht auf das andere Bein und zuckte zusammen. Unter ihm knurrte etwas bedrohlich! Erschrocken wich er zurück und schaute nach unten.

„Ach, den kennen Sie ja noch gar nicht." Podbielski rollte auf seinem Schreibtischstuhl zurück, griff unter den Tisch und zog an irgendetwas. Es erschien ein dunkelbraun kariertes Kissen, auf dem ein Dackel mit hochgezogenen Lefzen eingerollt lag. „Das ist Bruno."

Das war der älteste Hund, den Mehrwald je in seinem Leben gesehen hatte. Kein einziges Haar, das nicht ergraut war. An manchen Stellen am Kopf fehlten sie gänzlich. Er erinnerte ihn an seinen geliebten Stoffhund, den er als Vierjähriger bei einem Familienurlaub an der holländischen Küste in den Dünen gefunden und ewig lange mit sich herumgeschleift hatte.

Sichtlich sauer, dass man ihn geweckt und ans Licht gezerrt hatte, knurrte der Hund Mehrwald an. Sofort griff der Pförtner in seine Jacketttasche und holte ein Leckerli hervor. Das hatte überzeugende Wirkung, Bruno hörte auf zu knurren und fraß ihm aus der Hand.

„Siebzehn Jahre und kein bisschen leise!", sagte Podbielski, während der Dackel kaute.

„Ein richtiger Methusalem", bemerkte Mehrwald und sah belustigt zu, wie der Pförtner den Hund samt Kissen unter den Tisch zurückschob.

„Und Bruno bleibt immer mit Ihnen zusammen hier? Das ist ja praktisch."

„Ja, das ist es. Ich würde ihn in seinem Alter auch nicht mehr länger allein lassen. Bruno mochte Herrn Wolf übrigens gerne. Er hatte früher im Osten ebenfalls zwei Dackel. Sein Haus lag an einem Waldstück, und da ist er mit Artus, seinem Lieblingsdackel, jagen gegangen. Nichts Großes, Rebhühner und Kaninchen." Podbielski zwinkerte Mehrwald zu. „Die waren ja wohl froh, wenn's mal was Gutes zu essen gab. Aber eines Tages war Wolf mit einem Freund und Artus unterwegs und hatte Pech, weil sie ein Wildschwein in einem Maisfeld aufgeschreckt haben. Das wurde unangenehm und endete mit einem aufgeschlitzten Bauch für Artus. Wolf hatte Glück im Unglück, weil sein Freund Arzt war. Der hat Artus auf dem Küchentisch wieder zusammenflicken können. Sonst wäre es wohl vorbei gewesen für den armen Kerl." Sichtlich bewegt griff er in die Tüte Gummibärchen.

„Gut."

„Ach übrigens", er kam in Fahrt, „kennen Sie den? Will ein DDR-Bürger ein paar Schuhe kaufen und betritt versehentlich eine Metzgerei. ‚Haben Sie keine Schuhe?', fragt er. ‚Keine Schuhe gibt's nebenan', antwortet der Metzger. ‚Wir haben kein Fleisch.'" Lachend schlug er sich auf den Schenkel.

Mehrwald versuchte, das Gespräch wieder in die passende Richtung zu lenken, sonst würde Podbielski wahrscheinlich gleich noch die Schnapsgläser aus einer Schreibtischschublade ziehen. „Nun, an diesem Tag waren Sie also abends hier, bis Herr Wolf tot aufgefunden wurde."

Der Pförtner nickte. „Ja, von Anfang bis Ende. Nur kurz nach halb acht bin ich mal mit Bruno vor die Tür, der musste mal. Wir waren nur ein paar Minuten draußen, weil es so geregnet hat. Da hatte Bruno keine große Lust.“

Mehrwald blickte auf. „Und in der Zeit war alles offen? Konnte da jeder rein?“

Podbielski schien zu begreifen, dass es da Probleme geben könnte. „Nein, nein, Gott bewahre! Ich stand ja direkt mit ihm vor der Tür, da habe ich jeden gesehen.“

„Und was ist damit?“ Mehrwald deutete auf die Tür gegenüber. „Führt die nicht ins Foyer? Da hätte doch jemand in die Garderoben verschwinden können, nicht?“

„Schon“, erwiderte der Pförtner kleinlaut, „aber da kommt sonst kaum jemand durch, und es waren wirklich nur ein paar Minuten …“

„Und in der Zeit, die Sie hier gesessen haben, kannten Sie jeden, der heute Abend reinwollte?“

„Ja, die meisten. Es gab nur bei den Lieferanten ein oder zwei neue Gesichter, die wechseln öfter.“

„Lieferanten?“ Mehrwald sah sich um. „Was wird denn hier geliefert?“

„Na, die Blumen für die Schauspieler, wegen der Premiere. Die lagern so lange da hinten um die Ecke in dem Abstellraum, bis sie nach der Vorstellung verteilt werden, entweder auf der Bühne oder in den Garderoben.“ Podbielski erhob sich und ging an Mehrwald vorbei in den Garderobengang, um eine Tür auf der rechten Seite zu öffnen.

Mehrwald folgte ihm. In dem Lagerraum wurden Geräte und Material für die Reinigungskräfte aufbewahrt. Staubsauger, Schrubber, Papiertücher für die Toiletten,

Kanister mit Putzmitteln und Eimer waren auf und unter ein paar Metallregalen platziert. In einer Ecke drängten sich Blumenvasen, die meisten gefüllt mit kleinen und großen frischen Sträußen, eingepackt in Papier oder Folie. Er zählte zehn Stück insgesamt. An einigen hingen Zettel mit dem Namen des Empfängers, teilweise waren Karten mit Stecknadeln angeheftet. Anscheinend hatte man sie in dem abendlichen Trubel vergessen abzuholen.

Für Franz Wolf fand er zwei große Sträuße, auf dem einen keinerlei Hinweis auf den Absender. Mehrwald vermutete, dass er von der Theaterleitung stammte. Am Seidenpapier des anderen hing ein weißer Umschlag. *Für Franz Wolf* war auf einem ausgedruckten selbstklebenden Etikett zu lesen. Ob der Mörder als Blumenlieferant hereingekommen und weiter zu Wolfs Garderobe gelangt war? Ausschließen konnte er bisher gar nichts.

„Herr Podbielski, sperren Sie diesen Raum bitte ab und lassen Sie niemanden herein. Ich schicke morgen früh einen Kollegen, der die Blumen abholt."

Der Pförtner nickte.

„Und, sagen Sie, die Lieferanten heute Abend, waren da Gesichter dabei, die sie nie zuvor gesehen haben?"

Podbielski überlegte. „Ja, ein Mann war neu."

„Und wissen Sie, von welcher Blumenfirma der geschickt worden ist?"

„Nein, das sagen die nie. So viele gibt es da allerdings nicht. Die meisten stammen vom *Fleurop* am Bahnhof oder auf der Theaterstraße, das ist direkt die Straße hoch."

„Würden Sie den Mann wiedererkennen?"

„Wahrscheinlich. Er hatte zwar die Blumen vorm Gesicht, aber ich denke schon. Gegen halb acht ist er aufgetaucht, ich wollte gerade mit Bruno vor die Tür. Er war blond, so um die dreißig, und ich meine, er trug eine schwarze Lederjacke und Jeans. Mehr weiß ich nicht. Er habe Blumen für einen Herrn Wolf, hat er gemeint. Ich habe ihm diesen Raum gezeigt, weil er sich nicht auskannte, und bin raus."

„Und ob er das Theater wieder verlassen hat, können Sie nicht sagen?"

Podbielski verneinte.

„Na, dann kommen Sie doch bitte morgen aufs Präsidium. Wir würden Ihre Aussage gerne zu Protokoll nehmen, und Ihre Fingerabdrücke brauchen wir auch."

Mehrwald ging noch einmal an der Pförtnerloge vorbei und zur gegenüberliegenden Tür. Er drückte die Klinke hinunter: unverschlossen. Es wurde vornehmer, dicker dunkelroter Teppichboden, Kristallleuchter und poliertes dunkles Holz sorgten für eine feierliche Atmosphäre. Er landete in einem Seitenflügel, in dem rechts Zuschauergarderoben und links die Seiteneingänge in den großen Saal lagen. Es ist also theoretisch leicht, in einem unbeobachteten Moment am Pförtner vorbei zu Franz Wolf zu gelangen, dachte er. Nur gesehen hätte einen jeder, besonders heute.

„Ist die Tür vor einer Vorstellung nicht abgeschlossen?", fragte er, nachdem er zu Podbielski zurückgekehrt war.

„Nein, das darf sie nicht. Brandschutz, das ist einer der Notausgänge."

Mehrwald verabschiedete sich. Wie aufs Stichwort auf der Bühne beim Volkstheater erschien Kälbchen von ihrem Rundgang wieder.

„Ich glaube, wir sind durch, oder?", meinte Mehrwald. Sie nickte müde. Dann verließen sie das Theater.

„Schon nach elf", meinte er, „für heute reicht's. Und morgen früh sehen wir uns Wolfs Apartment an. Ist Polizeiobermeister Lange noch da? Dann soll er sich die Adresse geben lassen und die Wohnungstür versiegeln."

Als sie in den Dienstwagen stiegen, strömten die Zuschauer aus dem beleuchteten Elysée-Palast gegenüber vom Theater. *Die Brücken am Fluss* waren vorbei. Kälbchen seufzte und gab Gas.

ZONENGRENZE ZUR BUNDESREPUBLIK DEUTSCHLAND, 17. AUGUST 1983

Es war kurz nach acht abends. Jürgen kauerte im Moos zwischen den Fichten und wartete. Aus seinem Versteck heraus hatte er einen guten Blick auf die Straße, an der alle zwanzig, dreißig Meter große Linden standen. Allerdings blendete ihn die untergehende Sonne. So erkannte er die vorbeifahrenden Fahrzeuge immer erst spät.

Es war wenig los auf der Landstraße. Ab und zu kam ein Pkw oder ein Motorrad, häufiger irgendwelche Kleinlaster mit Holzladungen oder geschlossenen Planen. Zwischendurch ein paar Westautos, VW Käfer, Ford oder BMW, die Richtung Grenze fuhren. Außerdem musste es in der Nähe einen Badesee oder ein Schwimmbad geben. Denn häufig radelten Gruppen von Fahrradfahrern an ihm vorbei. Trotz der Spannung, die den ganzen Tag bereits auf ihm lastete, tat die Hitze ihr Übriges, er wurde müde und geriet ins Grübeln.

„Dass du dem Laden nach wie vor die Stange hältst, meine Hochachtung! Ich wäre längst weg!", hatte Franz öfter bemerkt.

Jürgens Einstellung war bisher einfach gewesen. Je mehr Personal sich absetzte, desto mehr war er gefragt, da Patienten schließlich einen Arzt brauchten.

Diese Haltung war es, da war sich Jürgen sicher, die Franz an ihm bewunderte. Seine bodenständige, sich selbst verpflichtende Art dem Staat gegenüber, obwohl langsam der gesamte Apparat den Bach hinunterging. Alles das, was Franz nicht hatte. Für ihn gab es nichts außer dem Beruf und dem damit verbundenen Erfolg. Durch die häufigen Diskussionen mit seinem Freund hatte Jürgen nach und nach zwei Dinge erkannt. Franz' Wunsch, seinen Beruf mit allen Möglichkeiten im Westen auszuüben, wurde täglich stärker. Immer häufiger kam er auf diesen Punkt zu sprechen. Nicht zuletzt deswegen, weil sie in ihren Gesprächen den Eindruck hatten, dass sie einander blind vertrauen konnten. Franz hatte dies zwar nie zum Ausdruck gebracht, doch Jürgen gegenüber verhielt er sich so. Die Gängelei durch die Künstler-Agentur der DDR ließ ihn manchmal böse werden, speziell, wenn es nicht bei einer Flasche von dem französischen Roten aus seinem gut sortierten Weinkeller geblieben war. Dann wanderte Franz laut schimpfend und gestikulierend durchs Wohnzimmer, als stünde er auf der Bühne.

„Was bilden sich diese Bürokratiehengste eigentlich ein? Stecken sich von allen zweitklassigen Schauspielern, die sie rüberlassen, hohe Anteile der Gagen aus dem Westen ein, und wenn ich, Franz Wolf, mal anklopfe – und glaube mir, ich habe schon zigmal geklopft! –, kommt nichts. Gar nichts!"

Und ein zweiter Gedanke hatte sich bei Jürgen im Kopf eingenistet und mit der Zeit immer mehr Raum eingenommen. Warum sollte er nicht in den Westen gehen? Er allein konnte das System schließlich nicht retten. Und wie lange dieser vor sich hinsiechende Patient DDR durchhielt, konnte keiner ahnen. Er war die Mängelwirtschaft in seinem Beruf leid gewesen. Ständig fehlte irgendetwas, Einmalhandschuhe, Röntgenfilme, Rollstühle, Insulinampullen.

Jürgens Freiheitsdrang war nach der Geschichte mit dem Familienvater schlagartig stärker geworden. Der Mann hatte als Tischler in einem Sägewerk bei Magdeburg gearbeitet. Kurz vor der Mittagspause hatte er die Kreissäge, an der er Balken zurechtschnitt, abstellen wollen, war jedoch mit dem Arbeitskittel in das noch rotierende Sägeblatt geraten. Als der Rettungswagen eintraf, hatte sein linker Unterarm abgetrennt neben ihm im Sägemehl gelegen.

Jürgen hatte an dem Tag Dienst in der Notaufnahme gehabt. Nachdem der Mann eingeliefert worden war, war sein Blutverlust so hoch, dass ihm nur mit Transfusionen zu helfen war. Beim Anruf in der Blutbank erfuhr die Krankenschwester vom verantwortlichen Leiter, dass der Vorrat an passenden Konserven seit einer Woche aufgebraucht war. Jürgen musste mit ansehen, wie ihm der Mann auf dem Behandlungstisch verblutete. Er hinterließ eine junge Frau mit zwei kleinen Kindern.

Jürgen hatte Dr. Borsig in der Blutbank bisher als einen hundertprozentig zuverlässigen Arzt erlebt, an den man sich zu jeder Tages- und Nachtzeit mit Anforderungen nach Blutgruppen aller Art und Menge wenden konnte. Der Vorfall ließ ihn nicht zur Ruhe kommen. Er suchte den Kollegen sofort auf. Ein großes Kontingent an Konserven sei vor Kurzem auf Anweisung „von oben" an das Zentrale Exportbüro beim DDR Ministerium für Gesundheitswesen geliefert worden. Jeder wusste, was das bedeutete. Die DDR kassierte Devisen aus dem Westen gegen Blut der eigenen Landsleute. Dieser Zwischenfall hatte Jürgen endgültig seinen persönlichen Schlussstrich ziehen lassen.

Endlich reisen wollte er, sagen, was er dachte, ohne Repressalien von irgendeinem mithörenden Nachbarn oder Kollegen bei der Stasi fürchten zu müssen. Und so hatte er angefangen sich umzuhören, wer ihm helfen könnte und wo es das geringste Risiko gab. Franz war eingeweiht, und obwohl er sich über Jürgens Sinneswandel erstaunt zeigte, versprach er ihm zu helfen.

Mit einem Schlag wurde Jürgen aus seinen Erinnerungen gerissen. Er hörte hinter sich ein Motorengeräusch, das schnell lauter wurde. Ein Traktor fuhr langsam den Feldweg entlang, der neben Jürgen an der Baumgruppe auf die Landstraße stieß. Der Fahrer, ein braun gebrannter, stämmiger, grauhaariger Mann um die sechzig, saß in blauer Arbeitshose und kariertem Hemd auf dem Sitz. Er war mit körperlicher Arbeit vertraut. Mit kräftigen Händen hielt er das Lenkrad gepackt. Den Trecker, ein verbeultes dunkelrotes Exemplar, das vom Rost überzogen war, musste er in den Spuren des Feldwegs halten, weil er durch häufige Transporte von schweren Anhängern tief ausgefahren war. Der Weg führte keine fünf Meter an Jürgens Versteck vorbei, und das Geäst der Bäume war unterschiedlich dicht. Er wurde langsam nervös. Es war ein Leichtes, ihn zu entdecken.

Doch der Fahrer hatte mit dem Lenken genug zu tun und achtete nicht auf die Umgebung. An der Straße hielt er den Traktor mit laut im Leerlauf stampfendem Diesel an. Aus der Arbeitshose zog er ein Stofftaschentuch und wischte sich den Schweiß aus Gesicht und Nacken. Von rechts kamen in einiger Entfernung zwei Pkw, die er abwartete. Er wollte also in Richtung Karstädt.

Endlich waren die Autos vorbei, und der Bauer versuchte, den Gang einzulegen. Es knirschte laut im Getriebe. Nachdem er den Ganghebel mit Gewalt nach vorne gedrückt hatte, ging ein Ruck durch das Fahrzeug. Das Fluchen des Mannes verhallte im Aufheulen des Motors, der Trecker bockte nach vorne und bog nach links auf die Landstraße ab.

Die Anspannung fiel von Jürgen ab. Er war im Begriff sich aufzurichten, um seine Glieder zu lockern, als er erstarrte. Direkt vor ihm auf der Straße stand der Wagen der Grenzpolizisten, an dem sie am Eingang von Karstädt vorbeigefahren waren! Instinktiv presste er sich tief ins Moos. Wie hatte er die übersehen können! Dann begriff er. Während der Traktor mit laut knallendem Motor neben ihm geparkt hatte, waren die Grenzer herangefahren und hatten gewartet, bis er abgebogen war. Jürgen konnte nur hoffen, dass sie schnell weiterfuhren.

Doch es kam schlimmer. Er hörte, wie der Trabant rangierte. Der Fahrer, ein junger Uniformierter von Anfang zwanzig, zog an der Einfahrt vorbei, stoppte und setzte den Wagen mit lautem Knattern des Zweitaktmotors rückwärts in den Feldweg zurück, bis er mit der Motorhaube bündig zum Straßenrand stehen blieb.

Der Beifahrer stieg aus, umrundete den Wagen und näherte sich zügig der Baumgruppe. Jetzt ist es aus, dachte Jürgen und meinte, dass sein Herzschlag zu hören war, so laut wummerte es in seiner Brust. Eine ausweglose Situation. Sollte er wegrennen? Hatte er überhaupt eine Chance, oder konnten ihn die Männer einfach über den Haufen schießen? Er hatte den Kopf gesenkt und wartete auf ein Kommando. Aufstehen! Hände über den Kopf! Irgendetwas in der Art musste kommen.

Es geschah – nichts. Kein Wort, kein überraschtes Hey oder Ähnliches. Stattdessen trat völlige Ruhe ein, die nach ein paar Sekunden von einem Geräusch unterbrochen wurde. Jürgen hob vorsichtig den Kopf und erkannte, dass sich der Soldat neben ihm mit einem kräftigen Strahl am Stamm einer Fichte erleichterte. Sofort drang kräftiger Uringeruch zu ihm herüber. Die breiten Fichtenzweige deckten Jürgen anscheinend ausreichend ab. Nachdem der Mann fertig war, knöpfte er sich die Uniformhose zu und kehrte zurück zum Auto.

Beide begannen ein leises Gespräch, von dem Jürgen nur Bruchteile mitbekam. Anscheinend richteten sie sich auf eine längere Pause ein, denn der Fahrer zog eine Packung Zigaretten aus der Brusttasche und bot dem Kollegen eine an.

Nach den Schulterklappen zu urteilen, waren es einfache Gefreite. Sie schienen Streife zu fahren, und das ohne konkreten Verdacht. Der Wagen war die typisch dunkelgrüne Militärausführung eines Kübelwagen-Trabants. Es gab keine Türen, ein Stoffdach, ein Reserverad auf dem Heck sowie dicke Rohrstoßstangen vorne und hinten. Das Verdeck war nach hinten geklappt.

Zwanzig nach acht! In zehn Minuten konnte Werner mit dem Mercedes auftauchen, und was dann? Jürgen beobachtete, wie sich die beiden in ihren Sitzen zurücklehnten und rauchten. Das konnte dauern. Zu allem Überfluss war der Wagen der Grenzer aus Richtung Karstädt hinter der Baumgruppe erst zu sehen, wenn man fast vorbei war. Das konnte schwierig werden, denn ohne triftigen Grund auf der Transitstrecke anzuhalten, war verdächtig.

Der Minutenzeiger seiner Uhr wanderte unerbittlich weiter. Fünf vor halb neun!

Plötzlich knarzte es im Trabant. Eine quäkende Stimme schallte aus einem Funkgerät. Die beiden rappelten sich auf. Der Beifahrer nahm das Mikro, das am Armaturenbrett hing.

„Habe verstanden", konnte Jürgen gerade noch verstehen.

Als der Fahrer den Motor startete, ging der Rest des Gesprächs im Zweitaktknattern unter. Sobald sie auf der Straße Richtung Karstädt waren, schalteten sie die Scheinwerfer ein, denn mittlerweile war es dämmerig geworden.

Da gerade kein Fahrzeug zu hören war, stand Jürgen erleichtert auf und streckte sich ein paarmal. Über ihm kreiste ein dichter Schwarm Mücken, die sich wohl von seinem Schweiß angezogen fühlten. Mit heftigem Klatschen versuchte er, ein paar Exemplare auf seinem Hals und den Unterarmen zu treffen. Immerhin etwas Bewegung, schließlich würde er in seinem Versteck im Wagen auch nicht viel Platz haben.

Ein paar Autos später blickte er erneut auf die Uhr. Es war schon nach halb neun und von Werner keine Spur.

Ob ihm etwas dazwischengekommen war? Jürgen fiel auf, dass es keinen Plan B gab, falls der Wagen nicht auftauchen sollte. Eine Autopanne oder irgendetwas anderes Unvorhergesehenes hatten sie nicht in Betracht gezogen. Er konnte schließlich nicht ewig hier hocken. Aber als Fußgänger aus Magdeburg, der nachts allein an der Transitstrecke entlangmarschierte, würde er wahrscheinlich schneller festgenommen werden, als er bis drei zählen konnte.

Im Zwielicht näherte sich von links eine Autoschlange. Mittlerweile hatten alle passierenden Fahrzeuge das Licht eingeschaltet, und so konnte Jürgen bereits von Weitem sehen, dass das Licht des letzten Wagens deutlich heller war als die anderen Scheinwerfer. Die üblichen Sechs-Volt-Anlagen der DDR-Wagen reichten zwar meistens, doch im direkten Vergleich mit einer Zwölf-Volt-Beleuchtung waren es trübe Funzeln. Jetzt ließ sich der Wagen schnell zurückfallen, und der Abstand zu den vor ihm fahrenden wurde zusehends größer.

Eine MZ mit einem jungen Pärchen auf der Sitzbank fuhr knatternd vorbei, dann zwei Trabbis und ein Kleinbus. Jürgen hatte sich in sein Versteck zurückgezogen. Dennoch konnte er deutlich einen grauen Mercedes mit westdeutschem Kennzeichen ausmachen. Als der Wagen kurz vor der Baumgruppe war, las er *HH-MH 372* und sah einen einzelnen Fahrer mit einer roten Kappe. Der Wagen blieb mit laufendem Dieselmotor direkt vor ihm am Straßenrand stehen. Der Mann warf einen raschen Blick in den Rückspiegel. Hinten freie Sicht, und die Kolonne vor ihm war inzwischen ein paar Hundert Meter entfernt.

Schnell stieg er aus dem Auto und lief nach hinten, um den Kofferraum zu öffnen.

Jürgen sprang aus seinem Versteck. „Werner?"

Der Mann nickte. Im Schein der Innenbeleuchtung konnte Jürgen erkennen, dass der Kofferraum erstaunlich geräumig war. Er war mit einer schwarzen Filzmatte ausgeschlagen. Im Inneren befanden sich eine grüne Segeltuchtasche, eine zusammengefaltete Luftmatratze, ein blauer Schlafsack und neben dem hochstehenden Reserverad ein Fünf-Liter-Ersatzkanister. Daneben ein abgewetzter Pappkarton mit ölverschmierten Lappen, einer Blechdose Öl und Werkzeug. Die Wand zur Rückbank war heruntergeklappt. Jürgen schaute auf die unverkleideten Metallverstrebungen der Sitzlehne. Davor lag eine karierte Wolldecke auf dem Wagenboden.

„Schnell, da rein!"

Jürgen kletterte über die Stoßstange in den Kofferraum und fädelte seine ein Meter achtzig, so gut es eben ging, hinter der Rückbank ein. Er lag mit dem Kopf in Fahrtrichtung quer auf der Seite. Seine Beine waren angewinkelt. Sobald er sich halbwegs eingerichtet hatte, bemerkte er, wie Werner hinter ihm die Blechwand hochklappte. Jetzt wurde es deutlich unangenehmer, da nach hinten kein Platz mehr war. Vorne klemmte er mit den Knien in den harten Metallstreben der Sitzbank.

Werner beeilte sich, die Wand mit zwei Schrauben zu verschließen. Danach hörte Jürgen, wie er die Sachen im Kofferraum verteilte und einige davon vor die Rückwand schob.

Jürgen beschlich ein mulmiges Gefühl. Bisher hatte er sich als Herr der Lage betrachtet. Selbst als sich ihm der Grenzer bei den Fichten genähert hatte, hätte er weglaufen können. Auch wenn das komplett idiotisch gewesen wäre, die Entscheidung hätte er gefällt. In diesem Versteck konnte er sich weder rühren noch entkommen. Er war ausgeliefert. Nun half nur hoffen. Er hörte, wie die Kofferraumklappe zuschlug und sich Werner wieder ans Steuer setzte. Kurz darauf beschleunigte der Wagen.

Es war dunkel. Nur ein schmaler Spalt zwischen den Polstern von Sitz und Rückenlehne ließ etwas Licht hindurch. Jürgen konnte gerade noch die Kopfstütze des Fahrersitzes und Werners Hinterkopf mit der roten Kappe sehen. Das Kopfsteinpflaster der alten Landstraße war an vielen Stellen mit tiefen Schlaglöchern übersät. Zwar schluckte die Federung des komfortablen Wagens die meisten Stöße, einige drangen trotzdem bis zu Jürgen durch. Sein linkes Knie schlug jedes Mal unangenehm gegen irgendein spitzes Metallteil im Wagenboden. Jeder noch so kleine Versuch scheiterte, sich in eine angenehmere Position zu bringen. Dazu kamen ein paar Ameisen, die er wohl vom trockenen Waldboden mitgebracht hatte und die innen an seinem Hosenbein entlangkrabbelten. Jürgen seufzte tief und ergab sich in sein Schicksal.

KRIMINALKOMMISSARIAT 11, POLIZEIPRÄSIDIUM AACHEN, 7. SEPTEMBER 1997

Aachen, das Regenloch. „Usselich" nannten die Aachener dieses Wetter. Es nieselte, und die Feuchtigkeit zog in die Klamotten. Mehrwald stand am Fenster seines Büros im fünften Stock des Polizeipräsidiums. Sein Blick wanderte durch die regennasse Scheibe über den grauen Septemberhimmel und das sich neben dem Präsidium erstreckende Gelände des CHIO, des Concours Hippique International Officiel, wie es amtlich hieß.

Das jährliche Reitturnier, ein Publikumsmagnet erster Klasse für alle Pferdefreunde weltweit. Der Sage nach hatte Kaiser Karl der Große die heißen Quellen hier entdeckt, weil sein Pferd mit den Hufen auf dem Boden gescharrt hatte.

Über zweihunderttausend Besucher waren dieses Jahr im Juli gekommen, doch Petrus hatte es nicht gut mit dem Aachener Publikum gemeint. Mehrwald war auf der Tribüne gewesen, als die ausverkaufte Arena den Reitern am letzten Turniertag zum Abschied mit weißen Taschentüchern zugewunken hatte. Die Größen des Reitsports wie Ludger Beerbaum, John Whitaker oder Hugo Simon hatten es sich nicht nehmen lassen, durch den vom starken Regen und dem gerade

beendeten *Preis der Nationen* aufgewühlten Boden
eine Schlussrunde zu drehen. Eine seit Jahrzehnten ge-
pflegte Tradition, die bei jedem Wetter stattfand und
von den live übertragenden Fernsehsendern als will-
kommene Totale und Schlussbild des Turniers festge-
halten wurde.

„Morgen!"

Mehrwald schreckte aus seinen Gedanken und
drehte sich um. Kälbchen legte eine Brötchentüte auf
den Schreibtisch, stellte einen Plastikbecher Kaffee aus
dem Etagenautomaten daneben und schälte sich aus
ihrem grauen Regenmantel.

„Guten Morgen."

Die Tüte verströmte einen geradezu magischen Duft,
der sich sofort im Büro ausbreitete. Mehrwald merkte
plötzlich, dass er außer einem Stück Fladenbrot und
ein paar Oliven nichts gefrühstückt hatte.

„Ich geh mir auch mal 'nen Kaffee holen", meinte er.

„Ja, und dann hilfst du mir bitte hierbei." Kälbchen
riss die Tüte auf und sortierte mehrere mit Schinken,
Salami und Käse belegte Brötchen auf das ausgebrei-
tete Papier.

Sie schob die Brötchen auf die Mitte der Kopf an Kopf
stehenden Schreibtische, nachdem Mehrwald zurückgekehrt war. Auf einem Sideboard hinter ihr in zwei
Kartons die persönlichen Sachen aus Wolfs Garderobe,
die die KTU auf Spuren untersucht hatte. Sie drehte einen um, und einige Beweismittelbeutel rutschten heraus. Darin die normale Ausstattung eines zivilisierten
Menschen: Schlüsselbund, Portemonnaie, Personal-
ausweis, Führerschein, Kreditkarten, rund zweihundert D-Mark Bargeld, Wolfs Armbanduhr sowie ein

Minifotoalbum zum Aufklappen, darin ein paar Farb- und Schwarz-Weiß-Bilder. Außerdem glitt der blaue Schnellhefter, das Textbuch, heraus.

„Irgendwas Besonderes dabei?" Mehrwald sah ihr mit Kaffeebecher und Schinkenbrötchen in der Hand kauend über die Schulter.

„Auf den ersten Blick nicht." Kälbchen schüttelte den Kopf und strich sich eine blonde Strähne aus dem Gesicht.

Sie leerte den zweiten Karton. Die braune Umhängetasche, Kleidung vom Garderobenständer, Schuhe, der Regenschirm und ein weißes T-Shirt, das Wolf wohl in der Tasche verstaut hatte. In einem Reisenecessaire aus schwarzem Nappaleder waren Zahnbürste und Zahnpasta, ein Kamm, ein Schuhputzschwamm aus einem Berliner Hotel und ein Nagelknipser untergebracht. Als Letztes fiel ihr ein dunkelgrüner Taschenkalender aus Leder entgegen, einer jener Minihefter in Postkartengröße, bei denen man jedes Jahr die Einlage wechseln konnte. Sie schlug ihn am gestrigen Datum auf, wo außer *P. Caesar 20 Uhr* nichts notiert war. Das P stand ohne Zweifel für „Premiere". In einem Innenfach vorne steckten einige Bewirtungsrechnungen. Hinter den Kalenderseiten ein flaches Adressbuch, in dem Wolf fein säuberlich Dutzende von Namen mit Anschrift und Telefonnummer notiert hatte. Die Einträge waren mal mit Bleistift, mal mit blauer oder schwarzem Kugelschreibertinte geschrieben, was darauf hindeutete, dass sich die Namen im Lauf der Jahre angesammelt hatten.

Neben den Kisten stapelten sich Videokassetten. Das mussten die Bänder der Überwachungskameras sein, von denen der Inspizient gesprochen hatte.

In einen Aktendeckel hatte die KTU ihnen außerdem Fotos vom Tatort, dem Opfer, dem Badezimmer und dem Innenhof der Kantine gelegt. In einem weiteren Beweismittelbeutel befand sich ein Schlüsselanhänger. *Car Rent* war auf einer blau glänzenden Metallscheibe zu lesen, die an ein schwarzes Stück Leder genietet war. Am oberen Teil hing ein Karabinerhaken, an dem normalerweise der Wagenschlüssel oder ein Ring befestigt sein musste. Der Haken war allerdings offen und augenscheinlich defekt.

„Fundstück, lag unter einem der Container im Hof, Fingerabdrücke nicht zuzuordnen, da Mehrfachbenutzung“, las Kälbchen die Notiz des Kollegen Bernd Jäger vor. Darunter klebte ein Foto der Fundstelle mit einer daneben aufgestellten Nummerntafel. „Mmh, das ist zwar interessant, ob es dem Mörder gehört, können wir dagegen nicht sagen. Unter einem Müllcontainer findet sich so einiges. Wenn doch, würde es den Kreis der Verdächtigen einschränken. Mit einem Mietwagen fährt ein Mörder aus Aachen nicht zum Tatort, oder?“

„Richtig, das könnte noch wichtig werden, aber momentan gehen wir allen Spuren gleichermaßen nach. Dann lass uns mal zusammenfassen, was wir haben.“ Mehrwald stellte den Kaffee neben sein Telefon, nahm sich die Fotos und ließ sich in seinen Bürostuhl gleiten.

Kälbchen griff sich ein Salamibrötchen, setzte sich ebenfalls und nahm einen Schluck Kaffee. „Bäh, schon kalt.“ Sie verzog den Mund.

„Also", Mehrwald dehnte die Silben, „Franz Wolf, zweiundsechzig Jahre, wird am Premierenabend im Theater Aachen in seiner Garderobe zwischen neunzehn Uhr vierzig und zwanzig Uhr erschossen." Er nahm ein Foto aus der Akte, das Wolf von vorne zeigte, und pinnte es mit einem Magnetklötzchen an eine Kunststofftafel, die hinter ihm an der Wand hing. Dann legte er seinen Notizblock auf den Tisch. „Der Mann war ein gefeierter Schauspieler, international bekannt, hat sich neunzehnhundertvierundachtzig aus der DDR in den Westen abgesetzt. Er war ledig, kinderlos und hat, soweit wir wissen, nur eine Schwester in Magdeburg." Mit einem Blick auf Kälbchen ergänzte er: „Frag gleich mal bei den Kollegen dort nach, ob es eine Akte zu ihm gibt. In einer festen Beziehung ist er anscheinend nicht gewesen. Vor ein paar Monaten muss es mit einer Freundin ziemlich gerumst haben, meinte der Inspizient." Er überlegte. „Den Namen finden wir sicher im Adressbuch. Wolf war bei Frauen beliebt und hatte eine Affäre mit Iryna Mandlikova, der Maskenbildnerin. Die hat ihn zuletzt lebend gegen zwanzig vor acht gesehen, wie sie sagte."

„In der Zeit zwischen neunzehn Uhr vierzig und acht ist das Opfer allein", übernahm Kälbchen. „Ahmet findet ihn tot auf. Er wurde offensichtlich vor Ort unmittelbar von vorne erschossen. Tatwaffe und Mörder fehlen. Der gefundene Schlüsselanhänger könnte dazu gehören." Sie runzelte die Stirn. „Bisher fehlt uns ein Motiv. Eifersucht, Habgier, verletzte Eitelkeit, Rache – die häufigsten Beweggründe laut Statistik. Raubmord scheidet allerdings aus, denn der Mörder hätte leicht das Bargeld und die teure Uhr mitnehmen können."

„Du hast recht", meinte Mehrwald, „finanzielle Motive können wir ausschließen. Für zweihundert Mark und eine Uhr setze ich mich nicht dem Risiko aus, bei voll besetztem Theater einen Mord zu begehen. Außerdem wären dann Geld und Uhr weg. Ebenso können wir Mord im Affekt oder Totschlag ausschließen: Eine Schusswaffe trägt man in der Regel nicht mit sich. Nein, ich denke, es spricht vieles für eine Beziehungstat – Eifersucht, Sex, Eitelkeit oder Rache. Vielleicht aus dem engeren beruflichen Umfeld. Wolf soll sich mit seiner Art bei seinen Schauspielkollegen nicht nur Freunde gemacht haben."

„Was mir Kopfzerbrechen bereitet, wie ist der Mörder überhaupt in Wolfs Garderobe gelangt? Volle Gänge, zig Leute vor der Tür, niemand hat irgendwas oder irgendwen gesehen, keiner hat den Schuss gehört."

Mehrwald befestigte ein Foto der Müllcontainer vor dem Garderobenfenster im Innenhof an der Tafel. „Das muss der Weg des Täters nach draußen gewesen zu sein. Durch das Badezimmerfenster auf den Container und in den Hof. Das Poltern, das die Kantinenwirtin gehört hat, passt dazu. Ich muss Bernd fragen, welche Spuren er gefunden hat. Aber das sagt nichts darüber aus, wie der Mörder hineingelangt ist. Ich habe lediglich Vermutungen, da ist zum Beispiel dieser Blumenlieferant, den der Pförtner nicht kannte. Dem hat er den Abstellraum gezeigt, ihn jedoch nicht gehen sehen, weil er mit Bruno raus war."

„Bruno?" Kälbchen sah ihn verwirrt an. „Habe ich da was verpasst?"

Mehrwald klärte sie auf.

Sie lachte. „Dann wurde der Hund wahrscheinlich mit einem Wurstzipfel bestochen, um für den Mörder im richtigen Moment zu müssen. Ein genialer Plan.“

Er musste lächeln und blätterte in seinen Notizen. „Außerdem war der Durchgang zum Zuschauertrakt gegen halb acht unbeaufsichtigt. Da hätte also jemand an Podbielskis Pförtnerloge vorbei zu den Garderoben gehen können. Theoretisch. Keiner hat etwas gesehen. Und es wären viele Zufälle auf einmal. So was ist nicht planbar und scheidet damit aus. Was ist gestern bei deinem Gang zum hinteren Bühneneingang rausgekommen?“

„Tja, das große Tor war gestern tagsüber abgeschlossen, es kamen weder Lieferungen oder Transporte, noch musste da rangiert werden. Allerdings hat das Tor eine Tür, die nur zum Durchgehen dient. Da konnte ab dem Mittag jeder raus und rein, wie er wollte. Die Tür ist zwar nur für Theatermitarbeiter, und in der Regel achten die Bühnenarbeiter darauf, dass sich kein Unbefugter einschleicht. Nur gestern war ein ziemlicher Trubel vor der Premiere. Wenn man sich in den Eingeweiden der Bühne zwischen Kulissen, Seilen, Scheinwerfern und Technik auskennt, ist es durchaus möglich, von dort unbemerkt in die Garderoben zu gelangen.“ Kälbchen biss in ein Käsebrötchen und schaute auf die Fotowand. „Und über einen der Müllcontainer ins Bad, wäre das gegangen?“

Mehrwald schüttelte den Kopf. „Nein, das glaube ich nicht. Erstens wäre es reiner Zufall, dass das Badezimmerfenster offen gewesen wäre. Und zweitens muss man schon ein wenig Artistik beherrschen, wenn man auf diesen wackeligen Blechdingern nach oben klettern will, vom Lärm mal abgesehen. Ich denke, wir sollten in Wolfs persönliches Umfeld eintauchen. Komm." Er erhob sich, nahm seinen Mantel vom Haken und half, ganz Kavalier, Kälbchen in den Regenmantel. „Lass uns sehen, wo Franz Wolf es sich in Aachen gemütlich gemacht hat, wenn er nicht auf der Bühne gestanden hat."

Kälbchen griff sich die Plastiktüte mit Wolfs Schlüsselbund und meinte mit entschlossenem Blick: „Genau, ab zum Dom, es ist ja schließlich Sonntag."

FERNVERKEHRSSTRASSE 5, DEUTSCHE DEMOKRATISCHE REPUBLIK, 17. AUGUST 1983

„Über sieben Brücken musst du gehen…" Der Kassettenrecorder im Autoradio spielte die Top zwanzig der letzten Monate. Werner hatte ein Faible für deutsche Texte. Damit war er im Osten richtig, hatte er schon öfter festgestellt, englische Lieder gab es in der DDR nicht. Die *Stimme der DDR* strahlte momentan die Puhdys in der *Beatkiste* rauf und runter aus. Die Songs wurden „mitschnittfreundlich" gesendet, und niemand quatschte mit aktuellen Straßenverkehrsmeldungen dazwischen, wie er es von zuhause kannte.

Er hatte beide Seitenfenster geöffnet. Sie fuhren seit geschätzten zehn Minuten, draußen war es dunkel.

„Wie geht's da hinten?", rief er.

„Na ja, geht so."

„Wenn wir Glück haben, sind wir in einer Stunde drüben. Fragt sich, wie stark sie gerade kontrollieren. Es dauert noch vierzig, fünfundvierzig Minuten, bis wir da sind."

„Hm, hm."

Werner drehte die Musik lauter und legte den Arm ins offene Seitenfenster, so hatte er wenigstens ein wenig mehr Fahrtwind. Er sah auf den Tacho und achtete darauf, nicht zu schnell zu fahren. Hinter irgendeinem Busch oder der nächsten Hausecke konnte wieder ein Wartburg mit zwei netten Herren in Uniform stehen.

Dann würde es erstens teuer, und zweitens konnte – was die Sache extrem unangenehm machen würde – eine intensive Wageninspektion folgen. Diese wollte er unter allen Umständen umgehen.

Vielmehr wünschte er sich einen unproblematischen Grenzübertritt, damit er sich von Jürgen direkt danach in Hannover in der City verabschieden und zu Bettina fahren konnte. Es würde zwar spät werden, aber seine Freundin hatte ihm versprochen, mit Frikadellen und ihrem unerreichten selbstgemachten Kartoffelsalat auf ihn zu warten.

Er merkte, wie sein Magen anfing zu knurren – noch zwei Stunden, dachte er.

KRÄMERGASSE, AACHEN, 7. SEPTEMBER 1997

Mehrwald und Kälbchen saßen im Dienst-BMW und fuhren Richtung Innenstadt. Die Straßen waren regennass, fast menschenleer und entsprechend trist. Ein typischer Sonntag in Deutschland.

Warum?, dachte Mehrwald. In anderen Ländern freute man sich sonntags, etwas mit der Familie unternehmen zu können, die Geschäfte waren geöffnet, und das Leben fand draußen statt. Die Innenstädte pulsierten und strahlten nicht diese Grabesstille aus wie in Deutschland. Traurig. Er führte das größtenteils auf die Kirche und ihre Traditionen zurück. Der Sonntag war fürs Gebet reserviert und basta. Dass der Besuch der Messe als Teil des sonntäglichen Stundenplans in den Familien immer mehr an Stellenwert verlor, schien den leitenden Herren dieser Organisation gleichgültig zu sein. Mehrwald hatte eine feindselige Einstellung der Kirche gegenüber. Für ihn war sie eine Versammlung von weltfremden Männern, die sich in prunkvoll ausgestatteten Gebäuden vor Gläubige stellten, um zu Spenden aufzurufen, während ihr Arbeitgeber zig Milliarden in Immobilien und andere Werte investierte. Selbst Gehälter von Bischöfen oder Schwestern in kirchlichen Kindergärten zahlte nicht etwa die Kirche, sondern der Staat für sie. Ein ausgeprägtes Missverhältnis zwischen Kulisse und Realität.

Sie parkten den Wagen am Rand der Fußgängerzone und liefen am Dom vorbei die kurze Strecke zu Wolfs Apartment in der Krämergasse zu Fuß. Sie verlief vom Dom zum Markt und war mit ihren individuellen Geschäften eine der beliebtesten Einkaufsstraßen der Aachener Innenstadt, natürlich nur an Werktagen. Bäckereien mit den typischen Aachener Printen, ein Pfeifenladen, Boutiquen, Blumenläden, nicht der Nullachtfünfzehnkram, den es sonst zu kaufen gab. Heute begegneten sie nur vereinzelt ein paar asiatischen Touristen. Wolf hatte Aachens schönstes Fleckchen für seine Unterkunft in der City gewählt.

Sie stiegen die Treppen eines schmalen Altbaus hinauf, dessen Erdgeschoss ein Lederwarengeschäft beherbergte, und öffneten eine Wohnungstür im dritten Stock, nachdem Kälbchen das quer über den Türspalt geklebte Polizeisiegel durchtrennt hatte. Die Kollegen von der Spurensicherung waren am Vorabend zusammen mit Bernd Jäger angerückt und hatten die Wohnung nach getaner Arbeit freigegeben.

Trotz des diesigen Wetters erhellte die trübe Morgensonne durch zwei bodentiefe Fenster einen großzügigen Wohnraum mit Dachschrägen und einer offenen Balkenkonstruktion unter der hohen Decke. Geschmackvolle moderne Möbel, ein paar Pflanzen, an den Wänden ausnehmend schöne Fotografien mit Motiven von Aachen und Umgebung hinter Glas, all das sorgte für ein angenehmes Ambiente. Rechter Hand ging es an einer Frühstückstheke vorbei in eine kleine Küche, zur Linken führte eine Tür ins Schlafzimmer.

Ein Apartment, das das Touristikbüro der Stadt an gut gestellte Privatleute vermietete, die sich dort wohler fühlten als in der Öffentlichkeit eines noch so luxuriösen Hotels.

„Hier lässt sich's aushalten, oder?", meinte Mehrwald und öffnete die Glastür zu einer Veranda.

Er lehnte sich an das schmiedeeiserne Geländer. Vor ihm erstreckte sich eines der bekanntesten Postkartenmotive der Stadt. Links ragte der Dom auf. Das Oktogon mit dem Mittelschiff und dem Chor, ein in sich geschlossenes Gebilde, das seine Anfänge in einem Bauauftrag Karls des Großen genommen hatte. Baubeginn dieser Mixtur aus Gotik, Romanik, karolingischen und Ottonischen Elementen war das Jahr 796 nach Christus. Seit 1978 UNESCO-Welterbe, befand sich der Dom dem Rathaus direkt gegenüber, verbunden durch den sogenannten Katschhof. Darauf drängten sich ab Anfang Dezember jedes Jahr die Buden des Weihnachtsmarkts.

Der gotische Bau des Stadthauses aus dem 14. Jahrhundert hatte, neben dem Brand von Aachen 1656, viel mitgemacht. Jetzt stand das Rathaus jedes Jahr erneut in der Öffentlichkeit, wenn im Krönungssaal der Karlspreis an ausgewählte Politiker wie Adenauer, Kissinger, Kohl oder Mitterand für Verdienste um den europäischen Gedanken verliehen wurde.

Kälbchen trat hinter Mehrwald ins Freie. „Können wir?"

Er drehte sich um und nickte. Kälbchen schloss die Glastür hinter ihnen.

Wohnungen, die vom Mieter oder Eigentümer dauerhaft bewohnt wurden, strahlten eine private Atmosphäre aus. Hier hingegen fehlte jede persönliche Note. Keine eigenen Bilder an der Wand, die Küche kahl, das private Leben hatte sich anscheinend nur im Wohn- und Schlafzimmer abgespielt.

Wolf hatte hier nicht einmal eine Woche während seiner Probenzeit am Theater gewohnt. Er war erst spät zur Besetzung dazugestoßen, wie Kälbchen erfahren hatte.

Das war Wolfs vorherigem Engagement geschuldet. Er hatte zusammen mit Georg Thomalla und anderen bekannten Kollegen eine Rolle in einer Komödie im Theater am Kurfürstendamm gespielt, die ihn täglich bis hin zur letzten Vorstellung gefordert hatte und von wo er im Anschluss nach Aachen ins nächste Engagement gewechselt war, in die Provinz, dafür in die Titelrolle.

Davon abgesehen war die Rolle des Julius Caesar vom Umfang unbedeutend, auch wenn Shakespeare das Stück um den römischen Staatsmann und Feldherrn herum geschrieben hatte. Es gab zwar insgesamt siebzehn Szenen, doch nur in dreien trat Caesar im ersten Drittel des Dramas auf. Es war also für Wolf kein Problem gewesen, sich erst gegen Ende der Proben, etwa eine Woche vor der Premiere, anzuschließen.

Mehrwald begann seinen Rundgang in der Küche. Er machte den Kühlschrank auf. Auf einen Blick konnte er erkennen, dass Wolf nicht gerne gekocht hatte. Außer zwei Fertiggerichten für die Mikrowelle, ein paar Eiern, Butter und einer offenen Packung rohem Schinken enthielt er nur zwei Flaschen Sekt und in der Tür eine angebrochene Flasche Grauburgunder. Das Tiefkühlfach darüber war leer.

In den Schränken unter der Arbeitsplatte nichts außer den notwendigen Kochutensilien. Über der Spüle im Hängeschrank fand er verschiedene Gläser, ein paar Gewürze und Teller in allen Größen. Die Schubladen enthielten ebenfalls nur die Standardausstattung.

Mehrwald öffnete die Spülmaschine. Auf der Innenseite der Klapptür blinkte eine Lampe. Wolf hatte die Maschine anscheinend noch gestartet, bevor er zur Premiere gegangen war. Mehrwald besah sich die halb volle Ladung sauberes Geschirr. Im oberen Korb zwei Weingläser.

„Was wissen wir über Personen, die Wolf hier empfangen hat?", erkundigte er sich. „Frau Mandlikova hat ja erwähnt, dass sie zu Besuch war. Ist sonst jemand bekannt?"

Kälbchen untersuchte gerade die Couchgarnitur und den flachen Tisch davor und hielt inne. „Gar nichts. Außer, dass Gollertz mal kurz da war, ‚wegen einer Vertragssache', wie er ausgesagt hat. Vielleicht hilft uns Wolfs Taschenkalender weiter. Und die Hausbewohner könnten wir ebenfalls befragen."

Mehrwald nickte. „Es könnte sein, dass er gestern vor der Premiere Besuch hatte." Er hielt die beiden Weingläser hoch. „Leider frisch gespült."

Kälbchen durchsuchte ein paar Kleidungsstücke, die über der Rückenlehne des grauen Ecksofas hingen und sich unzweifelhaft Wolfs kräftiger Statur zuordnen ließen. Ein dunkelblauer Kaschmirpulli und eine Wolljacke mit Taschen, außer einem gebrauchten Papiertaschentuch leer. Auf dem Tisch lag die Fernbedienung für den Fernseher, ein Korkenzieher, etwas Kleingeld und eine Taxiquittung, ausgestellt über achtzehn D-

Mark auf den Tag vor der Premiere. Kälbchen steckte sie ein.

An der Garderobe neben der Wohnungstür hing ein heller Trenchcoat, darüber ein Seidenschal mit Schottenmuster, auf der Ablage ein Paar Schweinslederhandschuhe.

Mehrwald durchquerte den Raum und wechselte ins Schlafzimmer. Auch hier ein Fenster mit Blick auf den Dom, diesmal mit Dachschräge. Darunter stand ein breites Doppelbett, ein blau gestreiftes Plumeau und ein passendes Kopfkissen lagen zerknüllt darauf. Auf dem Laken ein bunter Reiseprospekt mit der Aufschrift *Malediven (Winter 1997)*. Er nahm ihn in die Hand und bemerkte den Aufkleber eines Berliner Reisebüros auf der Vorderseite. Der Prospekt hatte ein Eselsohr an der Stelle, wo eine Insel mit kleinen Bungalows beworben wurde. *Maayafushi* las er.

Mehrwald seufzte und sah sich für einen Moment mit Flossen und Taucherbrille im warmen Indischen Ozean über einem Korallenriff schnorcheln. Eine deutlich angenehmere Variante, seine Zeit zu verbringen, als mit der Suche nach einem Mörder im herbstlichen Aachener Nieselwetter.

Auf der Ablage neben dem Kopfende fand er ein Taschenbuch. *Standardwerke der Filmgeschichte (1960-1980)*. Er drehte es um. Das Buch war an einer Stelle zu dem Film *Die Leiden des jungen Werthers*, einem Werk der DEFA von 1976, aufgeschlagen. Anscheinend hatte Wolf es mit Klassikern gehabt. Oder ein Hinweis auf ein weiteres Engagement? Mehrwald beschloss, sich baldmöglichst bei Wolfs Künstleragentur zu erkundigen, welche Rollen er zuletzt gespielt hatte und wie seine nächsten Verträge ausgesehen hatten.

In einer Schublade unter der Ablage fand Mehrwald eine Schachtel Hustenbonbons, daneben eine fast leere Zehnerpackung Kondome *gefühlsecht.* Das deckte sich mit den Befragungen von Wolfs Kollegen und der Aussage der Maskenbildnerin. Anscheinend war Wolf tatsächlich kein Kind von Traurigkeit gewesen. Eifersucht stand ganz oben auf der Liste der möglichen Motive.

Im Kleiderschrank hing eine Reihe von teuren Anzügen, in den Fächern stapelten sich Pullover, in Folie eingeschweißte Hemden frisch aus der Reinigung und Unterwäsche. Wolf war es gewohnt gewesen, den Großteil seines Lebens aus dem Koffer zu leben. Auf einem Bügel reihten sich mehrere Seidenkrawatten aneinander. Auf dem Schrank hatte er einen riesigen grauen Hartschalenkoffer und eine Sporttasche verstaut. Mehrwald zog die Gepäckstücke herunter – leer. Neben dem Schrank drei Paar Halbschuhe. Insgesamt nichts Bemerkenswertes.

Eine Tür führte in ein kleines, weiß gefliestes Bad mit modernen Armaturen und einer Palme auf einem Schemel. Neben teuren Parfüms und den üblichen Toilettenartikeln keine Spuren anderer Personen.

In der blitzsauberen Eckdusche fand er Shampoo und Duschgel. Mehrwald kam die wenig einladende Dusche in Wolfs Garderobe mit dem schmuddeligen Plastikvorhang und den nassen Fußabdrücken in den Sinn. Geduscht haben wird er hier, dachte er, zumal die Wohnung so hoch oben und fern vom Autoverkehr der City eine angenehme Ruhe ausstrahlt.

Seine Gedanken gingen auf Wanderschaft. Ein Bild formte sich in Mehrwalds Kopf, er konnte es nur nicht richtig greifen. Wie, zum Teufel, war der Mörder in die Dusche im Theater gelangt?

Eleonore Kalb steckte den Kopf durch die Badezimmertür. „Bist du durch? Ich habe nichts Verwertbares gefunden. Wir sollten Wolfs persönlichen Dinge im Büro noch mal durchgehen. Ich habe da ein paar Ideen ...“

„Moment, mir fällt da gerade etwas ein.“ Mehrwald lief gestikulierend im Bad auf und ab. Plötzlich schlug er sich mit der flachen Hand vor die Stirn. „Natürlich! Überleg doch mal! Wolf wurde erschossen von jemandem, der sich bewusst dem höchsten Risiko erwischt zu werden, ausgesetzt hat: mitten im Theater, samstagabends bei voll besetztem Haus, zwischen allen Kollegen, kurz vor seinem Premierenauftritt! Ich meine, der Mörder hätte es sehr viel leichter haben können, in dieser Wohnung zum Beispiel. Vollkommene Ruhe, ohne Zeugen – ein viel geringeres Risiko, oder? Ich verabrede mich mit Wolf unter irgendeinem Vorwand, besuche ihn und habe hier alle Zeit der Welt. Aber nein, der Mörder hat ihn im für Wolf wichtigsten Moment und an dem für ihn wichtigsten Platz getötet – im Theater kurz vor seinem Auftritt!“

Kälbchen nickte.

„Und dass die Rolle Julius Caesar war, passte dem Täter hundertprozentig ins Konzept. Ein besseres Drehbuch hätte ihm keiner schreiben können. Da wollte jemand ein klares Zeichen setzen! So viele Zufälle kann es nicht geben. Ich bin mir sicher, dass wir Wolfs Karriere genauer unter die Lupe nehmen müssen. Auf wessen Kosten war er erfolgreich? Hat er dafür eine Beziehung geopfert? Wer hat ihm seine Erfolge missgönnt? Irgendwas in der Art. Oder was denkst du?"

„Dann wären Eifersucht und Rache das Motiv?"

Sie verließen das Apartment und klingelten eine Etage tiefer. Es dauerte ein paar Sekunden, bis sich etwas in der Wohnung rührte.

Eine weißhaarige alte Dame in gebeugter Haltung öffnete die Tür und schaute durch einen Spalt hinaus. „Ja bitte?"

Mehrwald stellte Kälbchen und sich vor. „Es geht um den Bewohner der Wohnung über Ihnen." Er zeigte mit dem Finger zur Decke. „Wir hätten da ein paar Fragen."

Die Dame öffnete die Tür und trat zur Seite, um sie hineinzulassen. „Ich glaube nicht, dass ich Ihnen weiterhelfen kann. Ich habe den Mann ein einziges Mal flüchtig im Treppenhaus gesehen und weiß nicht, wer das ist. Er kommt mir zwar irgendwie bekannt vor, die Bewohner wechseln jedoch so häufig, da gerät man schon mal durcheinander ... Warum, was ist denn mit ihm?"

Kälbchen erklärte, um was es ging.

Die Dame schlug die Hände vor der Brust zusammen. „Mein Gott, jetzt weiß ich, woher ich das Gesicht kannte. Natürlich, *der* Franz Wolf! Oje, der Arme, wenn ich das gewusst hätte." Sie ließ offen, was dann gewesen wäre.

„Frau ..." Kälbchen suchte nach dem Namen.

„... Krautwald."

„Frau Krautwald, uns würde interessieren, ob Sie in den letzten Tagen etwas von ihm gehört oder gesehen haben. Hatte Franz Wolf Besuch?"

„Nun, ich sagte ja, dass ich ihn einmal im Treppenhaus begegnet bin. Da war er aber allein.“

„Und sonst gab es keinen Besuch?“, hakte Mehrwald nach.

„Ach doch, irgendwann nachmittags lief ein Herr an mir vorbei zur Wohnung hoch. Der war Anfang vierzig, nicht so groß, rundlich und mit Fliege. Ich bin gerade vom Einkaufen zurückgekehrt und habe mit den Tüten in der Hand die Tür aufgeschlossen, deswegen habe ich nicht genauer hingesehen. Er hat nur freundlich gegrüßt.“

„Meinen Sie, Sie würden den Mann wiedererkennen?“

„Ich denke, Herr Kommissar, aber sicher bin ich nicht.“

„Na gut, dann haben Sie einstweilen vielen Dank“, erwiderte Mehrwald. „Sollten wir weitere Fragen haben, dürfen wir uns wieder an Sie wenden?“

„Natürlich, gerne. Ach je, der arme Mann. Ich habe ihn so gerne im Fernsehen gesehen. Neulich erst lief die Wiederholung des alten Films. Wie hieß er noch? Sie wissen schon ...“

Sie verabschiedeten sich von der alten Dame und gingen eine Treppe tiefer. Dort reagierte niemand auf ihr Klingeln, und so machten sie sich auf den Rückweg.

„Ein Mann und eine Taxiquittung – viel ist das nicht.“ Kälbchen setzte sich auf den Beifahrersitz und sinnierte auf der Fahrt ins Präsidium laut. „Wolf hatte Besuch vom Intendanten und Iryna Mandlikova, soweit wir wissen. Ich schlage vor, wir schauen uns im Büro die Videobänder, seine Akte im Zentralregister sowie die Quittungen und Belege der letzten Tage aus seinem

Portemonnaie an. Außerdem kriegen wir die Auswertung der Fingerabdrücke."

„Frau Krautwald meinte, der Mann auf der Treppe war nicht groß und trug eine Fliege. Das könnte durchaus Gollertz gewesen sein." Mehrwald kam der Anblick des Intendanten in den Sinn, der ihm mit seiner rundlichen Figur gerade bis zum Kinn reichte. „Damit haben wir einen Unbekannten weniger. Wir müssen in Wolfs Vorleben herumstochern, irgendetwas scheint mir da hochgekommen zu sein. Und seine Künstleragentur kann weiterhelfen, was persönliche Kontakte oder Feindschaften angeht, hoffe ich."

GRENZÜBERGANG LAUENBURG, DEUTSCHE DEMOKRATISCHE REPUBLIK, 17. AUGUST 1983

Trotz der mittlerweile extrem unangenehmen Position war Jürgen während der letzten Minuten in einen Dämmerzustand gefallen. Die abendliche Schwüle und das monotone Fahrgeräusch des Wagens wirkten einschläfernd.

Wenn nur nicht diese blöde Schraube unter seinem linken Knie wäre, die sich mit nicht nachlassendem Elan bei jedem Schlagloch bemerkbar machte! Doch alle Versuche, seine Lage in dem engen Raum wenigstens um ein paar Zentimeter zu verbessern, blieben erfolglos. Es war einfach kein Platz.

Werner hatte die Musik mittlerweile abgestellt. „Noch fünf Minuten", meinte er kurz angebunden, als sie an Boizenburg vorbeifuhren. Er merkte, wie die Spannung langsam in ihm anstieg.

„Wenn wir anhalten, werden die Zöllner den Wagen als Erstes von unten untersuchen", erklärte er. „Das geht mit fahrbaren Spiegeln, die sie unters Auto schieben. Meistens muss ich aussteigen und mit dem Ausweis in eines der Grenzhäuschen gehen. Da kontrollieren sie den Ausweis und mein Tagesvisum. Oft ist es damit getan. Ab und zu überprüfen sie den Wagen genauer, genauso wie bei der Einreise aus dem Westen. Handschuhfach, Kofferraum, Tank und so weiter. Lieblingsbeute: ‚kapitalistische Druckerzeugnisse‘ oder ‚Schund- und Schmutzliteratur‘, wie sie dazu sagen. Dazu gehört allerdings schon der neue Otto-Katalog ... Dass du in der Zeit nicht einmal an lautes Atmen denken solltest, brauche ich dir nicht zu sagen, oder?"

Jürgen brummte seine Zustimmung durch den Spalt zwischen Rückenlehne und Sitzbank nach vorne.

„Das muss alles nicht passieren. Das ein oder andere Mal wurde ich durchgewunken, ohne dass ich hätte aussteigen müssen. Je nachdem, welche Laune da herrscht und ob es irgendwelche Warnungen gegeben hat. Wir werden sehen."

Die Grenzübergangsstelle – oder GÜSt, wie man im Amtsdeutsch sagte – mit den flachen Gebäuden und dem hohen Wachturm kam in Sichtweite. Rechts und links hohe Zäune mit Betonpfählen und Drahtgittern, die die Straße begrenzten. Werner wurde in einen Trichter geführt, aus dem ein Entkommen nur nach vorne möglich war. Er sah nur eine kurze Reihe ausreisender Wagen vor sich. Wo die Fahrzeuge normalerweise mehrspurig abgefertigt wurden, gab es heute nur eine Schlange. Er rollte langsam aus, vor ihm warteten drei andere Autos.

Rund um das Gelände befanden sich hohe Stahlmasten mit starken Scheinwerfern. So waren die Grenzanlagen um sie herum trotz der eingetretenen Dämmerung taghell erleuchtet. Hier durften keine Schattenecken existieren.

Werner zählte vier Uniformierte. Sie waren in ihren blauen, kurzärmeligen Hemden witterungsgemäß gekleidet. Zwei Zollbeamte untersuchten die Wagen, ein Offizier der Grenztruppen saß im Grenzhäuschen zur Kontrolle der Papiere, ein leitender Offizier stand wichtig, breitbeinig und ansonsten untätig abseits. Vor ihnen ein weißer Peugeot Kombi, der untersucht wurde, bevor sie an die Reihe kommen würden. Darin saß eine Familie mit zwei halbwüchsigen Kindern auf der Rückbank und einem gelben „Atomkraft? Nein danke"-Aufkleber auf der Heckscheibe. Der Grenzbeamte hatte nur die Papiere kontrolliert, anscheinend nichts auszusetzen und winkte den Wagen durch.

Werner bekam ein Zeichen und rollte langsam bis zu einem weißen Querstreifen auf dem Asphalt vor. Im linken Außenspiegel konnte er erkennen, wie einer der Zollbeamten, kaum dass das Fahrzeug stand, schon einen rechteckigen Spiegel an einem langen Stab unter den Mercedes schob.

„Guten Tag, Zollkontrolle der DDR. Motor abstellen, aussteigen und mitkommen!" Den bärbeißigen Kasernenton durchs offene Seitenfenster hatte Werner erwartet, daran war er durch seine häufigen Einsätze dieser Art gewohnt. Höflichkeit schien bei DDR-Grenzbeamten aus Prinzip nicht auf dem Lehrplan zu stehen. Er drehte den Schlüssel, trat die Feststellbremse, stieg mit seinen Papieren in der Hand aus und folgte dem Mann zur Passkontrolle. Bisher läuft alles normal, dachte er.

Jürgen merkte, wie er nervös wurde, und verkrampfte sich im Kofferraum. Zu allem Überfluss schlief auch noch sein linker Fuß ein, und ein nerviges

Kribbeln folgte. Den Spalt zwischen Rücksitzbank und Lehne hatte er zugedrückt, um nur ja keinen Blick vom Innenraum auf ihn zu ermöglichen. Wenn es nur schneller gehen würde! Er versuchte sich zu beruhigen, und malte sich den Moment aus, wie er kurz nach dem Passieren der Schlagbäume auf der Landstraße im Westen aus dem Kofferraum klettern würde. Da die Fenster geöffnet waren, bekam er das meiste von dem mit, was sich draußen abspielte.

Im Grenzgebäude, einem schmucklosen flachen Betonbau, saß hinter einer abgegriffenen Resopaltheke ein Kontrollbeamter. Hinter ihm hing Honecker im Bilderrahmen und blickte ihm als Foto über die Schulter. Auf die Wand rechts neben Werner war ein Maßband mit schwarz-weißen Elementen gemalt, um die im Ausweis angegebene Körpergröße zu überprüfen. Er musste an die Wohnung seiner Freundin in Hannover denken. Dort hatte Bettina ebenfalls solch einen Maßstab im Türrahmen zu Olivers Kinderzimmer. Neben den Zentimeterangaben standen mit Bleistift die Daten, wann sie welche Größe bei ihrem Sohn gemessen hatte. Und jeder Eintrag war liebevoll mit einer Blume, einem Schmetterling oder einem anderen Bild verziert. Werner musste schmunzeln, als er sich das Gleiche hier vorstellte. Einen unpassenderen Ort konnte er sich nicht vorstellen.

Er legte dem Beamten seine Papiere vor.

Der sah in an und schlug den Pass auf. „Was ist so lustig?"

Werner schüttelte den Kopf. „Gar nichts."

„Mütze ab und linkes Ohr freimachen!"

Werner nahm die Baseballkappe ab, hielt die halblangen Haare mit der Linken hinters Ohr und drehte den Kopf.

Er kannte die Routineabläufe von vielen Grenzübertritten. Erlebte man die Prozedur das erste Mal, war man schnell eingeschüchtert, da sich der DDR-Verwaltungsapparat derart dominant und kompromisslos präsentierte, dass man sich automatisch fragte, ob nicht doch irgendetwas in den Papieren oder im Gepäck zu finden war, das einen sofort auf die Liste der unerwünschten Besucher bringen würde. Die falsche Lektüre, politische Aufkleber, ein unpassender Witz, all das konnte von jetzt auf gleich zu einer intensiven Durchsuchung führen. Dann wurden Teile wie Luftfilter oder Türverkleidungen demontiert, oder man leuchtete in Radioschächte, manchmal nur aus Schikane nach dem Motto: Da siehst du, wie klein du bist, du Westler.

Es gab jedoch auch Momente, in denen man sich ausgesprochen entgegenkommend, ja sogar freundlich ihm gegenüber gezeigt hatte. Erst später hatte Werner erfahren, dass sich die Staatsführung der DDR an diesen Tagen mit westdeutschen Politikern getroffen hatte, um zum Beispiel im Sommer über den riesigen Staatskredit für die Verkehrsinfrastruktur zu verhandeln. Im Gegenzug versprach man unter anderem, die Grenzabwicklungen reibungsloser zu gestalten. Werner hoffte, davon zu profitieren.

Was sich gerade neben dem Zollgebäude abspielte, ließ ihn allerdings augenblicklich in seiner Gelassenheit erstarren. Ein weiterer Zollbeamte gesellte sich zu den Kollegen, die seinen Wagen untersuchten. An der

Leine führte der Mann einen schwarzbraunen Schäferhund. Das Tier lief Richtung Kofferraum, bellte zweimal kurz und wedelte heftig mit dem Schwanz. Der Beamte lobte ihn und ließ ihn sich setzen.

Werner spürte, wie ihm schlagartig der Schweiß auf die Stirn trat. Hatte der Hund wegen Jürgen angeschlagen?

„Sehen Sie mich an!", fuhr ihn sein Gegenüber an.

Werner erwiderte den Blick offen und hoffte, dass ihm der Mann die steigende Nervosität nicht anmerken würde. Einige Schweißtropfen begannen, sich einen Weg von seiner Stirn an der Schläfe entlang bis hinunter in seinen Hemdkragen zu bahnen.

„Geht's Ihnen nicht gut?" Der Grenzbeamte wechselte in einen verbindlichen Tonfall. Fast hatte Werner den Eindruck, er interessiere sich tatsächlich für ihn.

„Doch, doch", meinte er schnell, „es ist nur so schwül heute."

Ein Zöllner kam von draußen dazu. „Rauskommen, los! Starten Sie mal den Wagen."

Seine Papiere blieben bei dem Passbeamten. Werner folgte dem Kollegen hinaus. Er verstand gar nichts. Wieso sollte er den Wagen starten? Waren sie doch schon fertig? Aber ohne seine Papiere? Er setzte sich hinters Lenkrad und drehte nervös den Zündschlüssel.

Was er vor sich sah, machte ihm Angst. Zwanzig Meter entfernt waren rechts und links der Fahrspur hüfthohe Betonsperren aufgestellt. Aus der linken glitt langsam ein dickes Metallrohr quer über die Fahrbahn. Das Ende verschwand tief im rechten Sockel in einer entsprechenden Aussparung. So war ein Durchkommen geradeaus unmöglich. Gleichzeitig schob sich links hinter dem Kontrollhäuschen ein hohes Eisentor auf einer Schiene zur Seite und machte eine Gasse frei. In etwa fünfzig Metern Entfernung konnte Werner an deren Ende ein Gebäude erkennen, das einer großen Garage glich.

„Fahren Sie vor bis zur Halle. Wird's bald!"

Nun wusste er, dass sie verloren hatten. Ein Blick in den Rückspiegel bestätigte ihm, dass jeder Fluchtversuch unmöglich war. Mittlerweile hatten ihn fünf bewaffnete Beamte eingekreist. Er ließ den Wagen langsam vorwärts rollen.

„Das ist schiefgegangen, tut mir leid", presste er zwischen den Zähnen hervor, dass Jürgen ihn im Kofferraum hören konnte. Langsam stieg die Angst in ihm.

Als er die Halle erreichte, wartete dort bereits ein mit einer MP bewaffneter Grenzpolizist und schob eine Metalltür auf. Der Mann deutete mit dem Gewehrlauf hinein. Werner lenkte den Wagen in die Mitte über eine Grube, aus der man die Unterseite eines Fahrzeugs untersuchen konnte. Sobald er stand, bemerkte er, wie zwei weitere Männer aufschlossen, zusammen mit dem Hundeführer und seinem Tier.

Das Tor knallte hinter ihnen zu. Im selben Moment blitzten an der Decke mehrere gleißend helle Scheinwerfer auf.

„Aussteigen, Gesicht zur Wand, anlehnen, Beine auseinander, los!"

Er stieg aus, und hinter ihm baute sich einer der Männer auf. Er fühlte den Lauf der MP an seinen Rippen und lehnte sich breitbeinig mit den Händen nach vorne an die weiß gekalkte Wand. Jemand suchte ihn von hinten nach Waffen ab.

Jürgen hatte in seinem engen Versteck alles verfolgen können. Nie zuvor in seinem Leben hatte er sich so schutzlos gefühlt wie in diesem Moment. Die Stimmen verbunden mit dem Zwielicht verstärkte seine Angst. Er merkte, wie der Kofferraum von außen geöffnet wurde. Jemand zog das Gepäck vor der schützenden Wand zur Seite und fing an, sich an den Schrauben zu schaffen zu machen, die die Trennwand fixierten. Als sie zurückklappte, rollte Jürgen den Männern durch die plötzlich fehlende Stütze in seinem Rücken förmlich entgegen. Die Enge um ihn herum ließ schlagartig nach, und trotz der bedrohlichen Situation empfand er dies seltsamerweise als angenehm.

Sobald er mit dem Gesicht nach draußen lag, war er blind. Die stundenlange Dunkelheit im Wagen wich in Sekunden dem grellen Scheinwerferlicht, das ihm von der Decke direkt in die Augen strahlte. Er hörte den Hund mehr, als dass er ihn sah. Der bellte ihn in Höhe seines Kopfes an, und Jürgen hielt sich instinktiv den Arm vors Gesicht. Zu zweit zerrte man ihn aus dem Kofferraum und ließ ihn an der gegenüberliegenden Wand in der gleichen Position wie Werner stehen.

In Jürgens Kopf drehte sich alles. Vor ein paar Minuten hatte er sich vorgestellt, wie er im freien Westen aus dem Wagen stieg. Jetzt stand er vor zwei mit Maschinenpistolen bewaffneten Zollbeamten, die ihn anschrien, der Hund zog an der Leine und bellte, das Licht blendete ihn. Er war diesem Staatsapparat ausgeliefert, dem er endgültig den Rücken hatte kehren wollen.

„Umdrehen und mitkommen!", schrie einer der Beamten und deutete mit dem Kopf in Richtung eines sich öffnenden Rolltors auf der anderen Seite des Gebäudes.

Beim Hinausgehen konnte er gerade noch erkennen, wie sie Werner die Arme auf den Rücken bogen und ihm Handschellen anlegten. Das war das Letzte, was er von ihm sah.

„Augen geradeaus!"

In der Einfahrt parkte ein grauer Barkas-Kastenlieferwagen mit der bunten Aufschrift *Esst mehr Fisch.* Die Seitentür war offen.

„Einsteigen, los!" Der Wachmann dirigierte ihn mit der vorgehaltenen Waffe die beiden Stufen in den geschlossenen Laderaum hoch. Im Fahrzeuginneren gelangte er durch einen kurzen Gang, von dem rechts und links niedrige Türen abgingen, in eine fensterlose Zelle. Darin ein mit rotem Plastik bezogener Eisenstuhl.

„Hinsetzen!"

Er setzte sich.

Die Metalltür hinter ihm knallte zu, ein Schlüssel drehte sich im Schloss, und um Jürgen herum wurde es pechschwarz.

KRIMINALKOMMISSARIAT 11, POLIZEIPRÄSIDIUM AACHEN, 7. SEPTEMBER 1997

Obwohl sie in Wolfs Apartment nichts Neues herausgefunden hatten, kam es Mehrwald so vor, als wären sie dem Mörder ein gutes Stück näher gekommen. Auch wenn das Motiv noch nicht klar vor ihnen lag, die grundsätzlichen Beweggründe waren sichtbarer. Bei einem Täter, der bewusst Risiken einging, um sein Opfer auszuschalten, musste eine Menge Emotionen dahinterstecken. Eifersucht oder Rache – alles andere schied aus.

Als sie vor dem Präsidium parkten, kam ihnen Podbielski entgegen. Bruno hatte er gegen den Nieselregen in ein dunkelgrünes Plaid gepackt und hielt ihn auf dem Arm.

„Wir waren gerade bei den Kollegen, Fingerabdrücke abgeben. Nur seine wollten sie nicht haben", meinte er schelmisch mit einem Blick auf den Dackel.

Den Rest des Tages würden sie damit verbringen, Material und Aussagen zu sichten. Sie verteilten die Arbeit. Kälbchen wühlte sich in die Belege, Fotos und Kalendereintragungen von Wolf. Mehrwald nahm sich die Berichte der Abteilungen vor. Die Spuren im Theater hatte Bernd Jäger ihnen in einer Zusammenfassung auf den Schreibtisch gelegt.

Viel Neues gab es nicht. Demnach wiesen die Fußspuren des Mörders auf einen eindeutigen Tathergang. Er hatte in der Dusche gewartet, in der Garderobe den tödlichen Schuss auf Wolf abgegeben, war aus dem Badezimmerfenster auf den Müllcontainer geklettert und hatte so über den Hinterhof entwischen können. Es handelte sich um die Abdrücke von Schuhen mit Kreppsohlen in Größe 43, die keine besonderen Merkmale aufwiesen. Fingerabdrücke waren bisher nicht zuzuordnen, allerdings war davon auszugehen, dass der Täter Handschuhe getragen hatte.

Von der Kugel in der Fußleiste hatten die Kollegen der Ballistik bisher nur eindeutig den Typ, eine russische Makarow 9 mm, erkennen können. Wahrscheinlich handelte es sich um eine Waffe vom Typ PB, also mit aufgeschraubtem Schalldämpfer. Ein Profilabgleich mit erfassten Waffen hatte nichts ergeben.

Mehrwald las den Bericht und erinnerte sich an diverse Weiterbildungsseminare. Waffen dieser Art waren in den Sechzigern bei den sowjetischen Einsatzkräften als Standard und später als leicht veränderter Typ von Truppenteilen der DDR verwendet worden. Nach dem Mauerfall und der Auflösung ostdeutscher Armee- und Volkspolizeieinheiten waren aus dubiosen Quellen so viele Exemplare dieser Art auf dem Schwarzmarkt aufgetaucht, dass man sie ohne großartige Beziehungen in die Szene leicht für ein- oder zweihundert D-Mark kaufen konnte. Eine Sackgasse.

Die einzigen Tatsachen, die sich aus den Spuren ableiten ließen, waren die, dass es sich aufgrund der

Schuhgröße um einen Mann oder eine groß ge-wachsene Frau handelte und dass die Verwendung eines Schalldämpfers für eine geplante Tat sprach.

Kälbchen hatte es geschafft, aufgrund der Bewirtungsbelege, der Taxiquittung und diverser Kalendereinträge die letzte Woche von Wolf in Aachen seit seiner Ankunft aus Berlin zu rekonstruieren. Der Schauspieler hatte ein enges Verhältnis zur gehobenen Gastronomie gepflegt. Wenn nicht gerade zeitgleich eine Probe angesetzt gewesen war, hatte er es sich jeden Abend in den Aachener Restaurants und den Lokalitäten kurz hinter der belgischen und holländischen Grenze schmecken lassen – teilweise allein, teilweise in Begleitung. Die Quittungen wiesen durchweg dreistellige Beträge auf. Ob im *Quellenhof*, dem alteingesessenen Fünfsternehotel der Stadt, beim *Gut Schwarzenbruch* Richtung Eifel oder anderen bekannten Adressen, man würde sich sicher an ihn erinnern. Und an seine Begleitung.

Über den gestrigen Tag ließ sich nichts ersehen außer dem Premiereneintrag.

„Was hat der Inspizient über die letzten Beziehungen von Wolf gesagt?“, fragte sie Mehrwald über den Schreibtisch hinweg.

Er blickte von seinen Akten auf. „Es gab eine Claudia Soundso, mit der es wohl vor ein paar Monaten nach einem unsauberen Ende auseinandergegangen ist. Mehr wusste er nicht.“

Es wurde ruhig im Büro, beide durchforsteten ihre Unterlagen.

„Ich denke, wir sind einen Schritt weiter“, kam es nach ein paar Minuten von Kälbchen.

Mehrwald zog fragend die Brauen hoch.

„Nun, es gibt hier viel unwichtiges Zeug wie Eintragungen zu Ärzten, Flugdaten oder Aufführungen. Aber in der ersten Jahreshälfte taucht häufig ein großes C auf, immer als Mittags- oder Abendtermin in Verbindung mit Namen von Hotels und Restaurants. Das bleibt so bis in den Juni, dann werden die Verabredungen seltener, und im Juli erfolgte wohl ein letztes Treffen.“

„Dann war das vielleicht diese Claudia, von der der Inspizient gesprochen hat.“ Mehrwald nickte. „Im Juli hat es ein letztes Gespräch gegeben, und die Beziehung hatte sich erledigt.“

„Genauso war es! Die einzige Person mit solch einem Vornamen ist eine Frau Claudia Berning, die auch noch mit Aachener Telefonnummer eingetragen ist.“

„Bingo!“ Mehrwald saß auf einmal aufrecht im Stuhl. „Rufst du sie mal an?“

Kälbchen wählte die Nummer und stellte auf Lautsprecher, damit er mithören konnte.

„Schönen guten Tag …“

„Ja, guten Tag, Frau Ber…“ Zu spät merkte Kälbchen, dass es sich um die Stimme auf einem Anrufbeantworter handelte.

„… hinterlassen Sie daher bitte Ihren Namen und Ihre Telefonnummer, ich rufe zurück.“

Eine angenehme Frauenstimme verabschiedete sich. Nach dem Piep sprach Kälbchen die gewünschten Daten auf und bat um Rückruf „zur Mithilfe bei der Aufklärung eines Sachverhalts“.

Mehrwald erhob sich und reckte sich demonstrativ. „Frau Berning räumt uns also netterweise eine Pause ein. Die sollten wir nutzen! Wie sieht es aus, Lust auf was Essbares?"

Kälbchen sah auf die Uhr. „Oh, gerne, irgendeine Idee?"

„Wir könnten uns einen Schub Vitamine einwerfen – Currywurst bei Emmi?" Er zwinkerte ihr zu. „Im Anschluss würde ich Gollertz noch mal im Theater interviewen, wenn er da ist. Zum Thema ‚Künstleragentur'. Vielleicht erfahren wir auf dem Weg etwas Neues."

Kälbchen nickte, erhob sich und war bereits aus der Tür. In dem Moment klingelte ihr Telefon.

Mehrwald griff an ihrer Stelle zum Hörer. „Kriminalhauptkommissar Mehrwald, Mordkommission."

Einen Moment war Stille.

„Berning, guten Tag. Sie hatten versucht, mich zu erreichen?"

„Ja, danke für den Rückruf, Frau Berning. Wir hätten Ihnen gerne in einer persönlichen Angelegenheit ein paar Fragen gestellt."

„Geht es um den Tod von Herrn Wolf?"

Mehrwald stutzte. „Sie wissen ...?"

„Natürlich weiß ich es, man redet in Aachen von nichts anderem."

„Ja, richtig. Ich würde dann mit meiner Partnerin bei Ihnen vorbeikommen. Wann wäre es Ihnen recht?"

„Ich bin bis sechs Uhr heute Abend zu Hause, wie es Ihnen passt."

Claudia Berning nannte ihm eine Adresse im Aachener Süden. Sie verabredeten sich für drei Uhr.

Zwanzig Minuten später saßen sie jeder vor einer großen Portion Currywurst mit Pommes Frites. Trotz Mehrwalds kulinarischen Hintergrundwissen war dies immer noch eines seiner liebsten „Es muss mal wieder schnell gehen"-Gerichte. Ab und zu brauchte er diese Kombi als Nervennahrung. Und bei Emmi hatte er „in langen Versuchsreihen", wie er betonte, die beste Currywurst der Stadt gefunden. Immer frisch vom Grill, keine aufgewärmten Exemplare vom Vortag. Eine scharfe Süßsauersoße mit krossen Röstzwiebeln, dazu goldgelbe Pommes Frites aus einer sauberen, täglich mit frischem Fett bestückten Fritteuse. Allerdings hatte Emmi einen solchen Durchlauf an Gästen, der es gar nicht ermöglichte, dass die Zutaten alt wurden. Qualität sprach sich eben herum.

Mit einem zufriedenen Gesicht lehnte er sich satt zurück, wischte mit der letzten Pommes Sauce aus der Ecke der Schale und steckte sie in den Mund. Kälbchen hatte er in diesen Currywursttempel gleich am Ende ihres ersten Arbeitstags in Aachen eingeführt. Zu seiner großen Freude war sie für solche Nahrungsbomben empfänglich.

„Berning, Berning …", sinnierte Mehrwald laut. „Irgendwas klingelt da bei mir. Ich glaube, der Name ist in Aachen nicht unbekannt, aber ich komme im Moment nicht drauf. Na, wir werden es ja gleich hören."

Ein Klingelton in Mehrwalds Mantel ließ ihn zusammenfahren. Obwohl die Polizei in den letzten Jahren zunehmend mit Mobiltelefonen ausgerüstet worden war, hatte er sich bisher nicht an die Technik und Handhabung gewöhnen können. Können oder wollen? Letzteres, wie er sich eingestehen musste. Er war ein Kerl der alten Schule. Auch um die Computer, die auf einmal überall auf den Schreibtischen aufgetaucht waren, hatte er am Anfang einen großen Bogen gemacht.

Erste EDV Einführungskurse im Haus hatten ihm zwar die Vorteile von Datenerfassung und -auswertung verständlich machen können, doch er traute den Dingern nach wie vor nicht. Zu oft hatte er Kollegen aus heiterem Himmel wie die Rohrspatzen fluchen hören, denen große Datensätze, die sie in mühevoller Kleinarbeit über Tage zusammengestellt hatten, am Ende um die Ohren geflogen waren, weil der Bildschirm auf einmal schwarz, eine Diskette nicht rechtzeitig gesichert worden oder das Netz ausgefallen war. Außerdem bekamen die Kollegen dann von den Fachleuten als Erklärung Begriffe wie „CPU-Störung", „MB-Kapazitäten", „Grafikkartendefekt" und Ähnliches an den Kopf geworfen, mit denen Mehrwald absolut nichts anfangen konnte und die das Ganze noch suspekter für ihn machten.

Umso erleichterter war er gewesen, als er in Kälbchen eine Dienstpartnerin gefunden hatte, die bei diesem Thema auf dem allerneuesten Stand war. Ihre Finger tanzten nur so über die Tasten, sie beherrschte die tiefen Geheimnisse der EDV anscheinend mühelos. Und so hatten sie sich stillschweigend auf eine Verlagerung aller Computereinsätze auf ihre Seite des Schreibtischs geeinigt.

Das Handy war bisher von untergeordneter Bedeutung, da seine Nummer, bis auf wenige Ausnahmen, nur im Kollegenkreis bekannt war. Auf dem Display erschien der Eintrag *hemo*. Zum Programmieren der Nummern hatte er sich nur das Basiswissen angeeignet, und so war es bei der Kleinschreibung ohne Leerzeichen geblieben. Dr. Henriette Morel wollte ihn sprechen. Er drückte den Annahmeknopf.

„Isch bin beru'igt, auch andere Mänschen am 'eiligen Sonntag einer geregelten Arbeit nachge'en ßu se'en", überfiel sie ihn, ohne ein Hallo von Mehrwald abzuwarten.

Er musste lächeln und sah sie vor seinem geistigen Auge in ihrem fensterlosen Büro im Keller des Klinikums. Im Hintergrund hörte er ihre „Begleitmusik", wie sie es nannte. Wenn sie allein war, versuchte sie wenigstens damit einen Hauch von Gemütlichkeit in diese kühlen Hallen zu bringen. Da reichte das Spektrum, je nach Gemütslage, von Wagner über AC/DC, Louis Armstrong bis hin zu Pink Floyd. Und es gab eine Sammlung mit engerem Themenbezug zum Job: *Funeral for a Friend* von Elton John, *Tears in Heaven* von Eric Clapton oder *Knockin' on Heaven's Door* von Bob Dylan. Momentan erkannte er – ziemlich neutral – Vivaldis *Vier Jahreszeiten*.

„Wir tun nur so, als würden wir arbeiten, gehen jedoch ernährungstechnischen Fragen nach."

„Oh, das klingt läcker." Sie hatte ihn durchschaut und fragte direkt: „Wie sieht das Menü aus?"

Als er es ihr erklärte, konnte er förmlich sehen, wie sie ihre Stirn runzelte. Sie verabscheute alle Fast-Food-Varianten.

Mehrwald hatte sie einmal an einem normalen Werktag in ihrer Mittagspause im Büro stören müssen und war erstaunt gewesen, was er auf ihrem Schreibtisch ausgebreitet gesehen hatte. Selbst zubereitete Gerichte, die sie in praktischen Portionen von zu Hause mitgebracht und in einer Mikrowelle erhitzt hatte. Eine Schale Bouillabaisse mit goldgelber Käsekruste, ein

Rest Coq au vin vom Wochenende und zum Dessert ein Stück bretonischer Tarte.

„Isch verste'e Sie nicht, Gerd. Warum tun Sie sisch so etwas an?"

Zwecklos, ihr das erklären zu wollen. Und er beneidete sie irgendwie um diese Einstellung. „Was gibt es Neues aus der Unterwelt?", wechselte er das Thema. „Durchbrüche der Wissenschaft irgendwelcher Art?"

„Der einzige Durschbruch, den isch anbieten kann, ist Caesars Schädeldecke. Ein paar Details noch, aber die zeige isch Ihnen gerne vor Ort. Wann 'aben Sie Zeit?"

„Wir könnten in einer halben Stunde bei Ihnen sein."

„Mais oui, tres bien."

Kälbchen hatte inzwischen bei Emmi bezahlt, und sie brachen auf. Als sie im Wagen saßen, fragte sie Mehrwald unvermittelt: „Wie kommt eigentlich eine französische Rechtsmedizinerin nach Aachen? Sie kennen sie doch schon viel länger."

Mehrwald musste schmunzeln, als er ihr die Geschichte von Dr. Henriette Morel erzählte. „Natürlich, das hat sie mir mal bei einem vorzüglichen Abendessen verraten. Sie stammt aus Concarneau in der Bretagne. Irgendwann tauchte ein gewisser Ulrich auf, ein Beamter der Steuerfahndung aus Deutschland. Er machte dort Urlaub, und sie lernten sich kennen. Die Liebe wuchs, und nachdem Ulrich drei Volkshochschulkurse Französisch absolviert und das vierte Mal hintereinander in Concarneau Urlaub gemacht hatte, entschlossen sie sich zum nächsten Schritt: Sie heirateten. Die Frage des gemeinsamen Wohnsitzes hat Madame Morel pragmatisch gelöst."

„Wie meinst du das?"

„Sie sagte: ‚Tot ist überall gleich tot, aber die Steuern ßu verste'en, *oh là là*, da sind alle Franzosen ratlos. Wie soll das Ulrich schaffen?' Und so hat sie sich in Aachen beworben und die Stelle in der Rechtsmedizin an der Uniklinik der Hochschule erhalten, da ihr Vorgänger dort passenderweise gerade in Rente gegangen war.“

Bedauerlicherweise hielt die Ehe nur wenige Jahre, da sich herausstellte, dass Ulrich bei seinen Steuerfahndungen nicht nur die Akten der Kundinnen intensiv studierte. Da hatte Henriette nicht mit sich spaßen lassen. So hatte sich Ulrich bei der Rückkehr von einem seiner Diensteinsätze für den deutschen Staat vor der verschlossenen Haustür des gemieteten Reihenhauses neben einem großen Stapel Kisten und Koffer wiedergefunden. Ulrichs Auszug hatte sich Henriette durch den sofortigen Einbau eines Gasherds in die Küche versüßt. Französischer Hersteller, versteht sich. Ein Schritt, den ihr der Gatte aus Sicherheitsgründen immer verweigert hatte.

„Männer“, murmelte Kälbchen.

Kurz darauf erreichten sie das Universitätsklinikum der Technischen Hochschule Aachen. Es befand sich in einem der größten Krankenhausgebäude Europas im Westen der Stadt nahe der holländischen Grenze und beherbergte Lehre, Forschung und Krankenversorgung mit tausendsechshundert Betten und mehr als fünfzig Operationssälen unter einem Dach. Über zwei Milliarden D-Mark Baukosten hatten auf der Rechnung gestanden, als der Koloss 1985 nach zig Planungs- und Kalkulationsirrtümern endlich eingeweiht worden war.

In diesem Wirrwarr von Gängen und Hinweisschildern verlief man sich schnell, und Henriette Morel hatte Mehrwald einmal verraten, dass sie täglich die rechtsmedizinische Abteilung im Altbau aus der Jahrhundertwende in ihrem bretonischen Heimatort vermisste.

Der Parkplatz vor dem Gebäude war wegen der sonntäglichen Besuchszeit überfüllt. Nachdem Mehrwald für den Wagen endlich eine Lücke gefunden hatte und sie auf den Haupteingang zugingen, hielten vor ihnen vier schwarze Mercedeslimousinen. Die Fahrer, auffällig breitschultrig und mit einer deutlich sichtbaren Wölbung unter den Jacketts, stiegen aus und rissen die hinteren Wagentüren auf. Heraus stieg eine Anzahl arabischer Männer und Frauen in strahlend weißen Kaftanen. Sofort begannen alle, in einer enormen Lautstärke durcheinanderzureden. Vor der Tür erschienen ein Mann im dunklen Anzug und zwei Ärzte in weißen Kitteln.

Es kam nicht selten vor, dass sich Patienten aus orientalischen Ländern zu einer speziellen OP nach Aachen begaben, um von dem hier versammelten Spezialwissen der Chirurgen und von ihrer Nähe zur Forschung zu profitieren. Die Scheichs ließen sich behandeln und quartierten sich und ihre Entourage an Lieblingsfrauen und Butlern im *Quellenhof* ein, manchmal auf einer kompletten Etage. Was die Damen während des Aufenthalts in Aachen an Kreditkartenzahlungen im örtlichen Einzelhandel hinterließen, füllte nicht nur die Kassen der Geschäfte, sondern auch ab und zu die lokalen Klatschspalten der Aachener Zeitungen.

Mehrwald und Kälbchen folgten der Gruppe in die Halle mit dem grünen Teppichboden. Grün in gelblichen Abstufungen mit schwarzen Streifen: ein Markenzeichen des Gebäudes, das niemand vergaß, der jemals einen Fuß hineineingesetzt hatte.

Endlich, nach einer gefühlten Ewigkeit in Aufzügen und Gängen, standen sie vor der Rechtsmedizin und traten ein. Kälbchen musste lachen, als die Tür hinter ihnen zufiel und sie von Bon Scott mit den letzten Zeilen von *Highway to Hell* von AC/DC begrüßt wurden.

„And I'm going down", *röchelte der Leadsänger mit versiegender Stimme ins Mikro, „all the way, whoa!"* Und als hätte er es gewusst, kam dann noch punktgenau *„I'm on the highway to hell"*.

Der Arbeitsbereich von Dr. Morel war klinisch rein und kalt. Im hinteren Bereich saß die Ärztin in einem Büro hinter einer großen Glasscheibe an ihrem Schreibtisch, abgetrennt vom hell erleuchteten Obduktionssaal mit seinen drei Edelstahlliegen, auf der mittleren ein Körper, komplett verhüllt unter einem weißen Tuch.

Rechts ging die Tür zu einem Kühlraum ab, Mehrwald zählte sechs Schränke zur Aufbewahrung der Toten bis zur Untersuchung oder zur Abholung durch den Bestatter. Wie immer lag ein süßlicher Geruch nach Formalin in der Luft. Oder wie es Henriette bezeichnete, „das letzte Deodorant, was man verabreischt bekommt. Keine fünfßehn Jahre 'ier unten, und man merkt es nischt mehr."

Als die dicke Glocke von *Hells Bells* zu läuten begann, entdeckte Dr. Morel sie und drehte die Lautstärke an ihrem CD-Spieler hinunter.

„*Bienvenue* in mein *cabinet* des Gruselns!", begrüßte sie Mehrwald und Kälbchen lächelnd, erhob sich und kam ihnen entgegen.

Sie ging zum mittleren Tisch, wartete und zog das Tuch von Franz Wolfs Kopf und Oberkörper. Während Mehrwald und Kälbchen den Leichnam betrachteten, griff sie sich eine dünne Akte von einem Beistelltisch.

Kälbchen wirkte wie immer erstaunlich gefasst. Tote zu sehen, machte ihr anscheinend nichts aus. Auch wenn so manch ein Opfer von Gewalttaten nicht mehr so appetitlich ausschaute, war sie im Gegensatz zu ein paar seiner früheren Dienstpartnerinnen bisher nie neben der Leiche umgekippt, weil der Kreislauf nicht mehr wollte. Sie konnte den Ekel abschalten und den toten Körper nüchtern betrachten.

Wolf lag auf dem Rücken, sodass die fehlende Schädelpartie nicht zu sehen war. Auf der Stirn klaffte das Einschussloch. Jetzt konnten sie sehen, wie massig der Schauspieler war. Mit seinen eins fünfundachtzig, dem muskulösen Körper und seinen geschätzten hundert Kilo war er eine beeindruckende Erscheinung gewesen – im „normalen" Leben und mit Sicherheit auf der Bühne.

„Isch kann es sähr kurß machen: Der Einschusswinkel ßeigt auf die Größe des Schützen von ßirca ein Mäter achtßig. Die Äntfernung ßum Opfer war etwa ein Mäter. Eine saubere Sache. Das Geschoss ging durch die Stirn und 'at auf dem Weg nach draußen die 'intere Schädel'älfte mitgenommen. Das Opfär war sofort tot – *naturellement.* Nichts, was wir nicht gästern bereits gesähen 'aben. Es gibt keine 'inweise von irgendeine Kampf, keine Spuren am Körper oder von was auch immer unter Wolfs Fingernägeln. Daßu war der *moment de surprise* – wie sagt man? Überraschungsmoment? – für ihn wohl ßu groß. Außerdem war är ein kerngesunder Värtreter seines Gäschleschts. Keine Drogen. Als Einziges konnte isch im Blut ein leichtes Kreislaufmittäl feststellen. Wahrscheinlich nahm är das bei Anzeischän von gelegentlischä Schwäche vor einem Auftritt. Außärdem gab es leicht erhöhte Gamma-GT-Werte."

„Alkohol?", erkundigte sich Mehrwald.

„Ja, seine Läber 'atte immär gut ßu tun, abär nicht an dem Abend. Die Wärte spräschen nur für eine regelmäßige Liebe ßum Wein oder ähnlischen Substanzen. War wohl – wie sagt man 'ier? – kein trauriges Kind."

„Kein Kind von Traurigkeit, ja. Ich denke, das schieben wir mal auf seinen Lebenswandel."

Kälbchen nickte bestätigend. „Wir haben auch schon herausfinden können, dass da nicht nur Platz für Bratkartoffeln und Mineralwasser gewesen ist."

„*Tres bien*", schloss die Rechtsmedizinerin die Bestandsaufnahme ab. „Ein Kopie der Akte ist 'ier." Sie streckte Mehrwald einen Aktendeckel entgegen. Nicht ganz so dienstlich fragte sie: „Wie wäre es mit einem Café au Lait? Es müssten da noch ein paar meiner selbst gemachten Biskuits mit Crème de Vanille liegen ..."

HAFTANSTALT HOHENSCHÖNHAUSEN, OST-BERLIN, NOVEMBER 1983

Monatelang hatte Jürgen nach der Inhaftierung unter Schlafproblemen gelitten. Kaum waren ihm die Augen zugefallen, weil Körper und Hirn nach den dauernden Verhören, gebrüllten Befehlen, dem stundenlang angespannten Sitzen auf den harten Stühlen im Verhörraum nicht mehr fähig waren, neue Reize aufzunehmen, kamen die Wachen wieder, um ihn aus dem ersten Schlaf auf der unbequemen Pritsche in der Zelle hochzuschrecken.

Überhaupt erinnerte er sich an diese erste Zeit als die schlimmste seiner Gefangenschaft. Alles war neu, bedrohlich und unkalkulierbar gewesen. Nach seiner Verhaftung an der GüST Lauenburg und der endlos langen Fahrt in dem komplett abgedunkelten Raum, der kaum hoch genug gewesen war, um sich auf dem harten Stuhl gerade hinzusetzen, war er in einem Zuchthaus gelandet. Irgendwann nachts hielt der Barkas im hell erleuchteten Innenhof eines Gebäudes, das von der Außenwelt isoliert war, die Mauern so hoch, dass ein Blick hinaus für Gefangene an keiner Stelle möglich war. Man zog ihm eine Decke über den Kopf, damit war er blind. Zwei bewaffnete Wachen führten ihn am Arm durch lange Gänge. Am Ende gelangte er im Keller in eine Kleiderkammer.

Er musste sich in dem Raum mit dem eiskaltem Betonfußboden und den kahlen Wänden vor zwei Männern nackt auszuziehen. Private Kleidungsstücke, seine Uhr, Geld und Papiere wurden konfisziert, einer untersuchte ihn mit Latexhandschuhen und einer Taschenlampe in sämtlichen Körperöffnungen. Anschließend händigte man ihm eine Garnitur Bettwäsche, Unterwäsche und einen blauen Trainingsanzug sowie auf einem abgegriffenen Blatt Papier die Anstaltsordnung aus.

Jürgens Fragen wurden barsch unterbunden.

„Hier wird nicht geredet, halten Sie den Mund!"

Auch die Kommandos der Wachen gab es nur in knappen Sätzen.

„Gehen Sie!"

„Stehen Sie!"

„Kommen Sie!"

„Gesicht zur Wand!"

Nach einem Rückweg durch graue Gänge mit Zellentüren rechts und links landete er in einer winzigen Einzelzelle. Sie war mit einem Metallbettrahmen mit einer dünnen, fürchterlich stinkenden Matratze und einem Metallkübel mit Deckel ausgestattet, auf dem er seine Notdurft verrichten musste. Tageslicht fiel durch ein paar Glasbausteine hoch über ihm in der Wand. Eine Intimsphäre jedweder Art war unmöglich, da ihn die Wachen von der Zellentür aus durch eine Luke mit Schieber dauernd beobachten konnten.

Die ersten Wochen reihten sich zahllose Verhöre durch zwei Männer in Zivil und einen uniformierten

Beisitzer aneinander. Sie fanden immer in demselben Raum mit Holzschreibtisch und -stuhl, einem ständig vor Zigarettenkippen überquellenden Aschenbecher, einer grauen Plastikschreibunterlage und einem grünen Telefon statt. Jürgen durchlebte täglich zwei mal vier Stunden dauernde Frage-Antwort-Spiele, die sich anfangs sogar nachts fortsetzten.

Die Untersuchungshaft, in der er sich allem Anschein nach befand, war keine Maßnahme einer objektiven Ermittlung, vielmehr stand seine prinzipielle Schuld bereits bei seiner Verhaftung fest, soweit glaubte er seinen Arbeiter- und Bauernstaat zu kennen. Die Befragungen dienten ausschließlich dazu, von ihm belastende Aussagen zu erhalten, da es sicher schon vorher Informationen zu seinen Fluchtvorbereitungen gegeben hatte. Denn wenn diese durch den Staatssicherheitsdienst illegal beschafft worden waren, waren sie vor Gericht nicht zu verwenden.

Jürgen hatte sich eine kurze und, wie er meinte, durchaus glaubhafte Geschichte zurechtgelegt. Nach und nach sei er in den letzten Jahren mit den Verhältnissen im Land unzufriedener geworden, nicht zuletzt wegen der unzureichenden medizinischen Versorgung der Patienten an seinem Arbeitsplatz und einer fehlenden Reisefreiheit. Das habe dazu geführt, dass er versucht habe, Informationen zu einer möglichen Flucht zu erhalten. Auf einem Medizinerkongress in Leipzig habe man abends in einem Hotel darüber gesprochen. Er sei anschließend von Kontakt zu Kontakt anonym weitergereicht worden. Namen seien nicht gefallen. Am Ende habe ihn ein Mann namens Günther mit einem Zubringerfahrzeug an einem vereinbarten

Treffpunkt mit einem Opel Rekord abgeholt und zum Übergabepunkt gefahren. Der Rest sei Geschichte gewesen.

Jürgens anfänglicher Versuch, auf dumm zu schalten und keinerlei Namen und Adressen zu kennen, scheiterte im Ansatz.

Abwechselnd kamen die Fragen von den Beamten, während Jürgen stehen musste. Dabei bliesen sie ihm permanent Zigarettenrauch ins Gesicht. Er sei ein „Krimineller, der sich gegen die antifaschistisch demokratische Ordnung der DDR" richte. Als „Vaterlandsverräter" und gar „Gefährder des Weltfriedens" habe er keinerlei rechtliche Ansprüche mehr an seine sozialistische Heimat. Ein Mensch, dem von staatlicher Seite eine erstklassige Ausbildung zum Mediziner ermöglicht worden sei und der sich dafür in dieser Form bedanke, habe jegliches Recht auf Menschenwürde verloren. Die einzige Möglichkeit, sich ansatzweise zu rehabilitieren, ergebe sich durch die umfassende Aussage, welche Verbindungsleute die versuchte Republikflucht vorbereitet und ermöglicht hätten.

Welche Namen könne er nennen?

Welche Adressen habe er gehört?

Welche Treffpunkte habe es vorher gegeben?

Wann und wie sei der Erstkontakt zustande gekommen?

Wurden Gespräche zur Fluchtvorbereitung anderer Genossen geführt?

Welcher seiner Freunde hätten Beziehungen ausgespielt, die ihm geholfen hätten?

Die immer wiederkehrenden Fragen, der permanente Schlafentzug, die Androhung von Gewalt mit Gummiknüppeln und Drahtschlingen führten dazu, dass er sich mehr und mehr in ein Lügengebilde verstrickte. Teile seiner Geschichte änderte Jürgen, weil er sich dadurch ein Ende der Sitzung erhoffte. Oft wusste er hinterher selbst nicht mehr, was er ausgesagt hatte.

„Gestern haben Sie noch gemeint, der Mann im Opel hätte Robert geheißen! Wollen Sie uns verarschen! Drei-zwei-neun-eins, ab in Ihre Zelle, nachher geht es weiter!"

Bei allen Fragen waren sie ihm einen Schritt voraus. Es schien ihm, als suchten sie nur die Bestätigung für ihr Wissen. Und mit Sicherheit hatten sie Werner, seinen Fluchthelfer, ähnlichen Verhören ausgesetzt und konnten so die Tatsachen abgleichen.

Ob Werner in demselben Gebäude inhaftiert war? Und was war mit Franz? Wie würden sie ihn drangsalieren? Konnten sie ahnen, dass er da mit drinsteckte? Irgendwie gelang es Jürgen, seinen Namen außen vor zu lassen.

Der Weg durch die Gänge sah immer gleich aus. Die Wache ließ ihn aus der Zelle treten. In dem Moment ertönte ein Signal, und eine rote Lampe leuchtete auf.

„Gefangener auf dem Flur!", rief eine Stimme aus einem Lautsprecher und war das Signal, dass so lange kein anderer Insasse aus seiner Zelle geführt werden durfte.

„Gesicht zur Wand!", hieß es auf dem Gang, während die Zellentür verschlossen wurde. „Folgen, anderthalb Meter Abstand halten!"

Er nahm den bekannten Weg bis zu einer verschlossenen Gittertür, die einen Abschnitt des Gangs verriegelte. Der Wachmann öffnete und verschloss sie nach dem Passieren hinter ihnen.

Die Prozedur wiederholte sich auf dem Weg zur Dusche dreimal, auf dem Weg zum Verhör in den Keller sechsmal.

Jürgen hatte in den ersten Wochen außer den Wachen, die ihn durch das Gebäude führten, und den Männern, die ihn verhörten, keinerlei Kontakt zu irgendeinem anderen Menschen. Es gab nicht einmal Sichtkontakte. Das Schlimmste waren die nächtlichen Geräusche im Zellentrakt. Plötzlich schrien Menschen auf, die offensichtlich nicht mehr Herr ihrer Sinne waren. Jürgen musste sich mehr und mehr anstrengen, sich nicht aufzugeben. Nach und nach verlor er jedes Zeitgefühl. Er konnte weder sagen, wie lange er einsaß, noch, ob es morgens oder abends war, wenn sie ihn abholten.

Nach unzähligen Tagen erhielt er irgendwann im November 1983 die kurze und denkbar knappe Information, dass er „aufgrund eindeutig belegbarer und gestandener krimineller Handlungen zum Zwecke der Republikflucht" zu einer Haftstrafe von sieben Jahren verurteilt worden war.

EBERBURGWEG, AACHEN, 7. SEPTEMBER 1997

Nach dem ausgezeichneten Café au Lait und den Vanillecremebiskuits in Henriettes Büro hatten sich Mehrwald und Kälbchen verabschiedet und machten sich auf den Weg zu Claudia Berning.

Sie wohnte am Waldrand in Aachens Süden. Mehrwald lenkte den Dienstwagen durch das schmiedeeiserne Tor, dessen Seitenflügel automatisch aufglitten. Der Kiesweg führte durch einen Park mit einer großen, gepflegten Rasenfläche, auf der ein Mann mit grüner Schürze die ersten gelben Blätter zusammenrechte.

Hinter mehreren alten Trauerweiden an einem Teich machte der Weg eine Biegung und gab den Blick frei auf eine imposante Industriellenvilla aus der Jahrhundertwende. Der weiße, zweigeschossige Jugendstilbau verfügte über viele Erker, Türmchen und einen frisch geharkten Vorplatz. Der Kies knirschte hochherrschaftlich, als Mehrwald den Wagen vor der breiten Eingangstreppe ausrollen ließ.

„Wenn ich meine Beamtenpension in ein paar Jahren beziehe, kaufe ich mir auch so was. Mit einem Butler und zwei irischen Wolfshunden – für vor den Kamin. Also, die Hunde natürlich." Er zwinkerte Kälbchen zu.

Sie stiegen aus. Eine blonde Frau um die vierzig in einem dunkelblauen Hosenanzug öffnete ihnen die Tür.

„Frau Berning? Schönen guten Tag, Kriminalhauptkommissar Mehrwald, Kripo Aachen. Das ist meine Partnerin, Kriminaloberkommissarin Kalb. Mit ihr hatten sie schon telefoniert."

Claudia Berning begrüßte sie kühl, aber freundlich und führte sie durch eine helle Eingangshalle mit altem Parkett in eine Bibliothek. Alles in dem Raum atmete Wohlstand und Historie. Der dicke Teppich, der breite Kamin mit der mächtigen Umrandung aus Blaustein. Holzregale, die Tausende von Büchern bis zur hohen Stuckdecke beherbergten. Rechts und links des großen Fensters große Vasen mit geschmackvollen, frischen Blumenarrangements.

Sie bot ihnen einen Platz auf einer modernen weißen Lederkombination mit Blick auf den Park an.

„Ich weiß, ehrlich gesagt, nicht, wie ich Ihnen bei Ihren Bemühungen weiterhelfen könnte", begann sie charmant und schaute Mehrwald tief in die Augen. „Darf ich Ihnen trotzdem etwas anbieten? Einen Kaffee, etwas Kaltes zu trinken?"

Sie lehnten dankend ab.

„Sie kannten Herrn Wolf näher, nicht wahr?", begann Mehrwald die Befragung.

„Das wissen Sie sicher, deswegen sind Sie doch gekommen, oder?"

Mehrwald nickte. „Richtig, und wir wären Ihnen dankbar, wenn Sie uns schildern würden, wie Ihr Verhältnis zu ihm zuletzt ausgesehen hat."

„Gerne", antwortete sie. „Wir haben uns vor zwei Jahren bei einer Feier im *Alten Wartesaal* in Köln kennengelernt. Franz bekam irgendeinen Fernsehpreis für eine Rolle, die er kurz zuvor abgedreht hatte, und ich war über einen Bekannten ebenfalls dort eingeladen. Nach der Aufzeichnung traf man sich an der Bar, und so haben wir das erste Mal persönlich miteinander gesprochen."

„Verstehe", erwiderte Mehrwald.

„Daraus hat sich schnell eine intensive Beziehung entwickelt, soweit man bei Franz von ‚intensiven Beziehungen' sprechen konnte. Zumindest zeitlich war er immer auf dem Sprung oder kam von irgendwo. Er hatte seine Drehs und Spielzeiten an allen möglichen Orten, und ich war – und bin – intensiv ausgelastet durch meine Tätigkeit."

„Was dürfen wir uns darunter vorstellen?", fragte Kälbchen.

„Nun, da muss ich etwas ausholen. Meine Familie ist in Aachen bereits seit Ende des letzten Jahrhunderts ansässig. Achtzehnhundertsechsundneunzig hat mein Urgroßvater Otto Berning", Claudia Berning deutete auf ein mannshohes Ölbild über dem Kamin, das einen stark ergrauten Mann in aristokratischer Pose hinter einem massiven Schreibtisch zeigte, „die Firma *Berning Klingen* gegründet."

Berning – natürlich, das war es, dachte Mehrwald. Jetzt wohne ich seit Jahrzehnten hier und komme nicht auf so etwas Simples!

„Er produzierte Rasierklingen und expandierte schnell, sodass sein ältester Sohn und dessen Sohn, also mein Vater, Rudolf Berning, die Firma bis zur Gründung der *Berning* AG neunzehnhundertfünfundachtzig weiterführen konnten. Als sich der Markt durch Asienimporte und Elektrorasierer immer weiter verschob, hat er die Firma aufgeben müssen, nicht zuletzt aus gesundheitlichen Gründen. Das Kapital wurde neunzehnhundertsechsundachtzig in eine Stiftung umgewandelt, und meine Eltern zogen sich auf ihre Finca in Andalusien zurück, wo mein Vater heute lebt und versucht, sein Rheuma in den Griff zu kriegen. Das Aachener Wetter hätte ihm die Sache nicht leichter gemacht."

Kälbchen nickte.

„Ich als einziges Kind", fuhr Claudia Berning fort, „habe die Verwaltung dieses Anwesens übernommen. Außerdem gibt mir das Kapital unserer Stiftung, die ich leite, einen gewissen Freiraum, um mich sozial und karitativ zu betätigen. Dadurch bin ich ausreichend beansprucht."

„Das kann ich mir vorstellen", meinte Mehrwald. „Und wie lange waren Sie nun mit Herrn Wolf liiert?"

„Die Beziehung lief längere Zeit sehr gut. Trotz – oder vielleicht sogar wegen – der Tatsache, dass wir uns nur sporadisch gesehen haben. Ich war wie Franz viel unterwegs, konnte ihm zwischendurch aber auch kurzfristig folgen, wenn er irgendwo ein paar Tage zum Dreh geblieben ist oder bei seinen Probenwochen in Berlin, Venedig oder am Bodensee. Und wenn er Dreh- oder Sommerpause gehabt hat, hat er länger bei mir im Haus gewohnt."

„Ihr Verhältnis kann man demnach durchaus als interessant und aktiv bezeichnen?", fragte Kälbchen. „Bis wann ging das so?"

„Ja, richtig. Das lief bis Anfang dieses Jahres. Es folgte eine Zeit, in der ich das Gefühl nicht loswurde, er hätte das Interesse an mir verloren. Er hat auf einmal Termine wahrgenommen, die aus meiner Sicht mehr als zweitrangig waren, und hat Verabredungen mit mir immer häufiger spontan abgesagt. Ich schien da manchmal in seinem Orbit gar nicht mehr vorzukommen. Verstehen Sie mich nicht falsch, ich weiß, welchen Beruf er hatte und wie stark er von der guten Presse und der öffentlichen Meinung abhängig war. Doch wenn auf einmal ein viertelstündiges Interview im Lokalradio von Osnabrück wichtiger wurde als ein gemeinsam geplantes und von langer Hand vorbereitetes Wochenende in New York anlässlich meines Geburtstags, habe ich mir so meine Gedanken gemacht."

„Wie haben Sie darauf reagiert?", fragte Mehrwald.

„Im Juli hat es in Berlin ein letztes klärendes Gespräch zwischen uns gegeben, bei dem sich zufällig herausstellte, dass er einige Affären neben mir gehabt hat. Danach war unsere Beziehung schnell beendet."

Claudia Berning schien das alles emotional hinter sich gelassen zu haben, Mehrwald war sich jedoch nicht sicher, ob sie es durch ihre kühle Art so aussehen ließ oder ob das der Realität entsprach.

„Und danach haben Sie sich nicht mehr gesehen? Auch nicht zufällig am Premierenabend?", hakte er nach.

„Nein, danach gab es kein Treffen mehr."

„Danke für Ihre Offenheit. Wir werden dann wieder ..." Mehrwald war im Begriff aufzustehen, ließ sich aber in die Polster zurückfallen. „Ach so, vielleicht noch eine Frage: Hatte Franz Wolf irgendwelche Feinde gehabt, von denen Sie wussten? Oder haben Sie eine Idee, wer Grund gehabt haben könnte, ihn zu ermorden?"

„Nun, da können Sie aus einem breiten Angebot von allein gelassenen Damen wählen. Außerdem hat er durch seine kompromisslose Ausrichtung auf beruflichen Erfolg tiefe Spuren bei manchen Schauspielerkollegen hinterlassen. Doch Mord? Nein, so was traue ich niemandem zu, von dem ich weiß, dass er ihn gekannt hat. Tut mir leid."

Auf der Rückfahrt ließen Mehrwald und Kälbchen die Befragung auf sich wirken.

„Eine beeindruckende Person", brach Kälbchen schließlich das Schweigen. „Ich bin mir nur nicht im Klaren, was ich von ihr halten soll. Einerseits mit dem goldenen Löffel im Mund geboren, keinerlei Probleme, Ansehen und Anerkennung durch soziale Projekte. Andererseits fehlen ihr anscheinend Menschen, die ihr nahestehen. Wolf war da auf Dauer nicht die richtige Medizin für sie. Nur ob das für einen Mord reicht, wenn man so enttäuscht wird?"

„Ich denke nicht. Männer wie Wolf kann sie mit ihrem Aussehen und Hintergrund an jeder Ecke finden. Für mich scheidet sie aus. Es sei denn, wir finden einen schwarzen Fleck, den wir noch nicht kennen."

HAFTANSTALT HOHENSCHÖNHAUSEN, OST-BERLIN, 17. NOVEMBER 1989

Die Zweimannzelle, in die Jürgen nach dem Urteil auf Haftstrafe verlegt worden war, befand sich in derselben Anstalt, aber in einem anderen Trakt. Der Raum ähnelte seiner früheren Einzelzelle mit dem Unterschied, dass es einen Tisch, ein zweites Bettgestell und – ein Luxus – ein Waschbecken mit Kaltwasserhahn gab. Jürgen hatte nach der U-Haft bis zu seiner Verlegung seit Wochen kein Gespräch mehr geführt. Er sehnte sich nach einem Austausch, nach Informationen zu seinem Aufenthaltsort, überhaupt nach dem Klang einer Stimme eines Menschen, mit dem er reden konnte und der endlich einmal keine Fragen zu seinem Fluchtversuch stellte.

Eberhard, sein neuer Mitbewohner, war Schlosser aus Freital bei Dresden und saß bereits seit einem halben Jahr ein. Mit seinen fünfundvierzig Jahren war er ein paar Jahre jünger als Jürgen, der vor Kurzem seinen fünfzigsten Geburtstag in Haft hinter sich gebracht hatte.

Man hatte Eberhard vor zwei Jahren ebenfalls an der Grenze in einem Lkw erwischt. Er war kurz vor dem Übergang Marienborn oben auf die Plane des Lastwagens geklettert, hatte sie aufgeschlitzt und war ins Innere gekrochen. Da man Lkw bei der Zollabfertigung von einer speziellen Brücke aus beobachtete, entdeckten die Grenzer den Riss. Die anschließende Zeit der Verhöre in der Anstalt hatte nicht so lange gedauert wie bei Jürgen, da es bei ihm keine Hintermänner oder irgendeine Art von Organisation gegeben hatte. Auch das Urteil war deutlich milder ausgefallen als bei Jürgen: Drei Jahre musste Eberhard noch absitzen und hatte nach wie vor keine Ahnung, in welcher Stadt oder welchem Gefängnis sie sich befanden.

Der Tagesablauf änderte sich für Häftling 329-1 insofern, als er jeden Tag Freigang erhielt. Anderthalb Stunden konnte er schweigend in einem Innenhof mit fünf Meter hohen Mauern auf und ab gehen. Das Areal war zusätzlich mit Drahtzäunen gesichert, sodass es nicht einmal einen freien Blick in den Himmel gab.

Immerhin konnten sie den Tag in der Zelle durch Unterhaltungen auflockern, sodass die Routine nicht mehr so schwer zu ertragen war. Von abends sieben bis morgens sechs Uhr herrschte allerdings, wie in der Dusche und bei den Freigängen im Hof, absolutes Sprechverbot.

Mit Eberhard entwickelte sich mit der Zeit eine kumpelhafte Freundschaft, obwohl er manchmal etwas begriffsstutzig und nicht immer zu tiefergehenden Gesprächen bereit schien. Ebbi, wie Jürgen ihn nannte, hatte als Handwerker goldene Hände und konnte, in geringem Umfang und ohne nennenswerte Hilfsmittel, nützliche Reparaturen ausführen. Und wenn es nur Drahtbasteleien an Jürgens uraltem Bettgestell waren, bei dem sich irgendwelche Bestandteile gelöst hatten, die einen tieferen Schlaf unmöglich machten. Jürgen hingegen versuchte seinerseits, seine medizinischen Kenntnisse zur Verfügung zu stellen, indem er Ebbi von Zeit zu Zeit massierte, da er seit Jahren unter seiner Bandscheibe litt.

Als Ebbi ihn nach seiner Haftzeit verließ, war beiden wehmütig ums Herz. Sie umarmten sich und versprachen einander, sich nach Jürgens Entlassung gegenseitig zu kontaktieren. Ab dem Tag hatte Jürgen keinen Zellengenossen mehr.

Es blieb ihm nun Zeit genug, sich über sein Leben nach der Haft Gedanken zu machen. An einen möglichen Wiedereinstieg in seinen Arztberuf am Krankenhaus glaubte er längst nicht mehr. Stattdessen fürchtete er, von der sozialistischen Wertegemeinschaft DDR für einfachste Instandsetzungsarbeiten zu irgendeiner Landwirtschaftlichen Produktionsgenossenschaft oder einem chemischen Kombinat in Bitterfeld oder Leuna abgeschoben zu werden, wo seine Zukunftsaussichten geringer als trostlos waren. Trotzdem freute er sich mit jedem Tag mehr, dass der Zeitpunkt langsam, aber sicher näher rückte. Alles war schließlich besser, als noch einen Tag länger abzusitzen. In der Routine von nächtlicher Kontrolle, Wecken, Essen, Zelle, Essen, Freigang, Zelle, Essen und wöchentlicher Dusche erwartete Jürgen das letzte Jahr seiner Haft.

Bis zu jenem Tag im November 1989.

Irgendetwas war anders als sonst. Etwas nicht Greifbares, Neues lag in der Luft und hatte mehr und mehr Auswirkungen auf das seit Jahren täglich gleich ablaufende Martyrium.

Es begann damit, dass die nächtlichen Lichtkontrollen am Vortag vereinzelt ausgefallen waren. Häftling 329-1 merkte es deutlich, da sich sein Organismus seit vielen Jahren darauf eingestellt hatte. Plötzliches grelles Licht aus den drei Neonröhren an der Decke, das von den Wachen bewusst laute Klappern mit der Schiebeluke an der Zellentür und der bellende Ruf „Auf den Rücken legen, Hände auf die Decke, wird's bald!", all das war jedes Mal gleich erschreckend. An diesem Tag waren die Kontrollen, die sonst mindestens alle drei Stunden in der Nacht stattfanden, gänzlich unterblieben. Jürgen konnte sich das nicht erklären. Was war auf einmal los?

Die Wachen erschienen ihm geradezu fahrig, verunsichert und richtiggehend redselig. Durch seine Zellentür hörte er ab und zu Gesprächsfetzen, was es vorher nie gegeben hatte. Worum es ging, konnte er nicht ahnen, aber es musste etwas von größerer Bedeutung sein, als dass es sich nur innerhalb des Gefängnisses abspielte.

Es fielen neue, anscheinend wichtige politische Namen wie Schabowski und Krenz und altbekannte wie Genscher oder Honecker. Es war von Ausreisen die Rede und irgendeiner Entscheidung in Berlin und Ungarn.

An diesem Morgen mitten im November wurde Jürgen wie immer vor dem Wecken wach. Er wartete auf das Wecksignal, das ebenfalls ausblieb. So lag er auf seiner Pritsche, starrte zur Decke und hörte plötzlich, wie sich die Wachen im Gang draußen von Zellentür zu Zellentür arbeiteten und aufschlossen. Nach solch langer Zeit hatte Jürgen die Tagesroutine verinnerlicht, die ihm tatsächlich ein gewisses Maß an Sicherheit vermittelte. Die geringste Abweichung hatte meist nichts Gutes zu bedeuten, und so wurde Jürgen wieder klar, wie abhängig und ausgeliefert er war. Angst kroch in ihm hoch. Was würde passieren? Er erhob sich und stellte sich an die hintere Wand.

Die Tür öffnete sich, ohne dass vorher jemand durch die Luke gesehen hatte. Auch das hatte es nie gegeben. Ein Wachmann – der lange Dünne, wie Jürgen ihn nannte – trat in die Zelle.

„Drei-zwei-neun-eins, Sie sind frei, Sie können gehen!" Er drehte sich um und verschwand.

Jürgen hatte versucht, sich auf alles einzustellen, eine Zellenkontrolle oder eine Verlegung in einen anderen Trakt, einen neuen Zellengenossen. Er blieb stocksteif stehen und traute seinen Ohren nicht. Was hatte der gesagt? Sie sind frei? Er musste sich verhört haben.

Die graue Zellentür war offen, er lief die wenigen Schritte hinaus auf den Gang und sah sich um. Überall Mitgefangene, die er teilweise niemals zuvor gesehen hatte, obwohl er seit einer halben Ewigkeit Tür an Tür mit ihnen wohnte. Sie unterhielten sich leise.

„Nun gehen Sie schon. Sie können Ihre Sachen unten abholen. Die Mauer gibt's nicht mehr. Sie können alle gehen!"

Sämtliche Gittertüren, die die Gänge voneinander trennten, standen weit auf. Jürgen reihte sich in den Pulk der Gefangenen ein. Jeder hatte tausend Fragen und keine Antworten. Eine große Anzahl Männer in Trainingsanzügen drängte sich bereits vor der Kleiderkammer. Alle wurden einzeln hineingerufen. Man händigte ihnen gegen Unterschrift einen Pappkarton mit ihrer Zivilkleidung, die Papiere und Geld aus.

Und so fand sich Jürgen am Freitag, dem 17. November 1989 um elf Uhr morgens draußen vor dem Tor der Haftanstalt Hohenschönhausen in Ost-Berlin mit seiner Sommergarderobe frierend im Schneeregen wieder.

Nach mehr als sechs Jahren Haft war er wieder ein freier Mensch.

HAUPTBAHNHOF MAGDEBURG, 12. APRIL 1997

Franz Wolf suchte sein Abteil. Der Zug nach Berlin war mit quietschenden Bremsen pünktlich um halb neun abends eingelaufen, und er hoffte, dass das Abteil mit seinem reservierten Platz nicht voll besetzt war. Das konnte er nach einem Tag wie diesem nicht gebrauchen. Er öffnete die nächstgelegene Waggontür, zog sich samt Reisetasche schwungvoll in den Gang und wandte sich nach rechts.

Er hasste Beerdigungen und hatte sich bisher erfolgreich um die meisten drücken können. Probentermine, Vorstellungen oder ähnliche berufliche Vorwände waren da hilfreich. Heute jedoch wäre es unmöglich gewesen.

Ein paar Schiebetüren weiter und er hatte sein Abteil gefunden. Es war außer einem Mann in seinem Alter leer. Ein Geschäftsmann auf dem späten Weg ins Wochenende, so schien es Franz. Er hievte die Tasche über seinem Fensterplatz ins Gepäcknetz und setzte sich. Sie grüßten einander schnell und unverbindlich, und Franz war froh, in Ruhe seinen Gedanken nachgehen zu können.

Schwätzer waren ihm zuwider. Oft meinten die Leute, dass sie mit ihm ins Gespräch kommen mussten, nur weil sie sein Gesicht aus dem Fernsehen oder dem

Theater wiedererkannt hatten. Da war es manchmal ein Segen, wenn sich die Unterhaltung auf einen Autogrammwunsch beschränkte und er sich nicht anhören musste, dass der Sohn neulich auf dem Schulfest in der Aula als Sumsemann in *Peterchens Mondfahrt* geglänzt hatte.

„Der Junge wird bestimmt mal Schauspieler!"

Ob er denn einen Rat wüsste, wo man die beste Ausbildung bekäme – er als Profi ...

Vielleicht gab Franz' Kleidung Grund genug, ihn nicht weiter zu belästigen. Sein schwarzer Anzug mit der schwarzen Krawatte, ebensolchen Schuhen und dem dunklen Mantel ließen das Richtige vermuten.

Seltsamerweise hatte Franz seinerseits das Gefühl, den Mann schräg gegenüber zu kennen. Zumindest erinnerte ihn das Gesicht an jemanden. Er kam nur nicht darauf, an wen. Der Zug setzte sich sanft in Bewegung. Die Vororte von Magdeburg glitten immer schneller an ihm vorbei. Franz geriet wieder ins Grübeln.

Vorletzte Woche hatte er noch mit Silke telefoniert, wie sie es nach Möglichkeit jeden Monat taten, um den Kontakt nicht abbrechen zu lassen. Nach seinem „Rübermachen in den Westen", wie sie es genannt hatte, hatte es im November '83 nach seinem Gastspiel als Dorfrichter Adam im *Zerbrochenen Krug* in Bochum einen Knacks in ihrem Bruder-Schwester-Verhältnis gegeben.

Nicht dass es vorher besonders intensiv oder herzlich gewesen wäre, schließlich hatten sie seit seiner Geburt im gemeinsamen Elternhaus gewohnt. Silke war allerdings zehn Jahre älter als er gewesen, und der Altersunterschied hatte sich nicht immer überbrücken lassen.

Sie hatte diese mütterliche Sorgfalt an den Tag gelegt, als ihre Eltern 1974 bei Wanzleben mit ihrem brandneuen Wagen verunglückt waren. Neun Jahre hatten sie nach der Bestellung auf die Auslieferung des Wagens – eines Trabants P 601 de Luxe in Weiß – warten müssen. Endlich hatten sie ihn abholen können, sogar ein paar Monate früher als geplant. Voller Freude und Stolz hatten sie den Tag gemeinsam feiern wollen und sich Brote geschmiert, Erdbeeren aus dem eigenen Garten und eine Flasche Apfelmost eingepackt, um mit ihrem neuen „Familienmitglied" zum Picknick zu fahren.

Ein Bauer der nahe gelegenen LPG hatte vor dem Überqueren der Landstraße nicht aufgepasst und war einfach drauflosgefahren. Franz' Eltern waren in voller Fahrt zwischen Trecker und Anhänger geraten. Die Deichsel hatte den Wagen waagerecht durchtrennt, sie waren sofort tot gewesen. Als die Volkspolizei eingetroffen war, hatte der Bauer noch versucht, die halb leere Flasche zweiunddreißigprozentigen Goldbrands zu verstecken.

Seit dem Unfall war Silke wie verwandelt gewesen und hatte gemeint, auf Franz mehr aufpassen zu müssen, wahrscheinlich aus Verlustangst. Sie hatte auf einmal ständig über seine Probenpläne, Tourneetermine und sonstige Kalenderdaten informiert werden wollen und hatte ihn mit ihrem gluckenhaften Getue verrückt gemacht. Wenn er als Schauspieler – mit knapp vierzig bereits auf der Höhe seiner Karriere in der DDR – damals nicht so häufig unterwegs gewesen wäre und sein Elternhaus nur als Heimathafen benutzt hätte, hätte es sicher öfter gekracht. So aber konnte er die Freiheiten nutzen, die der Beruf mit sich brachte. Und wenn er dann längere Zeit zu Hause gewesen war, weil das Theater Sommerpause hatte oder er eine Rolle einstudieren musste, hatte sie ihn meist in Ruhe gelassen. Silke war selbst berufstätig gewesen und hatte bei den VEB Magdeburger Armaturenwerken *Karl Marx* seit über zwanzig Jahren im werkseigenen Kindergarten gearbeitet.

Nachdem er sich nach dem Gastspiel am Schauspielhaus Bochum in den Westen abgesetzt hatte, war der Kontakt erst einmal schwierig gewesen. Nicht dass die Stasi Silke als Verwandte eines Republikflüchtigen zugesetzt und Gespräche unterbunden hätte, da waren keine großen Repressalien zu befürchten gewesen. Nein, Silke war von ihm enttäuscht gewesen, weil er ohne irgendeinen Hinweis im Westen geblieben war. Auch die Jahre nach der Wende hatten den Kontakt nicht wiederherstellen können. Alle paar Wochen war er zwischen seinen Engagements in Magdeburg aufgetaucht und hatte sein altes Zimmer bezogen. Silke hatte sich über seine Geschenke gefreut. Sie hatten auf dem uralten braunen Cordecksofa im Wohnzimmer gesessen, Fotos aus Kindertagen betrachtet, von der Jugendweihe, den Pioniernachmittagen beim FDJ und den Eltern in den Sechzigerjahren. Es hatte Soljanka gegeben, eine säuerlich scharfe Suppe, dazu *Wernesgrüner Pils* und eingemachtes Mus aus selbst gezogenen Äpfeln. Irgendwie war die Wende bei Silke nie richtig angekommen. Irgendwann war sie in Rente gegangen und hatte den Garten des Häuschens mit den Johannisbeersträuchern und Salatbeeten gepflegt.

Letzte Woche hatte er einen Anruf der Notaufnahme des St. Marienstift in Magdeburg angenommen. Sein

Handy hatte geklingelt, als er gerade in Berlin im Taxi zum Hotel gesessen hatte. Herzinfarkt. Ob er als einziger bekannter Angehöriger die Formalien für seine Schwester regeln könne? Man habe einen Zettel mit seiner Nummer in ihrem Portemonnaie gefunden.

Da hatte ihn der Schlag getroffen. Von einem Moment zum anderen fühlte er sich so allein wie lange nicht. Er spürte auf einmal, dass Silke die einzige Konstante in seinem bewegten Leben gewesen war. Manchmal nervig, aber immer da, wenn er mal jemanden zum Reden gebraucht hatte. Das war nun vorbei.

Mit Claudia führte er zwar eine angenehme Beziehung, sie hatten viel Spaß miteinander und früher interessante Unterhaltungen, doch eine tiefere Bindung als die gemeinsamen Wochenenden oder Spontantreffen in Berlin oder sonst wo wollte er nicht. Und seine sogenannten Freunde waren mehr oder weniger intensive Bekanntschaften der letzten Jahre im Westen. Er hatte kaum jemanden, an den er sich bei ernsthaften Problemen wenden konnte.

Der Bruch mit seinem früheren Leben in der DDR hatte mit Bochum begonnen. Er hatte alles Bekannte hinter sich gelassen und konzentrierte sich auf Biegen und Brechen auf den Erfolg in der freien Welt.

Dabei war es ihm bis dahin gut gegangen. Er hatte erfolgreiche Auftritte an allen großen und kleinen Theatern der DDR, in Leipzig, Karl-Marx-Stadt, Berlin oder Dresden gehabt. Die Presse ließ ihn hochleben. Danach waren Rollen in Krimis wie *Polizeiruf 110*, Auftritte in *Ein Kessel Buntes* oder ähnlichen Shows dazugekommen. Kurz, er war ein beliebter Schauspieler.

Als lediger, gut aussehender Bühnenheld fehlte auch
der Zuspruch der Damenwelt nicht. Oft ergaben sich
nach Auftritten bei feuchtfröhlichen Feiern im Kollegenkreis erstaunliche Gelegenheiten. Diese Begegnun-
gen endeten häufig in irgendeinem Hotelbett. Auf mehr
wollte er sich nicht einlassen, da er sich in seiner Freiheit bereits durch seine Schwester genug eingeengt gesehen hatte und ihm eine feste Beziehung nicht vielver-
sprechend schien.

Dass ihm bis dahin keinerlei Möglichkeiten für einen
Auftritt im Westen eingeräumt worden waren, hatte
ihn jedoch damals gestört. Entsprechende Anträge bei
der Abteilung Kultur des Zentralkomitees der SED
hatte er des Öfteren eingereicht, eine entsprechende
Genehmigung „von oben" hatte aber immer gefehlt.
Mehr und mehr hatte das seinen Wunsch zu fliehen
verstärkt. Oft hatten ihm Agenten von drüben nach
Vorstellungen und Fernsehauftritten beim anschlie-
ßenden Sektempfang verstohlen ihre Visitenkarte zugesteckt mit der Bemerkung, er sollte sich „bei Gelegenheit" mit ihnen in Verbindung setzen. Man hatte ihm
große Chancen im TV Geschäft versprochen – auch international.

Franz schaute aus dem Abteilfenster. Da es mittlerweile draußen dunkel geworden war, spiegelte sich
sein Gegenüber in der Scheibe. Er verfolgte, wie der
Mann in die Innentasche seines Jacketts griff und ein
Brillenetui hervorzog. Als er anfing, die Gläser zu putzen, fühlte Franz, wie sich sein Inneres zusammenzog.
Er blickte den Mann wie vom Donner gerührt an. Ihm
wurde schlecht. Diese typischen Bewegungen, dieses
akademische Putzen und Kontrollieren hinterher, das

hatte er bisher nur bei einem Menschen gesehen! Es traf ihn wie ein Faustschlag. Der Mann erinnerte ihn an jemanden, den er vergeblich aus seinem Gedächtnis zu löschen versucht hatte. Ein Mensch, der ihn an den schwärzesten Tag seines Lebens erinnerte. Mit Gewalt hatte er über die Jahre alles abgeschüttelt, was ihn mit diesem Mann verbunden hatte: Fotos, Briefe und gemeinsame Bekannte. Zum Schluss war es ihm ebenfalls mit den Erinnerungen an ihn gelungen. Er hatte wieder ein wenig Frieden gefunden und sich selbst verziehen.

Und gerade heute, nach solch einem Tag, musste er diesem Mann, der Jürgen bei genauerem Hinsehen zum Verwechseln ähnlich sah, in einem halb leeren Zug gegenübersitzen!

KRIMINALKOMMISSARIAT 11, POLIZEIPRÄSIDIUM AACHEN, 7. SEPTEMBER 1997

Armin Gollertz saß in Tweedjackett, Cordhose und Fliege auf einer Bank auf dem Gang vor ihrem Büro und las. Neben ihm lag eine flache Aktentasche. Als er Mehrwald und Kälbchen bemerkte, sprang er auf und kam ihnen entgegen.

„Entschuldigen Sie meine Verspätung, es ging nicht eher. Im Theater ist der Teufel los. Die Presse bedrängt mich seit dem Morgen, und ich hatte bis jetzt alle Hände voll zu tun, die zweite Besetzung für den Caesar aus dem Urlaub in Dänemark zurückzuholen, damit wir heute Abend überhaupt spielen können." Sichtlich aufgeregt folgte er ihnen ins Büro und nahm auf einem Besucherstuhl Platz.

Sie setzten sich ebenfalls.

Eifrig klappte Gollertz seine Tasche auf und zog einen Stapel Kopien heraus. „Ich habe Ihnen die gewünschten Unterlagen zusammengestellt. Die Namen des Personals, des Ensembles und die Reservierungslisten der vorbestellten Eintrittskarten. Hier ist die Telefonnummer von Herrn Wolfs Agentur *Bromeyer* GmbH in Köln, die wissen natürlich Bescheid. Das war der Vertrag, den wir mit denen abgeschlossen haben. Ich hoffe, ich habe nichts vergessen." Er schaute von den Unterlagen auf.

Mehrwald und Kälbchen wechselten einen belustigten Blick.

„Wenn alle Zeugen in einem Mordfall bei unseren Ermittlungen so helfen würden, käme uns das sicher zugute, vielen Dank", meinte Mehrwald anerkennend und legte die Unterlagen zu den anderen Akten. „Wir haben nur ein paar Fragen an Sie."

Gollertz war beruhigt und lehnte sich etwas zurück. „Bitte, ich stehe zu Ihrer Verfügung."

„Seit wann kannten Sie Herrn Wolf?", begann Kälbchen.

„Sie meinen, persönlich? Erst seit Beginn seiner Probenarbeit vor etwas über einer Woche. Vorher natürlich schon einige Jahre aus den Medien, wie alle."

„Und sind Sie ihm während dieser Woche persönlich nähergekommen?", fragte sie weiter. „Hatten Sie Gespräche über das rein Fachliche hinaus?"

„Eigentlich kaum. Das einzige Mal, dass ich ihn nicht im Theater bei den Proben oder in meinem Büro getroffen habe, war vor ein paar Tagen in seinem Apartment am Dom. Doch auch da war das Gespräch mehr oder weniger beruflicher Natur."

„Mehr oder weniger?", warf Kälbchen ein.

„Na ja, wirklich privat wurde es nicht, wir haben das Persönliche nur gestreift, dazu war mein Besuch viel zu kurz. Er hat mir ein, zwei Anekdoten aus seinen vorherigen Engagements erzählt und mir ein Exemplar seiner Memoiren versprochen, sobald sie gedruckt sein würden. Das war's."

Mehrwald hob die Brauen. „Wolf und Memoiren? Davon hören wir zum ersten Mal!"

„Ja, sie sollten im November erscheinen, wenn ich mich recht erinnere. *Ein Mann und sein Weg* oder so ähnlich sollte der Titel lauten."

„Wir haben seine persönlichen Sachen durchgesehen", erwiderte Mehrwald, „aber Aufzeichnungen sind uns nicht begegnet. Wo hat er denn geschrieben?"

„Oh, das kann ich Ihnen nicht sagen, da sollten Sie seine Agentur fragen. Die hat, soweit ich weiß, den Kontakt zu seinem Verlag hergestellt."

„Gab es persönliche Probleme oder Feindschaften, vielleicht in seiner Zeit bei Ihnen im Theater?", hakte Kälbchen nach.

„Nichts, das er mir gegenüber erwähnt hätte, nein, tut mir leid." Gollertz schüttelte bekräftigend den Kopf und blickte auf seine Armbanduhr.

„Gut, dann kommen Sie bitte kurz mit mir nach unten zu den Kollegen vom Erkennungsdienst." Kälbchen erhob sich.

Armin Gollertz verabschiedete sich. Von ihm war nicht mehr zu erwarten. Warum sollte ein Intendant sein bestes Pferd im Stall ermorden?

Mehrwald machte sich eine Notiz, am Montag einen Termin mit der Agentur in Köln zu vereinbaren. Dann zog er die Schreibtischschublade auf, suchte nach einem Fünfzigpfennigstück und machte sich auf den Weg zum Kaffeeautomaten den Gang hinunter. Davor fragte er sich zum hundertsten Mal, wie jemand allen Ernstes den Knopf für *Hühnersuppe* drücken konnte, wenn der normale Kaffee schon kaum zu untertreffen

war. Mit einem Espresso in der Hand, dem kleinsten
Übel aus dieser Maschine, kehrte er zurück ins Büro.

Er zog den Stapel Videokassetten von Mogers Video-
überwachungskameras zu sich. *Bühne*, *Foyer* und *Saal*
las er auf den Etiketten. Er nahm die *Foyer*-Kassette
und schob sie in die TV-Video-Kombination auf dem
Beistelltisch in der Ecke. Mit den Füßen auf dem
Schreibtisch lehnte er sich in seinem Stuhl zurück und
startete das Band mit der Fernbedienung.

ZUG MAGDEBURG – BERLIN, 12. APRIL 1997

Franz Wolf stand auf dem Gang vor seinem Abteil. Das Fenster hatte er heruntergeschoben und sog die frische, kühle Nachtluft gierig in seine Lungen. Diesem Mann weiter gegenüberzusitzen, hatte er nicht ausgehalten.

Der Zug ratterte mit hoher Geschwindigkeit durch die Dunkelheit in Richtung Berlin. Draußen flogen vereinzelt sich bewegende Lichter auf den Landstraßen vorbei. Ab und zu tauchte ein beleuchteter Bahnhof aus der Schwärze auf, dessen Namen er im Vorbeifahren nicht entziffern konnte.

Auf so etwas konnte er sich in diesem Moment auch nicht konzentrieren, die Erinnerungen an den Sommer '83 trafen ihn erneut mit voller Wucht. Die gemeinsamen Abende mit Jürgen bei ihm im Wohnzimmer, Gespräche über Flucht und eine bessere Welt im Westen. Die Spaziergänge im Garten, sobald sie gemerkt hatten, dass zu offene Sätze fallen konnten. Man wusste ja früher nie, welche Personen die Stasi unter Beobachtung gehabt hatte und bei wem Abhörwanzen in der Stehlampe oder hinter einer Steckdose platziert gewesen waren. Außerdem hatte Franz nicht gewollt, dass Silke eingeweiht wurde. Was sie nicht wusste, hätte sie nicht belasten können.

Am Anfang war er es gewesen, der vorgeprescht war, der alle Möglichkeiten einer „Republikflucht" angedacht und abgewogen hatte, nachdem sich die Künstler-Agentur der DDR wieder einmal negativ zu einem Engagement „drüben" geäußert hatte. Über Bekannte war es ihm gelungen, Kontakte in den Westen zu Personen aufzubauen, die sich erfolgreich mit Fluchthilfe befasst hatten.

Als eine der besten Quellen galt damals ein gewisser Günther in Hannover. Nachnamen wurden in dieser „Branche" nicht genannt, wie er bei einer vertraulichen Unterredung mit einem Verbindungsmann in einer Bierkneipe in Ost-Berlin lernte. Er habe bereits des Öfteren Menschen im Kofferraum eines Wagens hinübergeholt.

Auf Franz machte diese Möglichkeit einen guten Eindruck. Er zögerte nur aus Bedenken, dass doch mal etwas passieren würde. Seine Karriere wäre dann, hier wie drüben, keinen Pfifferling mehr wert, soviel war klar.

Dann allerdings hatten die Ereignisse jene fatale Wendung genommen. Sein Magen verkrampfte sich, als er an die anschließende Zeit zurückdachte. Jürgens Wunsch, dem Land den Rücken zu kehren, wurde zusehends stärker, nicht zuletzt, weil er von Franz' Plänen erfahren hatte. Er erzählte Franz die Begebenheit mit dem Tischler, danach reichte es Jürgen. Er wollte es einfach probieren, basta! Sie würden das beim nächsten Treffen noch einmal durchgehen, sobald Franz von seinen Drehtagen in Halle zurück wäre. Ihm blieben zwei Tage, in denen er seine Gastrolle im *Polizeiruf 110* in Ruhe zu Hause einstudieren wollte.

Am nächsten Vormittag, dem 6. August 1983, klingelte es an seiner Haustür. Zwei Herren in hellen Regenmänteln standen davor. Er bat sie herein, sie kamen gleich zur Sache. Ob er ihnen nicht berichten könnte, sollte jemand in seinem Bekanntenkreis „republikfeindlich" denken?

„Sie wollen bestimmt später an einem der großen Theater im Westen spielen. Wir könnten Ihnen dabei helfen."

Franz wurde aus seinen Gedanken gerissen und sah, wie sich der Mann aus seinem Abteil erhob, seinen Anzug zurecht zog, die Aktentasche hochnahm und die Schiebetür öffnete. Als er ihn passierte und höflich grüßte, musste Franz unwillkürlich die Augen senken. So ein Blödsinn, dachte er, dem habe ich doch nichts getan.

KRIMINALKOMMISSARIAT 11, POLIZEIPRÄSIDIUM AACHEN, 7. SEPTEMBER 1997

Die Schwarz-Weiß-Aufnahmen der Videoüberwachungskamera im Theater zeigten, wie sich das Foyer langsam mit Besuchern füllte. Hatten sie ihre reservierten Karten an der Abendkasse abgeholt, gaben sie nasse Mäntel, Regenschirme und Hüte an der Garderobe ab, vor der sich nach und nach eine Schlange bildete. Im unteren Bildschirmrand lief eine Uhr mit: *06.09.1997, 19:31:42 Uhr.*

Die Kamera hatte sich um sieben Uhr abends eingeschaltet, seitdem verfolgte Mehrwald die Aufzeichnung. Zwischendurch spulte er vor, da anfangs nur einzelne Theatergäste zu sehen waren.

Mehrwald hing gelangweilt in seinem Stuhl und starrte auf die Mattscheibe. Er wusste gar nicht, auf was er eigentlich wartete. Sicher würde keine vermummte Gestalt in den Eingangsbereich stürmen und sich unerkannt in Richtung Künstlergarderoben aufmachen, soviel war klar, insofern konnte jetzt nur Kommissar Zufall helfen.

Als der Timecode *19:34:13 Uhr* anzeigte, kehrte Kälbchen zurück und setzte sich dazu. „Na? Schon irgendwas gef...?"

„Was ist *das* denn? Das gibt's doch nicht!", unterbrach Mehrwald sie, nahm die Füße von der Tischplatte und schaute wie gebannt auf den Fernseher. „Die kennen wir, oder?"

Kälbchens Blick wanderte zum Monitor. Eine blonde Dame mit Kurhaarfrisur in einem Kostüm schälte sich gerade aus einem Regenmantel, den sie der Garderobiere zusammen mit einem nassen Schirm reichte. Die Frau händigte ihr eine Marke aus, die in ihrer Handtasche verschwand. Anschließend holte sich die Blondine ein Getränk an der Sektbar, stellte sich etwas abseits und ließ den Blick durch die Halle schweifen.

„Sieh an. Guten Abend, Frau Berning", meinte Kälbchen trocken. „Wenn mich meine grauen Zellen nicht im Stich lassen, haben Sie das bei unserer Befragung geflissentlich zu erwähnen vergessen."

„Teufel auch! Das katapultiert sie auf der Liste der Verdächtigen ein ziemliches Stück nach oben. Wollen wir mal sehen, wie es mit ihr weitergeht." Mehrwald nahm die Fernbedienung und spulte vor.

Um 19:38:25 Uhr stellte Claudia Berning ihr Glas an der Sektbar ab und verschwand nach rechts aus dem Bild in Richtung Künstlergarderoben.

Er spulte weiter, die Zeitanzeige lief schneller. Eine knappe Viertelstunde keine Spur von ihr, bis sie um 19:52:00 Uhr aus derselben Ecke, in die sie verschwunden war, auf der Bildfläche erschien. Sie lief quer durchs Foyer zum Saaleingang.

Kälbchen wechselte die Kassette, schob das *Saal*-Band ein und spulte auf 19:52:00 Uhr vor. Sie verfolgten, wie Claudia Berning den Raum betrat, ein Ehepaar begrüßte und sich in der achten Reihe in die Mitte setzte. Wenig später dimmte Moger die Lichter langsam.

„Kann es wirklich sein, dass sie in diesem – auf die Minute passenden – Zeitraum durch den Gang voller Schauspieler unbemerkt in die Garderobe zu Wolf geht, ihn genau abgepasst, dort erschießt, nachdem Iryna Mandlikova ihn gerade verlassen hat, auf ihren hochhackigen Schuhen im engen Designerkostüm aus dem Badezimmerfenster über den Müllcontainer klettert, wieder zum Pförtnereingang bei Podbielski hereinkommt und von da den Durchgang zum Foyer nimmt? – Ich weiß nicht." Mehrwald schaute skeptisch zu Kälbchen.

Sie zuckte mit den Schultern. „In jedem Fall macht das eine weitere Befragung mit ihr notwendig", meinte sie, griff zum Telefon und wählte Claudia Bernings Nummer. Als der Anrufbeantworter ansprang, hinterließ sie die Bitte, Montagvormittag dringend noch einmal im Präsidium zu erscheinen.

Sie sahen sich in stiller Übereinkunft an. Es war ein langer Sonntag gewesen, und nun reichte es.

HALBERSTÄDTER CHAUSSEE, MAGDEBURG, AUGUST 1983

Der „Besuch" der Stasi bei Franz zu Hause hatte viel tiefere Spuren hinterlassen, als er anfangs vor sich selbst zugeben wollte. Nachdem er die Haustür hinter den beiden geschlossen hatte, war er böse geworden. Was erlaubten die sich eigentlich? Was glaubten die, wer er war? Erst verweigerten sie ihm jahrelang Gastspiele im Westen, und dann sollte er für sie arbeiten? Die konnten ihn mal ...

Er zog sich ins Wohnzimmer zu seinem Textbuch auf die Couch zurück und versuchte, sich auf seine Rolle zu konzentrieren. Übermorgen musste er sie schließlich in Halle vor der Kamera im Kopf haben.

Mit dem Lernen war es allerdings vorbei. So sehr er sich den Text vorbetete, sobald er versuchte, ihn zu wiederholen, schweiften seine Gedanken ab. Er dachte nur an Reisen, berühmte Theater, Karriere im Westen. Alles war auf einmal so nah gerückt – gleichzeitig aber weiter weg als je zuvor.

Die glaubten doch nicht im Ernst, dass er Kollegen oder Freunde verraten würde, nur weil sich da einer nicht so linientreu zu ihrer sozialistischen Republik – oder zu dem, was davon übrig war – bekannte? Da kannten sie ihn aber schlecht! Da wartete er lieber ein wenig, bis die Genehmigung so kam.

In dem Moment wurde ihm klar, dass die nie kommen würde – nicht ohne Gegenleistung von ihm.

MEDIAPARK, KÖLN, 8. SEPTEMBER 1997

Sie hatten die Rollen für heute verteilt. Kälbchen würde sich Claudia Berning noch einmal vornehmen und die anderen Punkte auf der Liste abarbeiten. Den Blumenlieferanten, die Kollegin von Iryna Mandlikova in der Maske, den Schlüsselanhänger vom Container. Außerdem wollte sie nachsehen, was der Computer über Franz Wolf wusste.

Mehrwald hatte mit der Agentur *Bromeyer* telefoniert und sich für elf Uhr in Köln angekündigt. Als er ins Parkhaus unter dem neuen Mediapark einbog, war es kurz vor elf. Die dort ansässigen Firmen hatten eigens mit deren Logo reservierte Plätze für Mitarbeiter und Kunden. Bei Bromeyer zählte er fünf. Bis auf einen geparkten Jaguar aus den Siebzigern in englischem Racing Green waren alle verwaist. Mehrwald stellte den BMW daneben und suchte den Ausgang. Er ging die Treppe zur Eingangshalle hoch und fand auf einer Metalltafel die Mieter des Gebäudes. Bei allen drehte es sich um Medien: zwei Radiosender, Unternehmen der Fotoindustrie, eine Modelagentur, Castinggesellschaften. Die *Bromeyer* GmbH lag auf der dritten Etage.

Mehrwald begab sich in den Lift und drückte den Knopf. Im Hintergrund dudelte Kaufhausmusik, um ihm für die Dauer des zwölfsekündigen Auf- oder Abstiegs eine angenehme Zeit zu machen.

Die dritte Etage gehörte der *Bromeyer*GmbH anscheinend gänzlich. Er trat vor eine Videoüberwachungskamera und klingelte, da flötete ihm auch schon eine sanfte Frauenstimme ein „Ja bitte?" entgegen.

„Mehrwald, Kripo Aachen, wir hatten telefoniert."

„Jahaaa, gerne", kam es aus dem Lautsprecher, und die Glastür sprang mit leisem Klicken auf.

Innen herrschte ein kühles Ambiente. Weißer Marmor, getöntes Glas, Stahl und dunkles Edelholz. Geschmackvoll, aber ein wenig zu protzig. Das einzig Bunte waren Plakate und Fotos an den Wänden, von Stars und Sternchen, mit denen Bromeyer momentan zusammenarbeitete.

„Kommissar Mehrwald, guten Tag." Eine Blondine Mitte dreißig, die zu gut aussah, um noch komplett original zu sein, reichte ihm die Hand. „Herr Bromeyer ist sofort für Sie da. Wenn Sie sich eine Minute gedulden möchten? Er telefoniert gerade mit Hongkong."

Mehrwald nickte. Sie führte ihn zu einer Sitzecke neben dem Empfangstresen. Über ihm hing eine Reihe Schwarz-Weiß-Fotos mit Künstlern, darunter das Konterfei von Franz Wolf.

„Kriminalhauptkommissar Mehrwald? Artur Bromeyer, freut mich!", begrüßte ihn ein sportlicher Mann um die fünfzig in schwarzem Anzug und weißem T-Shirt.

Er schaute Mehrwald durch eine dunkle Designerhornbrille freundlich entgegen und geleitete ihn in sein Büro. Großzügige bodentiefe Fensterflächen gaben den Blick frei auf die neu erbaute Mediaparklandschaft mit dem Multiplexkino und einem künstlich angelegten See mit einer Brücke und Tretbooten. Ringsherum wurde eifrig gebaut.

„Espresso, Tee? Ein Wasser vielleicht?" Bromeyer deutete auf ein schwarzes Lederecksofa.

Mehrwald setzte sich. „Einen Espresso, danke."

„Sehr gut", meinte Bromeyer und trat an ein Büfett mit einer riesigen Espressomaschine.

Es war eines dieser chromblitzenden Geräte, die in italienischen Trattorien Standard waren. Hier wirkte es mit seinem silberfarbenen Korpus und dem umfangreichen Zubehör monströs. Als Krönung thronte darauf auch noch ein Adler mit ausgebreiteten Schwingen.

„Mein ganzer Stolz", fuhr er lächelnd fort. „Ich bin immer glücklich, wenn ein Besucher einen Espresso haben möchte. Nur für mich wäre dieses Trumm eine Schande. Es dauert allein eine halbe Stunde, bis das Teil morgens auf Betriebstemperatur ist. Früher wollten Jungs Lokführer werden – heutzutage wird man Maschinist an einem solchen Monster!"

Mehrwald beobachtete interessiert, wie Bromeyer mit geübten Handgriffen die Espressobohnen mahlte, das Mehl in den Siebträger füllte, es sorgfältig festdrückte und den Träger von unten in die Maschine klemmte. Dann wärmte er zwei kleine braune Tassen unter einer Düse mit heißem Dampf und stellte sie unter den Auslauf. Eine cremige dunkelbraune Flüssigkeit füllte die Tassen zur Hälfte. Eine davon landete auf einem kleinen Tablett samt Unterteller, Löffel, Zucker und einem Amarettino vor Mehrwald. Daneben ein Glas stilles Wasser, wie es sich gehörte.

Bromeyer setzte sich mit seiner Tasse in den Sessel gegenüber und sah ihn abwartend an. Mehrwald verstand, zuallererst hatte er den Espresso zu testen.

Er löffelte zwei Portionen Zucker hinein und rührte bedächtig. Die Crema blieb stehen, er nahm einen ersten Schluck. „Das ist, ehrlich gesagt, der beste Espresso meines Lebens. Perfekt!"

Bromeyer strahlte. „Das wollte ich hören! Wenn Sie einen zweiten möchten, gerne." Er nahm ebenfalls einen Schluck und lehnte sich zufrieden zurück. „Und jetzt zu Ihnen, wie kann ich Ihnen bei Herrn Wolf weiterhelfen?"

KRIMINALKOMMISSARIAT 11, POLIZEIPRÄSIDIUM AACHEN, 8. SEPTEMBER 1997

Matthias Fuhrmann, sechsundzwanzig Jahre alt und ledig, saß neben Kälbchens Schreibtisch. Ein athletisch gebauter, attraktiver Mann mit breiten Schultern.

„Ich hab den Job noch nicht lange, das war mein dritter Tag, an dem ich ausgeliefert habe. Vom Blumenladen bekomme ich eine Adressliste, packe die Pflanzen hinten in den Kastenwagen und fahre los. Pro Lieferung gibt's zwei Mark fünfzig für mich. Eigentlich 'ne tolle Sache. Immerhin ist Aachen 'ne Studentenstadt, da sind solche Jobs gefragt.“

Mit seiner blonden Tolle, der Lederjacke und Jeans traf er genau die Beschreibung, die Podbielski ihnen gegeben hatte.

„Studieren Sie?“, fragte sie und merkte, wie sie seine Hände musterte. Kräftig und doch sensibel.

„Ja, BWL. Bei mir dauert's nur was länger, weil ich umgesattelt habe von Maschinenbau. War mir zu anstrengend.“ Er warf ihr einen Blick zu, der so viel sagen sollte wie „Man muss sich das Leben ja nicht unnötig kompliziert machen“. Dabei schaute er Kälbchen länger als nötig an.

„Verstehe. Und am Samstag haben Sie das Theater beliefert? Erzählen Sie mal." Sie musterte sein Gesicht und sah schnell auf den Notizblock vor sich.

„Tja, was soll ich da groß erzählen? Ich habe den Fiat direkt vor dem Seiteneingang geparkt, weil es geregnet hat, hab den Strauß hinten rausgenommen und bin beim Pförtner rein."

„Können Sie sich erinnern, wie spät es da gewesen ist?"

„Ziemlich genau. Ich bin um halb acht am Blumenladen losgefahren. Von dort sind es nur ein paar Hundert Meter, und das Theater stand als Erstes auf der Liste. Also kurz nach halb war das wohl."

„Gut, und weiter?"

„Der Mann saß in seinem Kabuff, und ich habe ihn gefragt, wo ich die Blumen abgeben solle. Er hat mir den Raum links im Gang gezeigt und ist raus. Dort waren alle möglichen Vasen im Regal, und ich hab die Blumen in eine davon gestellt. Als ich wieder zurück bin, war er gerade draußen mit so einem total alten Hund, 'n Dackel, schätze ich. Dann bin ich weitergefahren. Mehr weiß ich nicht."

Mein Gott, eine angenehme Stimme hat er auch noch, dachte Kälbchen. „Ist Ihnen irgendetwas aufgefallen? Sie wissen, dass Herr Wolf an dem Abend in seiner Garderobe erschossen worden ist?"

„Nein aufgefallen ist mir nichts, da war echt der Bär los. Alle haben durcheinandergeredet, und zwei Soldaten oder Gladiatoren haben mit ihren Blechschilden und Schwertern ein Gefecht auf dem Gang aufgeführt."

„Ein Scheingefecht? War das laut?"

„Na ja, wenn Blech auf Blech knallt, scheppert es gehörig. Ja, laut kann man wohl behaupten."

„Wie lange ging das?", hakte Kälbchen nach.

„Das kann ich nicht sagen, ich bin ja dann raus."

„Okay, ich danke Ihnen, Sie haben uns sehr geholfen!" Fuhrmann erhob sich, drehte sich noch einmal zu Kälbchen und schenkte ihr ein breites Lächeln. „Haben Sie in diesem Job eigentlich auch mal Feierabend? Dann könnte ich Ihnen ein paar nette Kneipen zeigen. Ich meine nur, falls Sie die Stadt nicht gut kennen."

Kälbchen wurde rot. „Ähm, ja, äh, nein. Ich meine, natürlich habe ich Feierabend, aber im Moment ..."

„Natürlich, verstehe." Er lachte. „Mord geht vor. Da kann ich nicht mithalten."

„Ich habe ja Ihre Nummer, wenn mal Zeit ist."

„Oder Sie bestellen einfach Blumen, dann komm ich vorbei." Damit verabschiedete er sich.

Kälbchen strich ihn gedanklich von der Verdächtigenliste und setzte ihn auf eine andere, privatere.

MEDIAPARK, KÖLN, 8. SEPTEMBER 1997

„Auf einmal stand Wolf vierundachtzig mit seiner Reisetasche bei mir auf der Matte", begann Bromeyer. „Ich glaube, es ist April gewesen. Ich hatte ihn ein Jahr zuvor in einem Stück bei der Premiere in Dresden gesehen. Normalerweise gab es bei solchen Anlässen keine Gelegenheit, mit den Künstlern hinterher groß zu reden. Anscheinend sahen es die Kulturverantwortlichen nicht gerne, wenn man denen zu viel von den goldenen Möglichkeiten im Westen vorschwärmte." Er lachte auf. „Dabei haben die Bonzen ja am allermeisten davon profitiert. Schließlich haben wir die Gage aus den Verträgen nicht an die Künstler gezahlt. Jede harte Westmark ist direkt an die Künstler-Agentur der DDR gegangen. Und wie viel bei den Akteuren damals hängen geblieben ist, ich fürchte, das wenigste." Er nahm einen weiteren Schluck Espresso.

Mehrwald nickte.

„Aber man hat gemerkt, dass die Zonengrenze Anfang der Achtziger für alle Arten von Künstlern durchlässiger geworden war. Und so war ich als Geschäftsmann natürlich vorausschauend und habe nach Gelegenheiten gesucht. Ich bin Wolf in den Keller nach auf die Toilette und habe ihm – von Urinal zu Urinal – meine Karte zugesteckt. Er schien sich gefreut zu haben und hat mir gedankt. Danach habe ich ihn bis zu seinem Erscheinen in der Agentur weder gesehen noch gehört. Lustig, nicht?"

„Und wie ist er dann hergekommen?", fragte Mehrwald, schlug seinen Notizblock auf und machte sich ein paar Stichpunkte mit Kostas' Kuli.

„Nun, an dem Abend in Bochum, als er im *Zerbrochenen Krug* gespielt hat, ist er aus seiner Garderobe stante pede mit dem Zug nach Köln, hat sich ein Zimmer genommen und mich am nächsten Tag am Hohenzollernring besucht. Damals haben wir noch im alten Büro gehaust." Bromeyer blickte sich zufrieden um.

„Interessant."

„Ich hatte Wolf von da an ständig unter Vertrag gehabt und muss sagen, er hat sich als Goldesel entpuppt, wenn man das so sagen darf. Ein ‚rübergemachter' DDR-Schauspieler hatte damals für sich gesehen etwas Spannendes, Exotisches. Wenn man dann noch Franz Wolf hieß, na, besser ging's nicht!"

„Verstehe", sagte Mehrwald.

„Nachdem die Grenz- und Einreiseformalitäten mit der Botschaft hinter uns lagen – wir haben ihn dabei ein wenig an die Hand genommen –, hat er zunächst im Hotel gewohnt. Als die ersten Verträge mit Theatern und Talkshows wie *Bio's Bahnhof* oder *drei nach neun* geschlossen und bezahlt waren, nahm er sich in Köln im Belgischen Viertel eine schöne Altbauwohnung. Danach ging es mit ihm richtig ab. Alle Sender und Filmstudios standen Schlange, wir konnten uns die Engagements aussuchen. Dazu die Zeitungs- und Radiointerviews bundesweit. Mit Frau und Kindern wäre das nicht so einfach gewesen. Gut, dass er ungebunden gewesen ist. Auch seine Schwester hat er während dieser Zeit kaum gesehen. Ab und zu war er in Magdeburg, doch dann ist Silke vor Kurzem gestorben. Das hat ihm einen richtigen Schlag versetzt, so kannte ich ihn gar nicht. Er hatte gerade sein Engagement am Ku'damm, wollte den *Caesar* in Aachen beenden und anschließend – man höre und staune – Urlaub buchen. Ich dachte, ich müsste mich verhört haben. Urlaub – der! Er wollte wieder zu sich selbst finden. Da passte das Angebot mit der Biografie gut dazu."

Mehrwald horchte auf. „Was wissen Sie darüber? Der Intendant, Herr Gollertz, hat uns davon erzählt, doch wir haben in Wolfs Unterlagen nichts gefunden, was auf größere Schreibarbeiten hingewiesen hätte."

„Kein Wunder, das hat Wolf über Frank Bohnke laufen lassen, unseren Ghostwriter."

Mehrwald sah ihn fragend an.

„Frank arbeitet schon lange mit mir zusammen. Wir denken bei allen interessanten Persönlichkeiten, die mit meinem Haus unter Vertrag stehen, ab einem bestimmten Alter an eine Biografie. Frank setzt sich mit denen stunden-, manchmal tagelang zusammen. Die erzählen, und Frank macht daraus ein Buch. Sie würden staunen, wer da bereits alles ,selbst Verfasstes' durch Frank erfolgreich vermarktet hat. Wenn Sie in Franz Wolfs Vergangenheit kramen wollen, einen besseren Überblick als Frank wird Ihnen niemand geben können."

„Gut."

„Sie sehen, Wolf war in allen Bereichen erfolgreich, seine Memoiren wären bestimmt ein Knaller geworden. Wer weiß, vielleicht schaffen wir ja eine Nachschrift."

„Dann haben Sie ihm viel zu verdanken."

„Ich will nicht sagen, dass Wolf meine Firma allein hochgebracht hat, aber ja, soviel ist klar. Ein Jammer, diese Sache. Beruflich und privat. Ich glaube, ich bin neben Silke derjenige gewesen, der ihn seit seinem Absprung vierundachtzig am längsten begleitet hat – immerhin seit vierzehn Jahren." Bromeyer erhob sich, um ihnen noch einen Espresso zu machen.

„Wie würden Sie ihn charakterisieren, als Mensch und Kollegen?" Mehrwald stellte sich ebenfalls hin, um sich die Beine zu vertreten.

„Vielen Schauspielern von drüben war eines gemeinsam: Sie hatten ein hervorragendes technisches und intellektuelles Training, eine strenge Arbeitsmoral, eine in DDR-spezifischen Ränkespielen geschärfte Kampfkraft und einen Durchsetzungswillen, der selbst westliche Bühnenchefs staunen ließ. Insofern war Wolf fachlich eins a, ohne Frage. Seine Rollen spielte er im Schlaf, Termine und Leistungen konnte ich bedenkenlos jederzeit abrufen – Hut ab!"

„Klingt rundum positiv", kommentierte Mehrwald. „Gab es auch eine Schattenseite, vielleicht privat?"

„O ja, die hat er gehabt. Noch 'n Keks dazu?" Bromeyer deutete auf die Amarettini.

Mehrwald schüttelte den Kopf und tippte auf seinen Bauch.

„Manchmal gab es Momente, da wollte ich Wolf bremsen. Wenn er Bekannte vor den Kopf stieß, die ihm anfangs wohlgesonnen waren, und das meist aus Gründen, die allein in seinem Beruf lagen. Er ließ private Verabredungen und Kontakte platzen, wenn sich beruflich Vorteile ergaben. Da hatte er durch seinen übermäßigen Erfolg über die Jahre den Maßstab verloren, denke ich. Kameras, Bühne, bejubelt zu werden, das ging ihm über alles." Bromeyer balancierte zwei frische Espressos zum Tisch und setzte sich wieder.

Mehrwald bedankte sich.

„Und jeder hatte sich unterzuordnen, besonders seine zahlreichen Liebschaften. Ich meine, da hatten es die Frauen sowieso schon schwer, bei dem Beruf. Wenn sie jedoch merkten, dass sie immer nur die zweite Geige spielten, kam das Ende schnell. Insofern gab es viele Reibereien. Die letzte mit Claudia vor ein paar Monaten."

Mehrwald nickte. „Ja, die Story kennen wir. Die Beziehung ist allerdings länger gelaufen, nicht?"

„Ja, da hat die Entfernung eine Rolle gespielt. Ich denke, je weniger sie sich gesehen haben, desto mehr hatten sie sich vermisst. Zum Schluss hat es doch nicht gereicht."

„Und wem seiner vielen Bekannten und Freundinnen würden Sie so etwas zutrauen – einen Mord?"

„Niemandem. Aber wem traut man so etwas zu? Fragen Sie Frank, er ist, glaube ich, im Büro."

„Wie, Herr Bohnke ist hier?" Mehrwald blickte von seinen Notizen auf.

„Ja, er hat sich ein Büro in meiner Firma gemietet. Das hat sich so angeboten über die Jahre. Kleiner Dienstweg, verstehen Sie? Warten Sie, ich sehe mal nach." Er erhob sich und ging hinaus.

Mehrwald hörte, wie Bromeyer irgendwo klopfte. Eine Tür öffnete sich, ein kurzes Gemurmel folgte.

Kurz darauf kehrte Bromeyer zurück. „Sie können gleich zu ihm. Ich muss mich dann auch entschuldigen, mein Flug nach München geht gleich. Einer meiner Newcomer meinte, er müsste unbedingt in der Yellow Press erscheinen, und hat seinen neuen Sportwagen in der Isar versenkt. Sie sehen, es gibt nicht nur Sonnenseiten in meinem Job, doch wem sage ich das?"

KRIMINALKOMMISSARIAT 11, POLIZEIPRÄSIDIUM AACHEN, 8. SEPTEMBER 1997

Eleonore Kalb war nicht untätig gewesen. So hatte sie herausgefunden, dass Elke Kasper, die Kollegin von Iryna Mandlikova, tatsächlich den Abend ab Viertel vor acht bei ihrer Mutter im Krankenhaus gesessen hatte, wie ihr die Oberschwester der Station telefonisch bestätigte. Nicht dass es da einen Verdacht gegeben hätte, so hatte jedoch alles seine Ordnung.

Sie hatte den Hörer gerade aufgelegt, da wurde ihr Claudia Berning telefonisch angekündigt. Kurz darauf stand sie in der Tür.

„Sie wollten mich noch einmal sprechen?", meinte sie in genervtem Ton.

Anhand ihrer Kleidung aus Wachsjacke, enger Hose und hohen Schaftstiefeln schloss Kälbchen, dass sie gerade vom Reiten kam. Im Büro verbreitete sich sofort ein angenehmer Geruch nach Heu und Pferdestall.

„Ich war der Meinung, Sie hätten gestern alles erfahren."

„Setzen Sie sich bitte, ich habe leider weitere Fragen." Kälbchen steckte die *Foyer*-Kassette in den Videorecorder und spulte auf den Zeitpunkt von Claudia Bernings Erscheinen. Dabei achtete sie auf die Reaktion, als sich die Frau selbst auf dem Bildschirm entdeckte. „Wollen Sie mir dazu nicht etwas erklären?“ Sie drückte die Pausetaste.

„Da gibt es nichts zu erklären, was Sie nicht auch sehen. Ich war bei der Premiere, na und? Was soll das?“

„Frau Berning, bei unserer Befragung gestern sagten Sie Kriminalhauptkommissar Mehrwald und mir, dass nach Ihrer Trennung keinerlei Kontakt mehr mit Herrn Wolf bestanden hätte. Und jetzt sehen wir Sie auf dem Bildschirm am Premierenabend. Nicht nur, dass Sie das anlässlich eines Mordfalls in Ihrem privaten Umfeld hätten selbstverständlich erwähnen müssen, nein, Sie haben sich auch noch zu der fraglichen Tatzeit aus der Reichweite der Kamera entfernt, kehren anschließend zurück und setzen sich in den Zuschauerraum.“

Claudia Berning schwieg.

„Die Zeit passt sogar so genau, dass Sie theoretisch und nach Ihrer persönlichen Vorgeschichte mit dem Opfer als Hauptverdächtige erscheinen!“ Kälbchen war lauter als nötig geworden.

Ihr Monolog verfehlte seine Wirkung nicht. Claudia Berning zuckte zusammen, fasste sich jedoch schnell wieder.

„Ich habe Sie gestern nicht im Entferntesten angelogen“, holte sie aus. „Es gab kein Treffen mehr zwischen Franz und mir – weder geplant noch ungeplant. Und nur, weil ich ihn noch einmal im Theater habe sehen wollen, würde ich das nicht als ‚Treffen‘ bezeichnen. Ich habe mich während dieser Zeit außerhalb der Reichweite der Kamera befunden, richtig. Doch entgegen Ihrer Behauptung, dass ich in diesen zehn Minuten mal eben bei Franz in die Garderobe gehuscht bin, ihn ermordet habe, um mich in aller Seelenruhe in den Zuschauerraum zu setzen, war ich auf der Damentoilette."

Kälbchen runzelte die Stirn.

„Falls Sie mir nicht glauben, kann ich Ihnen mindestens zwei Freundinnen nennen, die ich dort gesehen und gesprochen habe. Reicht Ihnen das?" Triumphierend lehnte sie sich zurück.

Kälbchen atmete durch. „Warum, um alles in der Welt, haben Sie uns das gestern nicht gesagt? Das hätte uns einiges erspart."

Claudia Berning zuckte mit den Schultern. „Eine Beziehung geht in die Brüche, und ich gehe ins Theater, um den Ex auf der Bühne zu sehen. Kommt in einer polizeilichen Befragung komisch an, nicht wahr?"

„Also gekränkte Eitelkeit, ist das richtig?"

Claudia Berning verschränkte die Arme vor der Brust. „Wenn Sie es unbedingt so nennen wollen ..."

„Verstehe. Noch eine Frage, wenn Sie gestatten."

„Bitte."

„Hatten Sie während Ihrer Beziehung mit Herrn Wolf tiefere Einblicke in seine finanziellen Verhältnisse?"

„Nur insoweit, dass es ihm aufgrund seines Lebensstils in dieser Beziehung an nichts gefehlt hat. Franz hat durch seine steile Karriere einiges an Vermögen aufbauen können. Wie viel und wo er das investiert hat, da muss ich passen. Ich weiß nur, dass er nach dem Tod seiner Schwester das Elternhaus in Magdeburg geerbt hat. Wissen Sie, dadurch, dass ich finanziell nicht von ihm abhängig war, hat es mich, ehrlich gesagt, nie interessiert. Es war kein Thema zwischen uns."

„Gut, ich danke Ihnen. Die Kollegen nehmen Ihre Fingerabdrücke.“

Wieder eine weniger auf der Liste. Wer bleibt überhaupt?, dachte Kälbchen.

MAGDEBURG, AUGUST 1983

Es waren die schwersten Wochen für Franz. Die freundlichen Herren hatten sich zwar nach dem Gespräch bei ihm zu Hause nicht mehr gemeldet, doch der Stachel saß trotzdem. Er sah das Ende seiner Karriere im Westen jeden Tag deutlicher vor sich. Sie hatten ihn am Haken und brauchten nur zu warten. Ohne Gegenleistung kein Engagement, fertig. So würde das laufen.

Aber was konnte er schon Großartiges bieten? Die zweideutigen Witze, die in den Theaterkantinen über Honecker oder sonst wen „da oben" von den Kollegen gerissen wurden?

„Die Stasi verhört einen Kirchgänger. ‚Gibst du zu, dass du gerade in der Kirche gewesen bist?' – ‚Ja.' – ‚Und gibst du zu, dass du die Füße von Christus am Kreuz geküsst hast?' – ‚Ja.' – ‚Würdest du auch die Füße unseres Genossen Honecker küssen?' – ‚Sicher, wenn er dort hängen würde ...'"

Das gab keine Pluspunkte. Selbst die Nachbarin in Magdeburg, die im Stillen ihre Bibelkreise abhielt, war denen sicher längst bekannt. Was interessierte die am meisten? Ausreisewillige?

Franz ahnte, worauf die Sache hinauslaufen würde. Etwas, das ihm Kopfschmerzen verursachte. Er würde abwägen müssen: Jürgen gegen seine eigene Karriere.

Von da an träumte er nachts von einem schizophrenen Szenario. Er wurde Ankläger und Verteidiger in einer Person. Er sah sich selbst in einem Gerichtssaal. Plötzlich trug er die Robe eines Staatsanwalts.

„Angeklagter, war Ihnen damals nicht klar, dass Sie damit Verrat an Ihrem Freund – wenn nicht sogar an Ihrem einzigen Freund – begangen haben? War Ihnen das Urteil einer mehrjährigen Haftstrafe in einem DDR-Gefängnis nicht bewusst? Wie konnten Sie einen Menschen sehenden Auges in eine solche Situation bringen? Hatten Sie Ihr Gewissen verloren?"

Vor dem Richter suchte er gleichzeitig nach Argumenten zu seiner Verteidigung. „Hohes Gericht, die DDR war auf dem Weg nach unten, das konnte jeder klar denkende Mensch erkennen. Die Verschuldung stieg ins Unermessliche, und damit die Abhängigkeit vom Westen. Da musste ein talentierter Schauspieler sehen, wo er am besten auftrat und sich weiterentwickeln konnte. Hier existierten zwar gute Theater, doch die Inzucht im eigenen Land – ohne einen nennenswerten Kulturaustausch mit dem westlichen Ausland – nahm immer mehr zu. Ich habe schließlich eine Verantwortung der Kunst als solcher gegenüber."

Franz erwachte nass geschwitzt. Heute Nachmittag würden sich Jürgen und er treffen. Jürgen wollte ihm etwas Wichtiges mitteilen, wie er beim letzten Mal freudig erwähnt hatte. Und Franz graute es vor dem, was das sein würde.

Seine Gedanken schweiften ab. Er sah sich mit seinem Freund in aller Frühe auf der Pirsch an dem Maisfeld, wo sie mit Artus und Jupiter, Franz' Dackeln, die Bache mit ihrem Nachwuchs aufschreckten. Obwohl alle Wildschweine schnell im Gebüsch verschwanden, meinte Artus, hinterherrennen zu müssen. Laut aufjaulend flog er zurück vor ihre Füße, die Seite weit aufgerissen. Die Innereien lagen frei und boten ein Bild des Schreckens.

Es gab Glück im Unglück: Jürgen hatte seinen Arztkoffer vom letzten Nachtdienst im Wagen, der hundert Meter entfernt auf dem Parkplatz stand. Sie schleppten das Tier zurück, und Artus erhielt eine Not-OP auf einem der Rastplatztische. Der Hund überlebte, was Franz seinem Freund hoch anrechnete.

Der Tag schleppte sich fürchterlich langsam dahin. Franz war drauf und dran, die Verabredung abzusagen, aber das würde die Sache nur verschieben. Letztendlich hatte er sich entschieden: Er würde kaum Details weitergeben und möglichst wenig fragen. Und was davon an die Stasi gelangte – nicht ohne ein klares Angebot der Gegenseite.

Als es nachmittags klingelte, hatte Franz keine Chance. Jürgen überfiel ihn mit einem Schwung von Informationen, die ihm größtenteils bekannt waren, da er sie vorher für sich selbst besorgt hatte. Doch konkrete Zeit, Ort, Ablauf und das Wie und Wer standen nun fest.

Nachdem Jürgen ihn gefragt hatte, ob er irgendeinen Schwachpunkt an dem Plan entdecken könne, musste er sich auf der Toilette erbrechen. Franz entschuldigte sich für seine Unpässlichkeit. Sie umarmten sich zum Abschied freundschaftlich. Sicher gäbe es bald die Gelegenheit, sich im Westen wiederzusehen. Franz meinte, das Kulturbüro habe da ein paar Andeutungen gemacht. Auf jeden Fall wünsche er Jürgen alles Gute ...

Mit einem dicken Kloß im Hals schloss Franz die Haustür hinter seinem Freund. Dann ging er zum

Telefon, nahm den Zettel aus der Tasche und wählte die
Nummer.

MEDIAPARK, KÖLN, 8. SEPTEMBER 1997

Frank Bohnke saß hinter einem nicht ganz so großen Schreibtisch wie Bromeyer in einem deutlich kleineren Büro vor seinem PC und hämmerte in einer erstaunlichen Geschwindigkeit auf die Tastatur ein. Er war Ende vierzig, hatte volles schwarzes Haar und für September einen unnatürlich dunklen Teint. Sein Jackett hing über der Lehne hinter ihm, er trug ein weißes Hemd mit aufgerollten Ärmeln und Jeans.

„Kommen Sie rein in mein Reich. Wenn Sie Glück haben, finden wir eine Sitzgelegenheit für Sie." Er erhob sich, gab Mehrwald die Hand und schaute sich suchend um.

Zimmerboden, Schreibtisch, zwei Stühle und Regale waren voller Bücher, Zeitungen, Illustrierten und Kopien. Er nahm einen Stapel Papier von einem der Stühle, legte ihn auf den Fußboden und bot Mehrwald den Platz an.

„Ein Kommissar in meinem bescheidenen Domizil, das hatte ich noch nicht. Sie sind wegen Franz Wolf da? Artur hat's mir gesagt. Tragischer Fall, wenn Sie mich fragen. Der Mann war ein Ass, das können Sie mir glauben. Ich war mitten in seiner Biografie und habe dauernd dazugelernt, was ihn betraf. Nun wird's natürlich schwieriger für uns. Mit den Rechten und der Veröffentlichung, da müssen wir unsere Juristen befragen."

„Soweit ich das richtig verstanden habe, sind Sie nur der Verfasser. Oder gehört der Verlag ebenfalls zum *Bromeyer*-Imperium?", griff Mehrwald den Faden auf.

„Nein, nein, so weit sind wir noch nicht." Bohnke lachte und machte eine wegwerfende Handbewegung. „Obwohl ... Natürlich sind die Rechte verkauft, bevor ich zu schreiben anfange. Sonst wäre das unter Umständen zu viel Arbeit für nichts."

„Und jetzt?", fragte Mehrwald. „An wen geht nach Wolfs Tod das Geld aus den Erlösen?"

„Gute Frage. Bisher hätte ich gesagt, an seine Schwester. Aber seit Silkes Tod habe ich dieses Thema, offen gesagt, nie bei ihm angesprochen. Falls Sie etwas erfahren sollten, wäre ich dankbar, wenn Sie mich informieren."

„Sicher", erwiderte Mehrwald. „Weshalb ich eigentlich hier bin: Franz Wolf war ein Mann ohne nennenswerten Freundeskreis, Verwandte gab es unseres Wissens nicht mehr, und auch die Beziehung mit Frau Berning wurde vor nicht allzu langer Zeit beendet. Sie als sein Biograf scheinen mir derjenige zu sein, von dem ich am meisten aus Wolfs Leben erfahren kann. Sehe ich das richtig?"

„Da kommen Sie der Sache schon recht nahe."

„Gut, dann die naheliegendste Frage: Wem würden Sie am ehesten zutrauen, Wolf umbringen zu wollen?"

„Schauen Sie, ich habe in Franz Wolf einen Mann kennengelernt, der seine beruflichen und privaten Entscheidungen immer klar und manchmal hart getroffen hat. Meist waren da Engagements und Filmrollen ausschlaggebend. Und das, soweit ich es beurteilen kann, nicht erst seit seiner Übersiedelung in den Westen. In der DDR war das Leben zwar mehr auf die berühmte Hand, die die andere wäscht, fixiert, nach dem Motto: Ich gebe dir die Rolle Dachpappe und du mir dafür ein paar Freikarten fürs Theater. Aber Wolf hat es auch da längst verstanden, dass seine Hand nach solchen Deals immer etwas sauberer war als die der anderen."

„Also meinen Sie, seine potenziellen Feinde sollte man nicht nur nach seinem Absprung neunzehnhundertvierundachtzig suchen?"

„Auf keinen Fall. Wolf hat ja dort – nach DDR-Maßstäben, wohlgemerkt – ein genauso pralles Leben geführt wie hier. Das Problem ist, es gibt keinen konkreten Hinweis auf Feinde. Natürlich, er war lange Zeit sauer auf die damalige Agentur für Künstler in der DDR. Schließlich haben die ihn zappeln lassen. Viele seiner Kollegen hatten gute Engagements im Westen, bevor man ihm endlich etwas anbot. Darüber hat er ziemlich Dampf abgelassen. Und dass er dann die erstbeste Möglichkeit genutzt hat, für immer hier zu bleiben, hat man ihm persönlich sicher übel genommen. Daraus irgendetwas abzuleiten, und das nach so vielen Jahren, nein, das wäre zu weit hergeholt."

Mehrwald sah ihn fragend an. „Und was hat den Ausschlag gegeben, dass er letztendlich ausreisen durfte?"

Bohnke wog den Kopf. „Interessant, dass Sie das ansprechen. Wissen Sie, wenn man einem Menschen stundenlang gegenübersitzt und sich seine Lebensgeschichte anhört, kann man hinterher von sich behaupten, ihn gut zu kennen. Und ich habe bereits erwähnt, dass Wolf seine Entscheidungen nie im Nachhinein bereut oder in irgendeiner Form infrage gestellt hat. Klare Kante, und gut. Doch um die Zeit seines Gastspiels, das urplötzlich ohne triftigen Grund von ‚oben‘ genehmigt wurde, hat er für seine Verhältnisse immer ziemlich – wie soll ich sagen? – herumgeeiert. Da kamen Formulierungen wie ‚die politische Großwetterlage änderte sich‘ oder ‚endlich haben die eingesehen, dass es Zeit wurde‘. Das hat mich gewundert damals."

Mehrwald horchte auf und vermerkte den Punkt in seinem Notizblock. „Ich muss Sie bitten, mir die Unterlagen, die Sie zu Wolfs Biografie geschrieben haben oder die er Ihnen anlässlich Ihrer Gespräche ausgehändigt hat, mitzugeben, solange die Ermittlungen laufen. Vertraulich, selbstverständlich."

„Natürlich, kein Problem." Bohnke öffnete einen Karteikasten voller Disketten und suchte. Dann entnahm er drei und überreichte sie Mehrwald. Auf einem Klebeetikett hatte er sie beschriftet. *Wolf, Franz 1* bis *Wolf, Franz 3*.

„Wenn die Sache abgeschlossen ist, bitte ich Sie, mich zu informieren, dann kann ich weiterarbeiten. Die Disketten können Sie behalten, ich habe Kopien." Dann ging er zu einem Regal und zog einen Ordner *Franz Wolf* heraus. „Den brauche ich allerdings zurück, das sind Originale."

Mehrwald sah hinein und fand einige Fotos, Dokumente und Briefe. Er bedankte sich, gab Bohnke seine Visitenkarte und bat ihn sich zu melden, falls ihm in der Sache noch etwas einfiel. Bohnke versprach es.

LÜBECK, 1990

Nach seiner Entlassung eröffnete sich für Jürgen ein Paradies! Schwarz und unglücklich hatte er sich sein Leben nach der Haft vorgestellt. Politisch vom Staat gebrandmarkt, aller Vorteile beraubt, ohne jede Zukunftsperspektive, und schon gar nicht mehr in seinem Beruf als Arzt tätig.

Und nun? Er hatte, wie alle anderen, das geschenkt bekommen, wofür er mit sechs Jahren Haft hatte bezahlen müssen – die Freiheit!

Erste Anfragen bei der Ärztekammer und den medizinischen Einrichtungen der BRD zeichneten ein positives Bild. Krankenhäuser suchten Mitarbeiter, Notdienste waren chronisch unterbesetzt. Und es herrschte die Meinung, alle ostdeutschen Ärzte suchten den goldenen Westen.

Jürgen führte Bewerbungsgespräche und merkte schnell, dass sie ihn wollten. Allerdings fehlte es im ein oder anderen Fall an speziellen Kenntnissen, die auf den Mangel an Innovationen im Osten zurückzuführen waren. Eine Computertomografie war für ihn Neuland – davon waren sie '83 in Magdeburg Lichtjahre entfernt gewesen. Man hatte Röntgengeräte und war froh gewesen, wenn diese noch funktionierten. Ob es ein CT in den letzten sechs Jahren dort gegeben hatte, wusste er nicht, schloss es jedoch aus, als er sich die

Mangelwirtschaft an Einweghandschuhen und Injektionsnadeln in Erinnerung rief.

Im Osten wurden Patienten bei Krankenhausaufenthalten in kleinen Zimmern mit fünf oder sechs Betten untergebracht. Nasszellen mit Bad und WC fehlten. Wer den Weg zur Toilette auf dem Flur nicht schaffte, musste eben auf die Bettpfanne.

Im Westen schöpfte man medizinisch aus dem Vollen. Beim ersten Rundgang durch ein Krankenhaus kam er aus dem Staunen nicht mehr heraus. Die meisten Patienten in Lübeck lagen in Einzelzimmern mit Dusche, Toilette und Telefon, Radiowecker und Fernsehanschluss. Im Erdgeschoss lag sogar eine Cafeteria.

Als er die Stelle in der Notfallambulanz der Asklepios Klinik in Lübeck im März 1990 antrat, war er der glücklichste Mensch auf Erden. Man hatte ihm ein Schwesternzimmer als vorübergehende Unterkunft angeboten, und in den nächsten Jahren würde er sich intensiv fortbilden, besonders in Medizintechnik, Medikation und EDV. Die Arbeitszeiten waren für ihn nicht ungewohnt, und wenn er frei hatte, schlenderte er durch die Lübecker Altstadt, bummelte zum Holstentor oder fuhr die paar Minuten mit dem Bus nach Travemünde an die Ostsee.

Und Jürgen konnte sich alles kaufen, was er sich wünschte! Ob Jeans, Fernseher, Autos, Südfrüchte, Illustrierte – er brauchte es nur zu bezahlen. Einen Konsumrausch erlebte er allerdings nicht, dafür hatte er zu wenig Geld. Trotzdem liebte er das Schaufensterbummeln und die Besuche in den großen Konsumtempeln wie Kaufhof oder Karstadt.

Von seinen ersten Gehältern sparte er konsequent. Nach einigen Monaten buchte er die erste Flugreise seines Lebens – nach Mallorca! Die Wirkung von billiger Sangria unterschätzte er völlig und bezahlte die nächsten zwei Tage mit einem schweren Kater. In den Restaurants wunderte es ihn, wie häufig er an den Nachbartischen Dialekte aus dem Osten hörte.

„Jo nuuu, nu hammers ooch gschafft, nu simmer dooo. Jetz erstmal 'ne Paellja, nisch wohr? Komm, Hildschen, noch'n Ekspresso?"

Die Freundlichkeit der Bedienungen war unvergleichlich. Essen gehen im Osten scheiterte oft, wenn nicht am mangelnden Speisenangebot, dann an der Sturheit der Kellner. Das Ostprinzip trug keine Früchte: Wenn die Bedienung keine Lust hatte, bewegte sich gar nichts. Es sei denn, Westler verirrten sich ins Restaurant. Sofort verschwanden alle *Reserviert*-Schilder von den Tischen, und es kam Bewegung in die Ober. Schließlich winkten am Ende die harte D-Mark und großzügige Trinkgelder.

Auf Mallorca dagegen merkte er, dass sich die Menschen freuten, wenn er sich entschieden hatte, bei ihnen zu essen. Auch wenn er hinterher erfuhr, dass sie am Umsatz beteiligt waren.

Dass nicht alle Menschen nur sein Bestes wollten, musste Jürgen ebenfalls erfahren. Auf der Hafenpromenade von Palma blieb er bei einem Mann stehen, der auf einem Klapptisch mit bunten Plastikhütchen hantierte. Er nahm Wetten an, dass seine Hände schneller seien als die Augen der Zuschauer und sie nicht erraten würden, wo am Ende die Erbse versteckt sei. Zu Jürgens Erstaunen bewegte er die Kegel allerdings so langsam, dass es ihm keinerlei Probleme bereitete, ihm zu folgen. Bei der nächsten Runde setzte er zwei Mark und gewann vier. Einige Schaulustige gingen weiter, doch er wurde mutiger. Nun setzte er einen Zehnmarkschein – und es funktionierte wieder!

Der Mann sagte, er habe genug und wolle es nur noch einmal versuchen. Jürgen zögerte, dann legte er zwei Hundertmarkscheine auf den Tisch. Die Umstehenden starrten gebannt auf die Hütchen. Der Mann begann, und auf einmal gewann sein Spiel an Tempo. Jürgen war sich sicher, den richtigen Kegel zu kennen, und deutete mit dem Finger darauf, als der Mann innehielt.

„Puh, da hab ich aber noch mal Glück gehabt!", rief er mit einem Blick in die Menge und hob einen anderen Kegel hoch, unter dem die Erbse lag.

Das konnte nicht sein! Zweihundert Mark! Jürgen drängte ihn, erneut zu spielen, dann war es ihm jedoch, als bekäme der Mann einen Wink von einem anderen. In Windeseile steckte der Hütchenspieler daraufhin das Geld ein, klappte seinen Tisch zusammen und verschwand. Aus der Seitenstraße traten zwei Polizeibeamte der Guardia Civil auf die Menge zu. Jürgen versuchte, ihnen begreiflich zu machen, was passiert war und dass er sich betrogen fühlte. Ein mitleidiges Kopfschütteln war das Einzige, was sie ihm schenkten. So golden war der Westen also doch nicht.

Anfangs war Jürgen zu Hause durch seine neue Arbeit und die vielen Eindrücke zu beschäftigt, um seine Vergangenheit im Gefängnis aufzuarbeiten. Er wollte Abstand gewinnen und das neue Leben genießen. Zwar wurde er in den ersten Zeit nachts öfter wach, wenn er meinte, vertraute Geräusche wie in der Haft gehört zu haben. Diese Instinkte schwächten sich jedoch mit den kommenden Monaten ab.

Die Gedanken an seine Flucht verschwanden dagegen nie ganz. Immer wieder kam die Erinnerung an den Abend hoch, an dem er im Kofferraum von Werners Wagen entdeckt worden war. Wie oft hatte er darüber gegrübelt, warum das für die Grenzbeamten so leicht gewesen war. Es hatte vorab keinerlei Untersuchung des Fahrzeugs gegeben, nein, Werner war sofort aufgefordert worden, in die Halle zu fahren, wo sie ihn ohne Umschweife aus dem Kofferraum gezerrt hatten. Was hatte sie damals dazu bewegen können, derart gezielt vorzugehen? Je länger er nachdachte, umso mehr war er davon überzeugt, dass sie etwas gewusst haben *mussten*! Anders konnte er es sich nicht erklären.

Als sich die ersten Wogen der Ost-West-Zusammenführung geglättet hatten, las er häufiger in der Presse, dass man beim Bundesbeauftragten für die Unterlagen des Staatssicherheitsdienstes der ehemaligen Deutschen Demokratischen Republik in Berlin einen Antrag stellen konnte, wollte man vorhandene Unterlagen zu Beobachtungen der eigenen Person durch den Staatssicherheitsdienst einsehen. Dass eine solche Akte nach seinen Verhören und der Haftstrafe existierte, war sehr wahrscheinlich.

Er stellte am 10. November 1993 einen Antrag auf Einsicht. Am Telefon erläuterte man ihm, dass er in etwa sechs Monaten eine erste schriftliche Stellungnahme erhalten würde, ob sich in den Archiven eine Akte mit seinem Eintrag befände. Die endgültige Erlaubnis zur Einsichtnahme in Berlin würde aufgrund des momentan enormen Andrangs von Interessenten dauern, zum jetzigen Zeitpunkt sollte er sich auf eine Wartezeit von mindestens drei Jahren einstellen.

ZUG MAGDEBURG – BERLIN, 12. APRIL 1997

Franz erinnerte sich noch gut an das Treffen mit den beiden Herren von der Staatssicherheit. Alles, was er sich vorgenommen hatte, scheiterte. Als sie ihn abholten und zu einem nahe gelegenen Waldstück fuhren, war die Atmosphäre von Anfang an unangenehm.

Er hatte zu Hause versucht, sich psychologisch vorzubereiten, und stellte sich den Ablauf in groben Zügen etwa so vor:

„Ich habe etwas anzubieten, das Sie haben wollen.“

„Das freut uns, um was geht es?“

„Es gibt einen Ausreisewilligen, der fliehen möchte.“

„Sehr gut, wenn Sie uns mehr sagen, können wir Ihnen ein Gastspiel in Soundso anbieten.“

Und dann würde er nur sagen, was er für unbedingt notwendig hielt. Ja, so müsste es funktionieren.

Stattdessen drehte sich das Gespräch schnell in eine andere Richtung.

„Nun, Herr Wolf, was haben Sie uns mitzuteilen?“, fragte der Jüngere der beiden auf einem Waldweg, wo sie nach kurzer Fahrt angehalten und ihn in die Mitte genommen hatten.

„Ich habe da etwas für Sie, das Sie interessieren könnte“, begann er vorsichtig.

„Wir hören", sagte der andere und steckte sich eine Zigarette an.

„Bei Ihrem ersten Besuch sagten Sie mir, es gäbe da Möglichkeiten mit der Künstleragentur zu reden und ..."

„Passen Sie mal auf, Herr Wolf, nur damit wir uns richtig verstehen." Er blieb abrupt stehen, zog an seiner Zigarette und blies ihm den Qualm mitten ins Gesicht. „Sie liefern uns ohne Wenn und Aber alles, was Sie wissen. Sollten wir den Eindruck haben, dass uns das reicht und Sie uns nichts verschweigen, lassen wir Sie in Ruhe. Anderenfalls werden Sie sich wundern, wie schnell Ihre Auftritte in Film und Fernsehen in diesem uns allen am Herzen liegenden Staat von jetzt auf gleich stark dezimiert werden. Ist das so weit verständlich?"

Franz schwieg betroffen. Er hatte sich das anders vorgestellt, und sein Gewissen meldete sich. „Natürlich, nur wenn Sie sich in meine Lage versetzen: Ich gebe Informationen über einen Bekannten heraus, dann verstehen Sie vielleicht ..."

„Kommen Sie uns nicht mit moralischen Bedenken! Das hätten Sie sich vorher überlegen sollen. Verbuchen Sie das ruhig unter ‚staatsbürgerlicher Pflicht', wenn Sie geplante Delikte vorab melden, sodass sie gar nicht erst geschehen können."

Franz merkte, dass er auf Beton stieß. Andererseits hatte ihm der Mann mit dem Erwähnen der „staatsbürgerlichen Pflicht" ein kleines Tor für sein Gewissen geöffnet.

Und dass er im anderen Fall auf Beruf und Erfolg verzichten sollte, machte ihm Angst. Da stand sein Leben gegen eine wahrscheinlich kurze Haftstrafe von Jürgen. Und der wäre wieder draußen und könnte weitermachen, aber er? Er würde beruflich nie mehr auf die Beine kommen, das war klar. So gesehen ... Jetzt passte die Sache. Also gut, nun war es auch egal, wahrscheinlich wussten sie eh schon alles.

„Es geht um einen Herrn Jürgen Richter ...“

LÜBECK, 1997

Die erste Nachricht aus Berlin erhielt er im Mai 1994. Der Brief enthielt nur die Information, dass über ihn vom damaligen Staatssicherheitsdienst der DDR eine Akte angelegt worden sei. Eine endgültige persönliche Einsichtnahme würde ihm ermöglicht werden, dazu könne jedoch noch kein festes Datum genannt werden. Man werde ihn unter seiner dem Amt bekannten Adresse zu gegebener Zeit erneut anschreiben. *Von zwischenzeitlichen Nachfragen bitten wir aus Kapazitätsgründen abzusehen.*

Da ihm die Frist von anderen Bekannten vertraut war, stellte er sich auf einige Jahre ein. Mit der Zeit dachte er noch ab und zu daran, nach einigen Monaten geriet die Sache mehr und mehr in Vergessenheit. Zu sehr nahm ihn sein neues Leben in Anspruch. Er hatte sich eingearbeitet, seine Kolleginnen und Kollegen schätzten ihn als Fachmann und Mensch, sodass er auch privat Anschluss fand.

Einen Katzensprung von Lübeck entfernt in Mecklenburg hatte er über eine Bekannte eine Aufgabe übernommen, die er gerne wahrnahm. Erich Harder, ein seit dem Mauerfall pensionierter Volkspolizist der ehemaligen DDR, war vor zwei Jahren im Alter von dreiundsiebzig an Lungenkrebs erkrankt und verlebte die ihm verbleibende Zeit in einer Datsche mit Obstgarten nahe der ehemaligen Zonengrenze auf dem Land.

Mehrmals die Woche fuhr Jürgen die zehn Kilometer mit dem Fahrrad und besuchte Erich in diesem Idyll mit Rosenhecke und einem Grundstück direkt am Röggeliner See. Ihm tat mit seinen mittlerweile sechzig Jahren die Bewegung gut, die er in seinem Job vermisste.

Nach und nach übernahm er die hausärztliche Versorgung für Erich. Mittlerweile war der meist bettlägerig und wurde von einer Caritas-Kraft gepflegt, blieb jedoch die meiste Zeit des Tages allein. So dehnten sich die Besuche von Jürgen mehr und mehr aus, und der Alte erzählte aus dem Nähkästchen seiner ehemaligen Tätigkeit.

Jedes Mal, wenn Jürgen wieder nach Hause fuhr, hatte Erich irgendetwas für ihn. Kirschen, Tomaten oder einen „Aufgesetzten" aus Korn und Johannisbeeren, alles aus eigenem Anbau.

„Kann ich ja nicht mehr alles essen, und wäre doch schade, wenn's verdirbt, oder?", meinte Erich und hustete sich die Seele aus dem Leib.

Bei einem dieser Besuche nahm er Jürgen am Arm und zog ihn mit einer verschwörerischen Miene in die Küche. Unter einem alten Teppich, den Erich zur Seite schlug, kam eine Klappe im Boden zum Vorschein.

„Zieh mal, Jürgen", bat er, „ich schaff's nicht mehr."

Jürgen hievte die schwere Holzklappe hoch und sah in ein schwarzes Loch. Sie liefen eine steile Kellertreppe hinunter. Unten drehte Erich einen Schalter, und eine dämmrige Glühbirne beleuchtete den kleinen Raum mit einem gestampften Lehmboden und dicken Spinnweben schwach.

Da waren Regale mit Einmachgläsern voller Birnen, Pflaumen und anderem Obst. Alte Blechwannen, eine

Wand mit Werkzeug, ein kaputtes Fahrrad und Zeitungsstapel aus der Zeit vor der Wende komplettierten die Einrichtung. Jürgen fragte sich, was er hier sollte, da wühlte Erich in einem Stapel alter Militärdecken und zog eine Blechdose hervor. Darauf ein Bild von Hammer und Sichel im Ährenkranz. Erich setzte sich auf eine Treppenstufe und öffnete die Dose. Als der Deckel aufklappte, kam eine Pistole mit dazugehörigem Schalldämpfer, einem Holster, Patronen und einem Fläschchen Reinigungsmittel zum Vorschein.

Erich hielt den Zeigefinger an die Lippen und lächelte. „Damit durfte ich an der Grenze Wessis jagen, falls die mal versuchen sollten, bei uns ins sozialistische Wunderland einzubrechen! Kam, offen gestanden, nicht allzu häufig vor … Als die Mauer endgültig weg war, gab's 'nen Riesentohuwabohu, alles wurde aufgelöst, und ich wurde pensioniert. Da muss einer vergessen haben, richtig nachzuzählen, ob noch alle Waffen der staatstreuen Diener vollzählig waren." Er blinzelte und packte alles unter die Decken zurück. „Bei Gelegenheit gehen wir in den Wald. Ich hab da 'ne Sammlung leerer Konservendosen. Es macht Spaß …" Der Rest des Satzes ging in einem Hustenanfall unter, und Jürgen half Erich die Treppe hoch ins Bett.

Die Schmerzen und Anfälle wurden zusehends schlimmer.

„Ich geh in kein Krankenhaus, da komm ich nie mehr raus!", schimpfte Erich oft.

Jürgen verabreichte ihm eine leichte Dosis Morphium, wartete, bis er schlief, schwang sich aufs Fahrrad und fuhr nach Hause.

Als er durchgeschwitzt und gut gelaunt ankam und seinen Briefkasten aufschloss, fiel ihm ein Brief mit amtlichem Aussehen in die Hände. Er könne nach telefonischer Vorankündigung einen Termin zur Einsicht in seine Akte in der Karl-Liebknecht-Straße 31/33, 10178 Berlin vereinbaren. Gezeichnet: *Die Behörde des Bundesbeauftragten für die Unterlagen des Staatssicherheitsdienstes der ehemaligen Deutschen Demokratischen Republik.*

Die Anfrage hatte Jürgen fast vergessen, und wäre das Amt nicht auf ihn zugekommen, wer weiß, ob er überhaupt nachgehakt hätte. Sein Leben war völlig neu sortiert, es ging ihm gut, und die Jahre davor konnte er nach und nach erfolgreich verdrängen. Jetzt jedoch kam die Zeit von Flucht, Verhören und Haft mit einem Schlag wieder hoch in ihm. Er spürte, wie sich die Gefühle von damals einstellten, das Ausgeliefertsein, der Verrat, das Misstrauen gegen alle und jeden, die unmenschlichen Bedingungen in Hohenschönhausen, alles war wieder da. Sogar die Geräusche der Aufseher, bevor die Kontrollklappe der Zellentür aufschwang, hatte er im Ohr.

Ihm wurde bewusst, dass er mit dieser Phase seines Lebens nur abschließen konnte, wenn er die Wahrheit über die Zeit damals erfuhr. Seine Hand mit dem Brief zitterte. Spontan wählte Jürgen die angegebene Nummer und vereinbarte einen Termin für seinen nächsten dienstfreien Tag, Montag, den 4. August 1997.

KURFÜRSTENDAMM, BERLIN, 20. APRIL 1997

Franz Wolf saß in seinem Hotelzimmer am Ku'damm im sechsten Stock am Schreibtisch und sah aus dem Fenster auf die Ruine der Gedächtniskirche. Auf dem Tisch stand ein Glas mit exzellentem schottischem Whisky, vor ihm lag ein Schreibblock des Hotels.

Bis zu seinem Auftritt am Abend hatte er ein paar Stunden Zeit, die er für diese schwere Aufgabe nutzen wollte. Die Zugfahrt vergangene Woche mit der plötzlichen Erinnerung an Jürgen, dazu der Tag von Silkes Beerdigung und die Gedanken über sich selbst und seine persönliche Situation hatten ihn wachgerüttelt. Er hatte keine weiteren Verwandten, und der Beziehung mit Claudia gab er auch nicht mehr lange, dafür stritten sie sich zu häufig.

Mit Freunden hatte er es sich grundsätzlich immer irgendwann verscherzt, sobald die seine beruflichen Plänen durchkreuzten. Kein gutes Zeugnis, das er sich selbst ausstellen musste.

Seit seiner Übersiedlung in die BRD 1984 ging es ihm beruflich und vor allem finanziell sehr gut. Sämtliche Rollen in Filmen, auf der Bühne und seine Auftritte in Talkrunden oder Samstagabendshows im Fernsehen füllten seine Konten. Artur hatte ein gutes Händchen, ihm lukrative und gleichzeitig angenehme Auftritte zu verschaffen. Monetäre Verpflichtungen nennens-werter Art existierten nicht, keine Kinder, die studierten, oder Ehefrauen mit dem Verlangen nach teuren Schönheits-OPs. Miete zahlte er nur für die Altbauwohnung im Belgischen Viertel in Köln. Er konnte also den Großteil seiner Gagen sparen.

Mittlerweile waren so eine Ferienwohnung am Chiemsee und zwei vermietete Studentenapartments in Berlin dazugekommen. Der Berater seiner Kölner Bank sorgte außerdem dafür, dass monatlich eine feste Summe in Aktienfonds angelegt wurde, die sich ebenfalls prächtig entwickelten. Das Haus seiner Eltern in Magdeburg würde er wahrscheinlich nach Abwicklung der Erbschaftsangelegenheiten verkaufen. Mit einem Wort, er war durchaus wohlhabend.

Doch wer würde das Vermögen erben, wenn ihm morgen etwas passierte? Er war schnell auf eine naheliegende Lösung gekommen, eine Lösung, die ihm posthum Gelegenheit geben würde, sich für die Tat, die ihm immer noch schwer im Magen lag, zumindest ein wenig reinzuwaschen. Alles, was er sich hatte aufbauen können, verdankte er dem Schicksal eines einzigen Menschen.

Seinen gesamten Besitz würde er Jürgen vererben.

Er nahm einen großen Schluck Scotch, seufzte tief, griff zum Kugelschreiber und begann einen Brief, der ihm unglaublich schwerfiel.

Mein lieber Jürgen, es ist jetzt vierzehn Jahre her, dass wir uns bei mir zu Hause voneinander verabschiedet haben …

Als er den Brief endlich beendet hatte, war er erleichtert. So muss man sich fühlen, wenn man gebeichtet hat, dachte er.

Zurück in Köln vereinbarte er einen Termin mit seinem Notar. Dort wurde das Testament aufgenommen und beglaubigt, der Brief würde in den Nachlass übergehen. Der Notar hinterlegte das Dokument beim Amtsgericht Köln in der Luxemburger Straße. Nach der üblichen Bearbeitungszeit von ein paar Werktagen sandte das Amtsgericht eine Kopie an Wolfs Geburtsstandesamt nach Magdeburg. Damit war der amtliche Vorgang abgeschlossen.

DIE BEHÖRDE DES BUNDESBEAUFTRAGTEN FÜR DIE UNTERLAGEN DES STAATSSICHERHEITSDIENSTES DER EHEMALIGEN DEUTSCHEN DEMOKRATISCHEN REPUBLIK, BERLIN, 4. AUGUST 1997

Als Jürgen vor dem riesigen grauen Kasten der BStU stand, wurde ihm mulmig zumute. Obwohl er wusste, dass es sein gutes Recht war, seine Akte einzusehen, wurde er das Gefühl nicht los, dass der ehemalige Staatsapparat nach wie vor Macht über ihn hatte.

Was würde diese Akte aussagen? Würden sich Menschen, denen er vertraut hatte, plötzlich als Feinde herausstellen, die ihn belauscht, beobachtet oder betrogen hatten? Wollte er das eigentlich, die Wahrheit wissen? Was würde sich nach diesem Besuch ändern?

Die Glastür am Haupteingang schloss sich hinter ihm, und er suchte auf der großen Tafel in der Halle den richtigen Raum. Er stieg die Treppe hoch in den dritten Stock und klopfte an die Doppeltür zu Raum 310. Eine ältere Dame in hellblauer Wolljacke und dunklem Rock ließ ihn ein. Er folgte ihr in einen großen Raum, einen Lesesaal mit Tischen zur Tür, wie in einem Klassenzimmer.

Er reichte der Dame den Brief. Sie meinte, er solle sich einen Moment gedulden, sie würde seine Unterlagen aus dem Archiv holen. Seinen Mantel hängte er an eine Garderobe neben der Tür, nahm seine Lesebrille aus der Tasche und suchte sich einen freien Tisch. Mehrere Personen blätterten oder lasen allein oder zu zweit in Papierstößen.

Nach ein paar Minuten erschien die Dame mit zwei Akten, davon eine dünne hellgraue und darauf eine dickere in Blau. Außer dem Aufdruck *Reg. Nr.* und ein paar gestempelten Zahlen gab es nichts zu lesen.

Er nahm die dickere Akte von oben, setzte die Brille auf und öffnete den Deckel. Auf den ersten Blick konnte er erkennen, dass es sich um die protokollierten Vorgänge und Verhöre während seiner Haft in Hohenschönhausen handelte. Die Aufzeichnungen begannen am späten Abend des 17. August 1983 bei seiner Festnahme in Werners Fluchtwagen. Es war vermerkt, dass Jürgen *wie angekündigt, das polizeiliche Einzugsgebiet des GüST Lauenburg im Wagen des Verdächtigen, Werner Günzel, mit dem Hamburger Kennzeichen HH-MH 372 zum Zwecke der ungesetzlichen Grenzüberschreitung und Republikflucht erreichte. Eine objektbezogene Durchsuchung des Fluchtfahrzeugs wurde außer an den vom IM „Bernhard" genannten Stellen nicht durchgeführt, um die weitere reibungslose Abfertigung nachfolgender Fahrzeuge nicht zu beeinträchtigen. Eine Festnahme sowohl des Flüchtenden als auch des Fluchthelfers konnte direkt nach Öffnung des Koffer-*

raums erfolgen. Der weitere Abtransport des Festge-
nommenen erfolgte zur HA Hohenschönhausen.

Was mit Werner geschehen war, ging aus den Aufzeichnungen nicht hervor. Die Hauptteile der Akte gaben in steifem Stasideutsch die Inhalte der Verhöre bis zur Urteilsverkündung wieder. Das Urteil war abgeheftet. Diese Seiten ersparte sich Jürgen, die Erinnerungen wollte er nicht wieder hochkommen lassen. Als letztes Dokument erkannte er seine Entlassungsbescheinigung vom 17. November 1989, auf der er quittiert hatte, dass ihm sein Eigentum – blaue Hose, kariertes Hemd, Unterwäsche, Sportschuhe, private Dokumente und hundertfünfundzwanzig D-Mark – ordnungsgemäß ausgehändigt worden war.

All das war für ihn nicht neu. Er war sich bewusst gewesen, dass es diese Akte geben musste und was sie enthalten würde. Was ihn jedoch irritierte, war die kurze Bemerkung am Anfang des Protokolls: *Wie angekündigt* war da vermerkt. Damit hatte Jürgen die schriftliche Bestätigung, dass alle Tatsachen über seinen Fluchtversuch bereits von Anfang an bekannt gewesen waren und es nur der Festnahme am Grenzübergang bedurft hatte, ihn festzusetzen! Und die Person, die ihn bei der Stasi verraten und so in die Haft gebracht hatte, stand fest. Eine Person, die als IM, als inoffizieller Mitarbeiter mit dem Decknamen Bernhard, bezeichnet wurde. Aus dieser Akte war dazu weiter nichts zu ersehen.

Er schlug den Aktendeckel der dünneren Akte auf und las als Überschrift eines ausgefüllten Formblatts *Verpflichtungserklärung.*

Der Text lautete:

Ich, Franz Wolf, geb. 13. Oktober 1935 in Magdeburg, verpflichte mich freiwillig, mit dem Ministerium für Staatssicherheit zusammenzuarbeiten. Dieser Entschluss beruht auf meiner Überzeugung, dass ich durch meine Zusammenarbeit einen Beitrag zur inneren Sicherheit unseres Staates leisten kann. Ich wurde darüber belehrt, dass über diese inoffizielle Zusammenarbeit strengstes Stillschweigen vereinbart wurde.
Mein gewählter Deckname lautet „Bernhard".

gez. Franz Wolf, 10. August 1983

KRIMINALKOMMISSARIAT 11, POLIZEIPRÄSIDIUM AACHEN, 8. SEPTEMBER 1997

Auf dem Rückweg von den Befragungen mit Bromeyer und Bohnke in Köln hatte Mehrwald im Auto Zeit, um in Ruhe nachzudenken. Solche Freiräume vermisste er in seinem Job oft, die Fakten rauschten meist an ihm vorbei, und die Muße, alles zu sortieren, fehlte am Ende. So war er dankbar, dass der Verkehr auf der A4 wie immer dicht war und er daher nicht über hundert fahren konnte.

Was hatten sie in dem Fall Verwertbares herausgefunden? Einen Verdächtigen gab es nicht – an Claudia Bernings Täterschaft glaubte er nicht, wollte sich aber von Kälbchen dazu unterrichten lassen.

Alle anderen Personen, die mit Wolf irgendwann vor dem Mord Kontakt gehabt hatten, schieden ebenfalls aus. Die Letzte, die Wolf kurz vor seinem Tod gesehen hatte, war Iryna Mandlikova. Ob sie da noch einmal ansetzen sollten? Mehrwald schüttelte den Kopf. Nein, ausgeschlossen, da sprach zu viel dagegen.

Der oder die große Unbekannte fehlte bisher. Nach dem Abstecher nach Köln war er auf die Notizen zu Wolfs Biografie gespannt und würde als Nächstes bei den gesetzlichen oder sonstigen Erben ansetzen. Wolf war sicher nicht unvermögend gewesen, vielleicht gab es da einen Ansatz.

Ob sie mit dem Schlüsselanhänger weiterkamen? Möglicherweise erinnerte sich irgendjemand bei einer Zweigstelle der Mietwagenfirma an den abgerissenen Schlüssel. Er würde nichts unversucht lassen.

Die A4 endete am Europaplatz, einem Kreisverkehr mit dem größten Aachener Brunnen im Zentrum. Viele Fontänen sprühten das Wasser von außen in hohem Bogen in die Mitte. Immer wenn er hier vorbeikam, erinnerte sich Mehrwald an seine Kindheit. Am Ende der Autobahn war beim Anblick des Brunnens die lange Fahrt im Käfer der Eltern immer geschafft gewesen, ob sie aus dem Urlaub oder vom Besuch der Omas in Köln oder Koblenz gekommen waren. Ab da hatte der Alltag wieder angefangen.

Als er den Brunnen umrundete, knurrte ihm der Magen. Er sah auf die Uhr: halb drei. Kein Wunder, dachte er und hielt auf der Jülicher Straße an einer Metzgerei, die einen Mittagstisch anbot. Er hatte Glück und konnte direkt davor parken.

Im Laden war es leer, die Mittagszeit war vorbei. Auf die Schiefertafel an der Wand hatte jemand mit ungelenken Buchstaben das Tagesangebot geschrieben. *Linsensuppe mit Mettwurst und Brötchen* und die Alternative *Nackenkotelett mit Bratkartoffeln*.

„Kotelett ist leider aus", meinte die Bedienung.

„Tja, dann die Suppe bitte." Schade, er hatte sich bereits gefreut.

Er ging zu einem der runden Stehtische gegenüber der Theke, zog sein Handy aus der Manteltasche und wählte Kälbchens Nummer im Präsidium, da stand die dampfende Schüssel schon vor ihm.

„Hallo, Gerd, was macht Köln?"

Mehrwald versuchte, sich das Telefon zwischen Schulter und Wange zu klemmen, damit er die Mettwurst schneiden konnte, erreichte aber lediglich, dass es ihm herunterfiel und mit der Unterseite fast in den Eintopf rutschte.

„Schei...!", rief er und konnte sowohl sich als auch das Handy gerade noch stoppen.

„Oh, so schlimm?", kam es aus der Leitung.

„Nein, nein, es war okay, ich habe nur gerade eine Katastrophe verhindern müssen, erklär ich später. Wie lange bist du noch im Präsidium? Ich bin wieder in Aachen und esse einen Happen, bevor ich zurückkomme."

„Du Glücklicher, essen könnte ich auch was. Was gibt's denn?"

„Linsensuppe mit Mettwurst oder Kotelett mit Bratkartoffeln – aber Kotelett ist aus."

„Haha, sehr witzig. Könntest du mir eine Portion mitbringen? Ich kriege Hunger!"

Mehrwald versprach es und legte auf.

Zwanzig Minuten später saß Kälbchen an ihrem Schreibtisch vor einer Plastikschüssel heißer Suppe. Sie aß mit Begeisterung, während Mehrwald die Quintessenz der Kölner Befragungen wiedergab.

„Die Zeit vor Wolfs Übersiedlung in den Westen scheint eine Rolle zu spielen. Da sollten wir ansetzen. Und sein Testament müssen wir finden, falls es eines gibt."

Er holte zwei Espressos aus dem Automaten, dachte beim ersten Schluck aus dem Plastikbecher wehmütig an Bromeyers Monstermaschine und setzte sich.

„Also, hier hat sich Folgendes getan: Frau Berning hat sich aus dem Bild bewegt, um vor der Vorstellung die Damentoilette aufzusuchen. Sie konnte mir zwei Freundinnen nennen, die sie dort getroffen hat. Das können wir überprüfen, außerdem hat sie einen glaubwürdigen Eindruck gemacht.“ Das letzte Stück Mettwurst wanderte in ihren Mund, und sie entsorgte Schüssel, Besteck und Papierserviette im Mülleimer.

„Gut.“

„Weiterhin können wir den Blumenlieferanten abhaken. Ewigstudent aus Aachen im zweiten Studium, seit ein paar Tagen im Lieferjob des Blumenladens, keinerlei Beziehung zu Wolf, geschweige denn ein erkennbares Motiv. Er hat allerdings etwas Interessantes beobachtet. Als er auf dem Gang zu den Garderoben gewesen ist und den Strauß in der Abstellkammer deponiert hat – das muss ziemlich genau um zwanzig vor acht gewesen sein –, haben sich zwei Schauspieler einen gespielten Schwertkampf geliefert. Die Blechschilde müssen laut gescheppert haben. Es kann demnach gut sein, dass zu dieser Zeit der Schuss auf Wolf erfolgt und in dem Lärm untergegangen ist. Damit hatte der Täter wahrscheinlich unheimliches Glück.“

Mehrwald nickte. „Das erklärt so manches, stimmt. Gibt’s was Neues zu dem Schlüsselanhänger?“

„Nein.“ Kälbchen suchte nach einem Zettel unter den Akten und fand ihn schließlich. „Die Firma *Car Rent* ist zwar nicht so riesig, hat jedoch bundesweit immerhin fünfunddreißig Filialen, davon zehn in den neuen

Bundesländern. Über die Grenzen hinweg gibt es in Holland vier und in Belgien drei. Wie mir eine Dame in der Dortmunder Zentrale am Telefon gesagt hat, können sie uns einen Ausdruck aller Fahrzeuge erstellen, die während des sechsten Septembers ausgeliehen waren. Sie wollte mir den heute Nachmittag faxen, doch da ist noch nichts gekommen."

„Und zu dem abgerissenen Anhänger? Konnte sie dazu etwas sagen? Wahrscheinlich nicht, oder?"

„Na ja, ein bisschen schon. Erst einmal hat es wohl vor knapp einem halben Jahr eine größere Lieferung von ein paar Hundert dieser Anhänger gegeben, aus China. Die war so miserabel von der Qualität, dass sie nur ein paar Dutzend der Dinger zum Einsatz gebracht haben, weil sie alle nach ein paar Tagen wegen des kaputten Karabiners verloren gingen. Aber", Kälbchen hob in Oberlehrermanier den Zeigefinger und machte eine Kunstpause, „das Schöne an der Sache ist, dass man die wenigen neuen, die verteilt wurden, zunächst nur an die deutschen Filialen geschickt hat. In Holland und Belgien werden wir keine davon finden. Damit fallen sieben Filialen weg."

„Immerhin, wir kommen weiter. Dann warten wir mal, was die Liste sagt." Mehrwald nickte zufrieden und blickte zum Fax, das wie auf Kommando anfing, Papier auszuspucken.

Er trat zu dem Gerät und entnahm die Ausdrucke. Es war die Liste, die Kälbchen angekündigt hatte. Zwei eng beschriebene Seiten mit etwa sechzig Einträgen. Name des Kunden, Fahrzeugtyp, Kennzeichen, Adresse der Filiale, die Leihdauer und die vom Kunden gefahrenen Kilometer.

„Wenn wir Glück haben, finden wir auf dieser Liste den Namen des Täters“, sagte er und reichte sie an Kälbchen weiter.

Sie richtete sich in ihrem Stuhl auf. „Ich bin noch nicht fertig. Es gibt ein paar neue Fakten zu Wolf.“

„Oha, jetzt bin ich gespannt!“ Mehrwald setzte sich auf seinen Schreibtisch. „Dann erzähl mal.“

„Also, zunächst einmal habe ich den Instanzenrekord in Sachen Kontoeinsicht für Wolf heute brechen können: heute Morgen beantragt, heute Mittag genehmigt.“ Sie erhob sich von ihrem Bürostuhl und verbeugte sich ironisch lächelnd in Richtung Mehrwald. „Ja, danke, ich bin ebenfalls stolz auf mich“, bemerkte sie. „Meine Herren, der Mann war nicht ohne. Ferienwohnung am See in Bayern, Aktienpakete in sechsstelliger Höhe, zwei vermietete Apartments in Berlin, dazu in den letzten Jahren Überweisungen an diverse Juweliere in mindestens vierstelliger Höhe. Es ging ihm wirklich gut, soviel ist klar.“

„Interessant.“

„Außerdem habe ich mit den Kollegen in Magdeburg telefoniert. Wolfs Schwester Silke ist im April dieses Jahres mit zweiundsiebzig plötzlich verstorben. Herzinfarkt. Von ihr hat er das Häuschen geerbt, falls ihm nicht sowieso die Hälfte davon bereits vor ihrem Tod gehört hat. Die örtliche Bank hat mir verraten, dass Wolf ihr kürzlich den Maklerauftrag erteilt hat, das Haus zu verkaufen.“

„Sehr gut, da warst du aber fleißig! Das mit der Schwester habe ich in Köln auch erfahren.“ Mehrwald reckte den Daumen. „Dann kann Geld eine Rolle spielen, obwohl wir das nach der Tatortbegehung ausgeschlossen haben. Schließlich hat ja da noch seine Uhr gelegen."

Kälbchen nickte.

„Dann sei bitte so nett und gehe die Instanzen durch, ob Wolf zu Lebzeiten ein Testament verfasst hat. Wenn wir Glück haben, liegt es in Magdeburg beim Amtsgericht. Das wäre der Klassiker: Mord wegen hoher Erbschaft. Glaube ich zwar nicht dran, hat es jedoch alles bereits gegeben." Mehrwald zog die Disketten aus dem Mantel. „Hier sind die gesammelten Werke von Bohnke über Wolf. Keine Ahnung, wie viel es ist, schau mal rein und drucke es aus. Ich gehe in der Zeit den Ordner mit Wolfs Dokumenten durch."

LÜBECK, 4. AUGUST 1997

Jürgen hatte der Schlag getroffen. Wieder und wieder las er die Erklärung von Franz. *Einen Beitrag zur inneren Sicherheit leisten ... inoffizielle Mitarbeit ...* Franz, von dem er es am wenigsten erwartet hätte, hatte ihn derart hintergangen, hatte ihm das Leben ruiniert, seine Zukunft genommen und ihn als Freund benutzt!

Wie bei einer vorspulenden Videokassette sah er die letzten Tage vor seiner Flucht noch einmal an sich vorbeiziehen. Sämtliche Details, die Orte der Treffen, die Personen, das präparierte Fahrzeug – alles hatten sie gemeinsam geplant. Die Gespräche bei Franz im Garten, damit die Stasi nichts mitbekam. Das war fast schon Ironie. Und zum Schluss hatte Franz ihn umarmt und ihm Glück gewünscht! Jürgen stöhnte auf.

Die Stasi hatte ihn an der Grenze nur einzusammeln brauchen.

Die Bilder der Verhaftung, der Transport, die Verhöre, die jahrelange Haft in Hohenschönhausen – all das hatte er Franz zu verdanken!

Erst war es die tiefe Enttäuschung, die Jürgen die Kraft zum normalen Denken nahm. Nun wurde ihm einiges klar. Die Briefe, die er in den letzten Monaten an Franz nach Magdeburg geschrieben hatte, waren ungeöffnet zurückgekommen. Später hatte er Franz' Karriere in den Medien verfolgt. Drehorte in Italien und Frankreich, Auftritte im Fernsehen, Interviews im

Radio. Wenn er durch Zufall etwas von seinem Leben erfuhr, hatte er sich jedes Mal vorgenommen, den Kontakt wiederaufzunehmen. Immer kam irgendetwas dazwischen. Der Beruf, Fortbildungen, dann war Franz längere Zeit im Ausland gewesen. Er dachte, dass der Ruhm Franz zu Kopf gestiegen wäre, obwohl er ihn nicht so eingeschätzt hatte. Doch was Karriere aus einem Menschen machen konnte, was konnte Jürgen da schon mitreden? Kein Wunder, dass Franz auf einen erneuten Kontakt mit ihm als Allerletztes scharf war!

Jetzt hatte er den Schlüssel für alles vor sich auf dem Tisch liegen. Verrat für Karriere!

Er klappte die Akte zu, stand auf, nahm seinen Mantel vom Haken und verließ das Gebäude in Richtung Bahnhof. Im Zug zurück nach Lübeck spürte er, wie sich ein Gefühl in ihm breitmachte, von dem er bisher immer geglaubt hatte, dass er dazu nicht fähig wäre: Hass!

Ja, er begann, Franz Wolf abgrundtief zu hassen! Diesen Mann, der ihm mehr als sechs Jahre seines Lebens gestohlen hatte, nur um seine eigene Karriere voranzutreiben. Für diese Schweinerei sollte er bezahlen. Eine Anzeige bei der Polizei würde weder etwas bringen noch für Genugtuung sorgen. Er war sich auch gar nicht im Klaren, ob solche Taten nach dem Rechtsverständnis der Bundesrepublik überhaupt geahndet werden würden. Nein, das musste Jürgen selbst in die Hand nehmen. Und nicht im Verborgenen, nicht so feige, wie Franz es gemacht hatte. Nein, Franz sollte wissen, warum er bestraft werden würde. Er wollte ihm Auge in Auge gegenüberstehen!

Grübelnd und in finstere Erinnerungen versunken, kam Jürgen zu Hause an. Geistesabwesend öffnete er seinen Briefkasten. Neben der Telefonrechnung und dem Prospekt eines örtlichen Baumarkts fand er die Bestätigung einer Schweizer Pharmafirma, die sich freute, ihm mitteilen zu dürfen, dass seinem Antrag auf eine sechstägige Fortbildung „Neue Standards in der Hüft- und Knie-Endoprothetik" im firmeneigenem Institut in Bonn stattgegeben worden sei. Die Kosten für Unterkunft und Verpflegung sowie das Rahmenprogramm am Wochenende würden übernommen werden. Für die An- und Abfahrt werde ihm eine Fahrkarte der Deutschen Bahn, zweiter Klasse, erstattet.

Die Firma bat darum, seine Teilnahme an der Veranstaltung von Mittwoch, dem 3. bis Mittwoch, dem 10. September 1997 auf dem beiliegenden Faxformular zu bestätigen.

KRIMINALKOMMISSARIAT 11, POLIZEIPRÄSIDIUM AACHEN, 8. SEPTEMBER 1997

Mehrwald schlug den *Franz-Wolf*-Ordner auf und blätterte ihn Seite für Seite durch. Ein paar Kopien von Wolfs persönlichen Dokumenten wie etwa die Geburtsurkunde oder sein Abschlusszeugnis der Staatlichen Schauspielschule Berlin von 1957 fand er obenauf.

Für die nächsten Seiten hatte sich Bohnke anscheinend am Fotoalbum der Familie Wolf bedienen dürfen. Es gab Schwarz-Weiß-Kopien älteren und ein paar Farbkopien neueren Datums, die alten zumeist von der Familie. Aber auch typische DDR-Feiertage und -Feste wie Fahnenweihe oder Aufmärsche, zu denen Jugendliche anscheinend als „Füllmasse" eingeladen worden waren.

Manche Bilder waren mit Texten unterlegt, die nach einer ungelenken Schülerhandschrift aussahen. *Mama und Papa, Obsternte September 1953* las er. Ein stämmiges Ehepaar in Arbeitskittel, sie auf der Holzleiter an einem Apfelbaum, er hielt die Leiter fest. Zentrum des damaligen Familienlebens musste ein Haus mit großem Garten in Magdeburg gewesen sein. Wahrscheinlich das, was zum Verkauf stand, dachte Mehrwald.

Die ersten Bilder zeigten ein kahles Grundstück, auf jüngeren Fotos konnte er erkennen, dass alles zugewachsen war. Ein älteres Mädchen mit einem Fahrrad stolz vor dem Gartentor auf der Straße. *Silke am zwölften Geburtstag, 1937* war darunter zu lesen. Allzu viele Fotos existierten nicht, zumindest nicht mehr nach '74. Kurz darauf stieß Mehrwald auf eine Todesanzeige der Eltern. Beide waren am selben Tag gestorben, das ließ auf einen Unfall schließen.

Es folgten Zeitungsausschnitte von Presseberichten über Wolfs internationale Auftritte, Filmrollen und Preise, die ihm zu irgendwelchen Anlässen verliehen wurden. Ein ziemlicher Stapel.

Ob das für Bohnke von Interesse ist?, dachte Mehrwald. Ein Auftritt nach dem anderen, nur Jubelkritiken, Preise und Glanzlichter – keine Höhen und Tiefen? Was wollte er daraus für Wolfs Biografie ziehen? Ein spannender Punkt im Leben des Schauspielers, zumindest aus Lesersicht, wäre seine Flucht aus der DDR gewesen, oder? Kein Wort fand er dazu in Wolfs Unterlagen. Als wäre das ein Punkt gewesen, über den er auf keinen Fall hatte sprechen wollen.

„Das wäre nett, vielen Dank, auf Wiederhören!", riss Kälbchen ihn aus seinen Gedanken. „Volltreffer!" Sie blickte Mehrwald triumphierend an. „Beim Amtsgericht Magdeburg wurde im April ein Testament hinterlegt, zwei Wochen nach dem Tod von Silke Wolf. Wenn wir heute noch einen richterlichen Beschluss rüberfaxen können, senden sie uns morgen eine Abschrift per Kurier. Faxen geht nicht wegen Datenschutz ..."

„Da sind wir mal gespannt, wer der glückliche Erbe ist!" Mehrwald klappte den Ordner zu. „Kümmerst du dich um den Beschluss? Vielleicht erwischst du ja bei Gericht einen Nachzügler, der auch kein Zuhause hat. Ach so, und hast du mal nachgeschaut, wie viele Seiten Bohnke verfasst hat?“

RÖGGELINER SEE, 10. AUGUST 1997

Erich sah gar nicht gut aus, als Jürgen ihn am Nachmittag besuchte. Die Wangen wirkten wie helles Wachs und waren tief eingefallen. Er hatte noch mehr an Gewicht verloren, obwohl das kaum möglich war.

Als Jürgen das Schlafzimmer betrat, lächelte Erich ihn an, verzog jedoch sofort schmerzverzerrt das Gesicht. Das Essen der Pflegeschwester, das sie ihm mittags ans Bett gestellt hatte, war unberührt und mittlerweile kalt. Er hatte seit Tagen anscheinend nichts zu sich genommen.

„Na, war wohl nicht dein Leibgericht, oder?", versuchte Jürgen, ihn aufzumuntern.

„Es kann ja nicht jeden Tag Schweinebraten mit Thüringer Klößen geben", kam die matte Antwort aus den Kissen.

Jürgen half ihm, sich im Bett aufzurichten und flößte ihm etwas stilles Wasser ein. Dann maß er Blutdruck und Puls. „Was machen die Schmerzen? Schlimmer?"

Erich nickte und hauchte ein „Jou". Dann folgte ein Hustenanfall nach dem anderen. Er hielt sich ein Stofftaschentuch vor den Mund. Als er es senkte, bemerkte Jürgen, dass es voller Blut war. Zwischen zwei dieser Anfälle versuchte Erich, ihm etwas zu sagen.

„Meinst du", er würgte Schleim in sein Taschentuch, „meinst du, ich könnte mal was anderes haben?"

„Was meinst du damit?"

„Ich hätte große Lust auf ein kaltes", wieder musste er husten, „Pils."

Jürgen lachte und zwinkerte ihm zu. „Klar, das soll ja manchmal Wunder wirken."

Er erhob sich, schob Erich die Kissen hinter dem Rücken zusammen und ging in die Küche. Hinter sich hörte er einen erneuten kräftigen Hustenanfall, der unvermittelt abbrach. Im Kühlschrank fand er eine Flasche Wernesgrüner, nahm ein sauberes Glas aus dem Hängeschrank über der Spüle und kehrte ins Schlafzimmer zurück.

„Du hast Glück, da war noch ein kaltes im Kühlschrank. Hier, ich ..." Er brach ab, einen Toten erkannte er sofort.

Einen Moment hielt er inne, setzte sich neben Erich ans Bett und schaute ihn an. Friedlich lag er da und schien seinen Frieden gefunden zu haben. Besser so, dachte Jürgen, alles Weitere wäre nur Qual für ihn gewesen. Er kontrollierte routinemäßig den Puls und leuchtete ihm in die Augen. Dann nahm er die Kissen unter ihm weg, legte Erich lang hin, deckte ihn bis zum Hals zu und faltete seine Hände auf der Decke. Seinem Arztkoffer entnahm er die Formularmappe mit den Totenscheinen.

Plötzlich verharrte er. Er musste an seinen letzten Besuch denken.

Dieser Schritt würde Konsequenzen haben. Wenn er eine Waffe hätte, würde er sie auch benutzen.

Endlich legte Jürgen seine Unterlagen ab, ging in die Küche und schlug den Teppich zurück. Er öffnete die Falltür, stieg hinab, fand den Lichtschalter und den Deckenstapel. Ein Griff hinein und er nahm die Dose an sich.

Oben ließ er die Tür zufallen, legte den Teppich zurück und wechselte ins Schlafzimmer. Der Behälter passte gerade so in seinen Arztkoffer. Er griff zum Telefon neben dem Bett, rief die Nummer der Pflegeschwester an und bat sie, sich um die Formalitäten zu kümmern. Die Schwester versprach, in zehn Minuten da zu sein.

Den ausgefüllten Totenschein legte Jürgen auf den Küchentisch. Er trat hinaus, zog die Haustür hinter sich zu und setzte sich auf sein Fahrrad.

LÜBECK, AUGUST 1997

Der Gedanke an Rache hatte sich in Jürgen immer mehr verfestigt. Mit der Makarow, die er in seiner Wohnung hinter der Tucholsky-Gesamtausgabe im Regal versteckt hatte, war er seinem Vorhaben einen großen Schritt näher gekommen. Er fühlte keinerlei Scham oder Unrechtsbewusstsein, was ihn anfangs wunderte. Auch die Angst vor einer Verurteilung und Haftstrafe konnte ihn nicht abhalten. Das hatte er alles schon erlebt, und schlimmer als Hohenschönhausen würde es nicht werden, die Zeiten waren vorbei. Nein, jetzt hatte er nur dieses eine Ziel vor Augen: Franz Wolfs Tod.

Im Zentrum von Lübeck gab es mehrere Internetshops, sie sprossen seit einigen Monaten wie Pilze aus dem Boden. Er suchte den erstbesten auf und nahm in der hintersten Ecke des Raums vor einen Bildschirm Platz. Mit dem Internet war er nicht vertraut, daher bat er einen der Angestellten, ihm zu zeigen, wie man jemanden im Netz suchen konnte. Der Junge, kaum achtzehn, war ein Experte. Er erklärte ihm mit flinken Fingern auf der Tastatur die wichtigsten Klicks und setzte sich rauchend zurück an die Kasse.

Es gelang Jürgen, über eine Suchmaschine auf eine Homepage zu gelangen, die von einer Künstleragentur *Bromeyer* in Köln betrieben wurde. Hier war Wolf unter Vertrag, zumindest konnte er das aus den vielen

Terminen schließen, die dort für ihn angelegt waren. Anstehende Engagements und Pressetermine waren verzeichnet. Zurzeit spielte Wolf am Ku'damm in Berlin, danach ging es zu einer Inszenierung von *Julius Caesar* ins Stadttheater Aachen. Datum der Premiere war Samstag, der 6. September. Jürgen hielt inne. Seine Fortbildung in Bonn fand vom 3. bis zum 10. September statt. Das passte!

In wenigen Minuten hatte Jürgen einen groben Plan entworfen. Einen grandiosen Plan, wie er fand, je länger er darüber nachdachte. Nicht nur die zeitliche Übereinstimmung gefiel ihm, nein, er konnte Wolf am Premierenabend, sozusagen auf einem weiteren Höhepunkt seiner Karriere, für das bezahlen lassen, was er ihm angetan hatte!

Julius Caesar, wenn das kein Wink mit dem Zaunpfahl war. Jürgen war nicht abergläubisch, doch das schien ihm so treffend zu sein, dass er sich in die Idee verliebte.

Er würde zwei Besuche einplanen. Den ersten, um sich die Gegebenheiten vor Ort einzuprägen und einen Fluchtweg zu suchen, den zweiten am Premierenabend.

Jürgen steigerte sich in die Vorbereitung hinein. Das Schwierigste würde der Wiedersehensbesuch bei Wolf werden. Da durfte er nicht die Fassung verlieren! Er schloss das Browserfenster, zahlte bei dem Jungen die Internetgebühren und fuhr mit dem Fahrrad nach Hause.

Mit Schreibblock und Kuli setzte er sich an seinen Wohnzimmertisch. Ein erster Anruf ging an die Verwaltung des Stadttheaters Aachen. Er rufe im Namen der Agentur *Bromeyer* an und wolle wegen ein paar terminlicher Absprachen mit Herrn Wolf wissen, wann dessen Probentermine für den *Caesar* seien.

„Die Presse will auch etwas von ihm haben", meinte er verschwörerisch, „und da wollen wir seinen Kalender nicht doppelt belegen."

Die junge Frau nannte ihm bereitwillig alle geplanten Termine. Ob sie etwas ausrichten sollte? Jürgen verneinte dankend und verabschiedete sich.

Dann ließ er sich von der Auskunft die Nummer einer Mietwagenfirma in Bonn geben und reservierte einen VW Golf von Mittwoch, dem 3. auf Donnerstag, den 4. September. Als er aufgelegt hatte, fiel ihm noch etwas ein. Er wählte dieselbe Nummer erneut und bat die freundliche Dame am anderen Ende darum, den Wagen ebenfalls vom 6. auf den 7. September mieten zu dürfen.

STADTTHEATER AACHEN, 3. SEPTEMBER 1997

Als Franz Mittwochnachmittag beim Pförtner eintraf, war er sauer. Warum mussten sie unbedingt eine Nachmittagsprobe ansetzen? Angeblich hatte es zeitliche Engpässe mit den Kostümbildnern und der Requisite gegeben. Die Oper *Zar und Zimmermann*, die diesen Sommer gleichzeitig mit *Julius Caesar* in Aachen auf dem Spielplan stand, würde morgen als Gastspiel in Jülich aufgeführt werden. Dazu war ein Komplettumzug aller Kulissen, Kostüme und Requisiten notwendig. So etwas verlangte Zeit und Raum und ließ keinen Platz für eine gleichzeitige Schauspielprobe morgens auf der Bühne des großen Saals. So hatten sie den Bühnenarbeitern zugestimmt und die Probe für den *Caesar* auf den Nachmittag gelegt.

Eigentlich hatte Franz an diesem Tag ein neues Restaurant in Vaals kurz hinter der holländischen Grenze ausprobieren wollen. Spezialität holländische Muscheln. Daraus würde natürlich nichts werden.

„Na, Podbielski, wieder im Dienst?", grüßte er den Pförtner. „Wie geht's dem wachhabenden Dackel?"

Podbielski lachte und zog das Kissen unter seinem Schreibtisch hervor. Franz beugte sich zu dem Hund hinab und kraulte ihn hinter den Ohren.

„Sie sind der Einzige, von dem er sich das gefallen lässt“, meinte der Pförtner, während Bruno Franz genüsslich den Kopf entgegenstreckte.

„Tja, einmal Dackel, immer Dackel!“ Franz richtete sich auf und wandte sich Richtung Garderobe. „Dann wollen wir mal – alles Gute!“

Lange würde er eh nicht brauchen, wenn alle ihren Text draufhätten. Brutus würde sich hoffentlich an den bekannten Stellen nicht dauernd verhaspeln wie neulich. Es war schlimm, wenn er mit Anfängern zusammenspielen musste. Die zogen ihn immer herunter.

Er ging in seine Garderobe, hängte Mantel und Schirm weg, nahm seine römische Toga vom Bügel und begann sich umzuziehen. Maske war heute nicht angesagt. Schade, dachte er. Iryna hatte ihm die Zeit in der Garderobe und in seinem Apartment während der letzten Tage immer angenehm gestaltet.

Es klopfte an der Tür.

„Ja bitte?“ Vielleicht kam sie ja doch noch vorbei.

Erwartungsvoll drehte er sich zur Tür und erstarrte. Vor ihm stand Jürgen!

Auch wenn ihr letztes Treffen über vierzehn Jahre zurücklag, erkannte Franz ihn sofort. Er war gealtert und sah deutlich älter aus, als er war. Seine Haare waren teilweise ausgefallen, die übrigen bildeten einen grauen Kranz.

„Du?“, war das Einzige, das er hervorbrachte. „Mein Gott!“ Er hatte das Gefühl, die Beine würden ihm wegsacken. Er musste sich am Schminktisch festhalten.

„Ja, ich“, kam es von Jürgen.

„Komm doch rein, setz dich.“ Er wies völlig verdattert auf den einzigen Sessel im Raum und nahm seine Sporttasche herunter.

Jürgen ließ sich in seinem Regenmantel auf dem Sessel nieder.

„Wie geht es dir? Mensch, wir haben uns ja eine Ewigkeit“, Franz rechnete zurück, „vierzehn Jahre haben wir uns nicht gesehen!“ Ich muss den Unschuldigen spielen, dachte er, weiterhin überfahren von der Situation.

„Vierzehn Jahre und einen Monat“, bestätigte Jürgen und nickte. „Und da wollte ich endlich mal sehen, was du so treibst“, fuhr er in lockerem Tonfall fort.

„Ja, was treibe ich …?“ Franz war froh, dass die Unterhaltung auf ein oberflächliches Geplänkel hinauszulaufen schien. Das sprach dafür, dass Jürgen keine Ahnung hatte. Er würde den Teufel tun und das ändern. „Hier bin ich nach wie vor tätig. Das ist mein Umfeld, Schminke, Kulissen, Garderoben und Textbücher, es hat sich nichts geändert.“ Er rang sich ein Lächeln ab.

„Tja, so habe ich dich kennengelernt, damals, als du umgekippt bist.“

Franz zögerte. Was wollte Jürgen damit andeuten? Etwa die Stasisache? Er bekam eine Gänsehaut. Ach so, ja klar, sein erstes Kennenlernen im Theater, als sein Kreislauf ihn verlassen hatte. Erleichtert atmete er auf.

„Ja, und siehst du, das Mittel, das du mir damals verschrieben hast, nehme ich immer noch, wenn ich mich wackelig fühle. Geht aber schon lange gut“, meinte er und deutete auf eine gelbe Tablettenpackung auf dem Schminktisch. Meine Güte, was für ein verkrampftes Gespräch. Irgendwie muss ich es abkürzen – oder zumindest verschieben.

„Könnte ich mal die Toilette benutzen?", durchkreuzte Jürgen seine Gedanken und zeigte auf die angelehnte Badezimmertür.

„Ja, natürlich, geh ruhig." Franz war dankbar für jede Unterbrechung. Dann konnte er wenigstens eine Minute in Ruhe überlegen.

Während Jürgen im Bad verschwand, breitete sich ein Bienenschwarm in Franz' Kopf aus. Offensichtlich hatte er tatsächlich keine Ahnung. Dann würde er das Thema auch tunlichst nicht auf die alten Zeiten lenken.

Er hörte, wie Jürgen sich nebenan am Badezimmerfenster zu schaffen machte. Als er zurückkehrte, meinte er ironisch: „Die Dusche scheint lange niemand mehr benutzt zu haben."

„O nein, und ich werde diese Tradition sicher nicht brechen, das schwöre ich dir." Franz kam eine Idee. „Sag mal, ich bin heute ein wenig früher zur Probe gekommen. Ich habe noch eine halbe Stunde Zeit. Was hältst du davon, wenn ich dich etwas hinter den Kulissen herumführe? Es hat sich einiges getan im Theaterbetrieb seit der Wende, wirst vieles nicht kennen."

Jürgen war sofort begeistert. „Ich wollte dich gerade um das Gleiche gebeten haben, schön!"

Franz ging mit ihm hinter die Bühne. Währenddessen ließen sie die Unterhaltung dahinplätschern. Er präsentierte Jürgen die neue Computersteuerung der Scheinwerfer.

„Hat mindestens drei Beleuchter die Arbeitsplätze gekostet." Er zeigte auf den riesigen Motor zum Bewegen des Eisernen Vorhangs unter dem Dach des alten Gebäudes. „Das Ding hat einen eigenen Antrieb und muss in dreißig Sekunden mit seinen ich weiß nicht wie vielen Tonnen unten sein, wenn der Strom ausfällt."

Sie liefen in die Requisite und durch die Kulissen bis hinten hinaus zum Bühneneingang, wo die Lastwagen gerade mit der Ausrüstung von *Zar und Zimmermann* beladen wurden. Das Tor war weit auf.

„Ein Glück, dass es solch ein großes Tor gibt", meinte Jürgen. „Mit den riesigen Teilen hätten die Leute Probleme, alles rauszukriegen. Durch diese winzige Tür müssten sie alles viermal zusammenfalten."

Franz stimmte zu und ergänzte, die kleine Tür stünde dafür immer offen, wenn Vorstellung wäre – aus Brandschutzgründen für Notfälle. Das schien Jürgen zu beruhigen.

„Na, dann lass mich mal versuchen, den Weg durch diesen Wust an Seilen, Kulissen und Räumen im Dunkeln zurückzufinden. Bin gespannt, ob mein Orientierungsvermögen noch in Ordnung ist", witzelte er.

Wenig später standen sie wieder vor Franz' Garderobe.

„Schließt du eigentlich nie ab?", wollte Jürgen wissen. „Da kann doch alles Mögliche geklaut werden."

„Nö", antwortete Franz, „hier vertrauen wir einander. Und was willst du auch klauen – abends nach der Vorstellung nehme ich ja alles mit nach Hause. Und meine Toga wollte bisher niemand ..."

Plötzlich sagte Jürgen, er müsse aufbrechen. Er habe eine Fortbildung in Bonn mit einem Get-together am Abend, das er sich nicht entgehen lassen wolle.

„O ja", entgegnete Franz auf einmal völlig entspannt. „Nett, dass du dich mal hast sehen lassen. Wir bleiben in Kontakt."

„Mein Lieber“, erwiderte Jürgen und lächelte seltsam, „mehr als dir lieb ist!“ Dann öffnete er die Garderobentür und verschwand.

KRIMINALKOMMISSARIAT 11, POLIZEIPRÄSIDIUM AACHEN, 9. SEPTEMBER 1997

Als Mehrwald Dienstagmorgen das Büro betrat, dachte er an den gestrigen Abend und war sofort gut gelaunt. Dr. Henriette Morel hatte ihn kurz vor Dienstschluss angerufen und zu einer Quiche Lorraine eingeladen.

„Ruck ßuck gämacht", wie sie am Telefon betont hatte.

Er brachte einen leichten Rosé mit, und als sie bei den Zitronentartelettes zum Dessert zusammensaßen, ging es ihm prächtig. Diese schnellen Mittagshappen irgendwo auf der Strecke boten zwar logistische Vorteile, doch auf Dauer hatte gutes Essen für ihn einen zu hohen Stellenwert, als dass er die Mahlzeiten hopplahopp hinter sich brachte.

Während des Essens blendeten sie Berufliches aus. Jetzt erkundigte sich Henriette jedoch, ob er bereits wüsste, „wie denn der Brutus unseres Caesars aussieht".

Mehrwald verneinte. „Aber es geht voran. Wolfs dunkle Seite hängt entweder mit seinem Testament oder mit seiner Zeit kurz vor der Westkarriere zusammen, das steht fest. Wenn wir Glück haben, wissen wir morgen mehr."

„Isch wünsche Ihnen auf jeden Fall das gleiche Gefühl in die Fingerspitzen, wie Sie es bei die Kochen 'aben. Und wenn die Fall gelöst ist, gibt es eine 'uhn *à la provençale.*"

Obwohl Mehrwald pappsatt war, lief ihm bei dem Gedanken wieder das Wasser im Mund zusammen. Henriettes Huhn war einfach sensationell. Dazu dieser einmalige Cote du Rhone aus ihrem Weinkeller – göttlich!

„Allein die Aussicht wird meine Ermittlungen beschleunigen, da können Sie sich sicher sein."

„Das wollte isch 'ören", meinte sie und lächelte.

Zufrieden betrachtete er das Päckchen auf seinem Schreibtisch. Ein Rest der Quiche, die gestern einfach nicht zu Ende gegangen war. Schon freute er sich auf die Mittagspause.

Neben der Quiche fand er einen gehefteten Stapel Papiere. Kälbchen hatte am Vortag alle hundertzwanzig Seiten der halbfertigen Biografie ausgedruckt. Sie weiß eben, wie ich zum Lesen am Bildschirm stehe, dachte er dankbar. Er brauchte immer etwas zum Anstreichen und einen Kuli in der Hand.

Mit ihr hatte er trotz der anfänglichen Schwierigkeiten bei allen bekannten Radarfallen Aachens einen glücklichen Griff getan. Wahrscheinlich sagte er ihr das nicht oft genug. Männliche Stieseligkeit.

Er griff zum Telefon und wählte eine Nummer.

„Berners?", kam ein dunkler Bass aus dem Hörer.

„Winfried, altes Haus, was macht die Kunst? Frau und Kinder wohlauf?"

Winfried Berners, fünfundvierzig, verheiratet mit einer Italienerin und mit zweijährigen Zwillingstöchtern gesegnet, schien ebenfalls gut gelaunt. Als Leiter der

Fuhrparks des Präsidiums hatte er Hobby und Beruf unter einen Hut gebracht. Der passionierte Oldtimerfan konnte den ganzen Tag lang an den verschiedensten Fahrzeugen schrauben und nach Feierabend in einer Halle abseits seinen knallroten 67er Alfa Spider Rundheck restaurieren. Sie hatten nach Dienstschluss öfter in der Garage bei der ein oder anderen Flasche Pils neben dem Auto gesessen, Winfried mit Schraubenschlüssel in der ölverschmierten Hand und dem ausgebauten Vergaser auf dem Tisch.

„Tutto bene, grazie!" Winfried stellte sein Italienisch, das er zu Hause mit der Familie sprach, manchmal erst später am Tag um.

„Sag mal", kam Mehrwald direkt zur Sache, weil er nicht wusste, wann Kälbchen im Büro auftauchen würde, „du hast nicht zufällig momentan einen Wagen da, der etwas sportlicher Natur ist und nicht gebraucht wird?"

„Du willst mir doch nicht erzählen, dass dir dein BMW zu langsam geworden ist!"

„Ach so, nein, der ist nicht für mich. Du weißt ja, für mich reicht es, wenn das Ding rollt. Ich dachte da an jemand anderes im Büro ..."

Er hörte förmlich durchs Telefon, wie Winfried zu grinsen anfing. Er kannte die Geschichte von Kälbchens „Einarbeitung".

„Aha, du willst es also noch mal riskieren? Mutig. Hm, lass mal überlegen, ja, ich habe da so eine Idee. Wird ihr gefallen."

Kälbchen erschien in der Tür.

„Ich danke dir, muss Schluss machen. Wir hören uns", meinte Mehrwald und legte auf.

„Na? Ist es lecker gewesen?"

„Guten Morgen. Und wie, ich habe mindestens ein Kilo zugelegt. Aber es war die Sache wert." Er strich sich über den Bauch, über den sich bei aller Vorsicht das Hemd nun doch langsam etwas spannte.

„Good news", wechselte Kälbchen das Thema. „Gestern habe ich tatsächlich eine Notbesetzung am Gericht angetroffen. Ich konnte eine richterliche Verfügung nach Magdeburg faxen. Das Testament sollte heute irgendwann eintreffen."

„Sehr schön", meinte Mehrwald, „und danke für die Biografie. Ich sehe die Seiten gleich mal durch."

Der Kurier kam kurz vor der Mittagspause. Mehrwald blätterte noch in Wolfs Biografie, hatte jedoch bislang keinen weiteren Anhaltspunkt zu der Zeit vor dem Gastspiel in Bochum gefunden. Bohnke hatte es so formuliert, dass sich Wolfs Reiseerlaubnis nach Schicksal anhörte. *Es geschehen noch Zeichen und Wunder* und *Die Gerechtigkeit siegt.* Die anderen Seiten handelten wenig unterhaltsam von Bühnenglamour, Stars und Sternchen. Ernüchtert legte Mehrwald den Stapel zur Seite. Er hatte sich davon weit mehr versprochen.

Kälbchen hatte dem Kurier den Empfang bescheinigt und schnitt gerade die Plastiktüte auf. Ein DIN-A5-Umschlag mit Bundesadler und dem Absender des Amtsgerichts Magdeburg lag darin. Innen fanden sich einige kopierte Seiten im typischen Braunton eines Gerichtspapiers, die zusammengetackert und mit einem notariellen Wachsstempel versiegelt waren. Separat fiel ihr ein Briefumschlag entgegen, der die handschriftliche Bemerkung *An meinen Erben Jürgen Richter, persönlich* trug, auf der Rückseite Franz Wolfs Unterschrift.

Sie teilte die Unterlagen auf und reichte Mehrwald
das Testament über den Tisch. Den Brief öffnete sie
selbst.

Mehrwald las die erste Seite.

*Ich, Franz Wolf, geboren am 7. August 1935 in Magde-
burg, bestimme Jürgen Richter, geboren am 13. Mai
1937 in Magdeburg, zuletzt wohnhaft Hohenstaufen-
ring 17, 39106 Magdeburg zu meinem gesetzlichen Al-
leinerben.*

Verwundert sah er zu Kälbchen. „Jürgen Richter?
Schon mal gehört? In der Biografie taucht nirgendwo
ein Jürgen Richter auf."

Kälbchen war vollkommen vertieft in den Brief.

Mehrwald las weiter, fand im Testament aber nur die
üblichen Formulierungen der notariell formulierten
Paragrafen und eine Aufzählung von Wolfs Vermögen,
der Immobilien, Aktien und diverser Konten bei seiner
Kölner Bank. Weitere Details waren uninteressant.

Auf einmal stieß Kälbchen einen lang gezogenen Pfiff
aus. „Hui, das solltest du lesen. Wir haben ihn, glaube
ich." Dann las sie im Stillen weiter.

„Ja, was denn nun? Erfahr ich vielleicht auch mal
was?" Mehrwald erhob sich ruckartig von seinem
Stuhl, umrundete den Schreibtisch und schaute Kälbchen über die Schulter. Nach ein paar Sekunden nickte
er. „Und so löst sich ein komplizierter Fall in fünf Sätzen! Wenn das nicht mindestens zwei Beweggründe für
diesen Richter waren, Wolf zu ermorden, dann weiß
ich auch nicht: Alleinerbe eines beträchtlichen Ver-

mögens und Rache für einen Verrat an die Stasi. Es sind schon Leute für weniger ins Jenseits befördert worden!"

„Das Einzige, das wir noch beweisen müssen, ist, dass Richter etwas wusste", dachte Kälbchen laut, „von dem Verrat, dem Testament oder von beidem."

„Stimmt." Mehrwald kratzte sich am Kopf. „Lass uns mal überlegen. Von dem Testament wird er nichts gewusst haben, zumindest wäre das unlogisch. Ich denke, dass Wolf sich nach seinem Tod damit vor Richter reinwaschen und entschuldigen wollte. So liest sich zumindest der Brief. Schön trotzdem, dass Wolf uns damit auf die einzige Spur seines Mörders gebracht hat. Und kurios, darüber sollte man ein Buch schreiben."

„Bleibt der Verrat an die Stasi", nahm Kälbchen den Faden auf. „Wo kann er davon erfahren haben? Entweder während seiner Haft – vielleicht über irgendwelche Hintermänner – oder hinterher aus den Stasiakten, die er ja einsehen kann. Allerdings habe ich gehört, mit einer Wartefrist von einigen Jahren. Doch die Zeit hatte er." Sie wandte sich ihrem Bildschirm zu und tippte auf der Tastatur. „Hier ist die Telefonnummer der Stelle zur Akteneinsicht in Berlin. Vielleicht kommen wir da auf dem kleinen Dienstweg an mehr Infos."

„Ich notiere die Nummer und versuche mein Glück. Es könnten auch ein paar ehemalige Bekannte von Richter gewesen sein, die ihm nach der Haft mehr dazu sagen wollten. Sieh bitte mal in der Zentraldatei nach, was wir über ihn ausgraben können."

Mehrwald wählte die Berliner Nummer, stellte sich vor und bat um Hilfe bei einer Aktensache. Er wurde zweimal weiterverbunden, endlich hatte er anscheinend die richtige Person am Hörer. Ob ein gewisser

Jürgen Richter dort verzeichnet sei als Interessent zur Einsicht in seine eigenen Akten? Es folgte ein kurzes Hin und Her mit der Frau am anderen Ende der Leitung zu Kompetenzen und Datenschutz. Schließlich versprach sie, ihm die Unterlagen zu faxen, sobald ihr in Berlin eine schriftliche Anfrage mit dem polizeilichen Briefkopf des Kommissariats in Aachen vorliegen würde.

Als die Information aus Berlin endlich eintraf, sprang Mehrwald zum Fax und las, dass ein gewisser Jürgen Richter, geboren am 13. Mai 1937, wohnhaft in Lübeck, Ratzeburger Allee 307, am 10. November 1993 einen schriftlichen Antrag auf Akteneinsicht in Berlin gestellt habe. Die Einsicht durch ihn wäre am Montag, dem 4. August 1997 erfolgt.

„Bingo!", rief er. „Das sollte reichen. Kälbchen, wir haben ihn, denke ich."

„Soll ich mich um den Haftbefehl kümmern?"

„Gemach, gemach, oder weißt du schon, wo er momentan steckt? Ich nicht."

Sie nickte. „Mein lieber Plastikkollege", sagte sie und streichelte liebevoll über den Monitor ihres PCs, „hat mir einiges verraten. Hier die Kurzform." Im Ausgabefach des Druckers erschien ein Blatt. Sie zog es heraus und las vor. *„Jürgen Richter, geboren in ...* und so weiter, *sechzig Jahre alt, ledig, Studium der Medizin an der Universität Rostock von sechsundfünfzig bis einundsechzig. Anschließend angestellt an verschiedenen Krankenhäusern in Mecklenburg-Vorpommern, zuletzt in Magdeburg."* Sie holte Luft. „Jetzt kommt's: *August dreiundachtzig Festnahme wegen versuchter Republikflucht am Grenzübergang Lauenburg in einem* präparierten Fluchtfahrzeug. Dann U-Haft in der Haftanstalt Hohenschönhausen Ost-Berlin, November dreiundachtzig Urteil auf sieben Jahre Haft, Entlassung nach dem Mauerfall als politischer Gefangener im November neunundachtzig. Seit März neunzig angestellt in der Notfallambulanz der Asklepios Klinik in Lübeck, zurzeit gemeldet in zwei-drei-fünf-sechs-zwei Lübeck, Ratzeburger Allee dreihundertsieben."

STADTTHEATER AACHEN, 6. SEPTEMBER 1997

Die erste Hälfte der Fortbildung hatte Jürgen Freitagabend trotz seines Fernbleibens am Mittwochnachmittag „erfolgreich" absolviert. Die Mitarbeiter des Instituts der Schweizer Firma *Hermann Marck* AG, die ihn eingeladen hatten, wurden nicht müde zu betonen, dass es gar kein Problem sei, wenn man zwischendurch „dringende Telefonate oder ähnliche Termine" zu erledigen habe. Schließlich seien sie als Teilnehmer ja in erster Linie immer noch Ärzte und hätten ihre Verpflichtungen den Patienten gegenüber. Wer wüsste das besser als ihre Firma? Hätte diese doch bereits seit 1932 nur das bessere und schnellere Genesen der Menschen mit Hüftoperationen in ihrem Fokus.

Postoperative Probleme und deren Behebung interessierten Jürgen im Normalfall. Nun aber kreisten seine Gedanken um ein anderes Thema.

Nachdem er den Golf am Mittwochabend bei der Mietwagenfirma abgegeben hatte, fehlte seine Konzentration im Seminar an den beiden folgenden Tagen vollkommen. Zunächst hatte er sich den Grundriss des Theaters auf einem Blatt skizziert, wie er ihn sich von seinem Rundgang mit Franz hatte merken können. Dann überdachte er wieder und wieder den Ablauf.

Die Waffe, mit der er sich ein paar Tage zuvor in einer abgelegenen Kiesgrube im Wald bei Lübeck vertraut gemacht hatte, steckte frisch geölt, geladen und gesichert in einer neutralen Plastiktüte. Die Seminarteilnehmer hatten glücklicherweise alle ein Einzelzimmer mit Bad erhalten, und so konnte Jürgen die Tüte im Kasten der Toilettenspülung deponieren.

Samstagmorgen erschien er kurz nach Öffnung der Bonner Filiale bei der Firma *Car Rent* und übernahm den VW wieder. Er stellte seine Sporttasche mit einem Satz neuer Kleidung, der Waffe, einer großen Mülltüte, einem Arbeitskittel und der Skizze auf den Beifahrersitz und fuhr los. Am Kölner Autobahnring geriet er in einen Stau. Bei Frechen war ein Pkw in eine Leitplanke gerast, und die Autobahn war kurzfristig nur einspurig befahrbar, wie WDR 2 ihm unterwegs meldete.

Er dankte seiner Planung, frühzeitig aufgebrochen zu sein, und parkte um kurz nach zwölf an der Theaterstraße in Aachen. Mittlerweile hatte sich der Himmel zugezogen, und es begann, leicht zu nieseln.

Von seinem Wagen aus konnte er die Rückseite des Theaters mit dem großen Tor bequem beobachten. Die kleine Tür darin war sein erstes Risiko. Wenn sie wider Erwarten versperrt wäre, hätte er ein ernstes Problem. Kurz nach zwei Uhr sah er, wie sich die Tür öffnete. Zwei Männer in blauen Overalls traten heraus und rauchten eine Zigarette.

Als sie wieder hineingingen, griff er in die Sporttasche neben sich und zog den grauen Kittel heraus, den er sich überstreifte. Einer Vorratspackung entnahm er zwei Paar Latexhandschuhe, sie verschwanden in seiner Hosentasche. Die Waffe mit dem angeschraubten

Schalldämpfer steckte er sich hinten unter den Gürtel seiner Jeans.

Mittlerweile waren dunkle Wolken aufgezogen. Erst nur ein paar Tropfen, dann öffneten sich im Himmel alle Schleusen. Es wurde dunkel, und auf dem Bürgersteig bildeten sich im Nu tiefe Pfützen. Jürgen stieg aus, verschloss rasch den Wagen und steckte den Autoschlüssel in die Kitteltasche. Er lief mit hochgestelltem Kragen über die Straße auf das Theater zu. Obwohl es nur gut zweihundert Meter entfernt war, kam er völlig durchnässt an der Tür an. Er atmete einmal durch, drückte die Klinke hinunter. Die Tür öffnete sich quietschend, und er glitt hinein.

Innen stand er direkt vor der Rampe, von der aus die Lkw beladen wurden, und zog sich mit Schwung hoch. Im Hintergrund hörte er, wie schwere Holzteile über den Boden geschoben wurden. Es war kein Mensch zu sehen. Er musste sich durch Kulissen, schwarze Samtvorhänge, Seile und Pappwände bis zur Tür orientieren, die auf den Gang zu den Garderoben führte. Plötzlich hörte er, wie sich Stimmen auf ihn zubewegten.

„... und ich habe ihm noch gesagt, dass das nicht gut gehen kann. Was macht der Idiot? Fährt trotzdem ohne Führerschein. Selbst schuld, Fahrzeugkontrolle an der Lütticher Straße, und er mittendrin ...“

Jürgen drückte sich in eine dunkle Seitengasse. Zwei Bühnenarbeiter trugen ein rotes Samtsofa an ihm vorbei, ohne ihn zu bemerken. Als sie weg waren, riskierte er einen Blick. Ein paar Biegungen, doch die grobe Richtung hatte er sich merken können. Und da war die Tür! Jetzt noch durch den Gang und in die Garderobe, danach konnte er sich erst einmal sicher fühlen.

Er drückte die schwere Metalltür auf und befand sich im Gang. Direkt vor ihm eine Putzfrau im Kittel, die gerade einen Staubsauger startete, um den blauen Teppichboden zu reinigen. Sie wandte ihm den Rücken zu, und als das Gerät aufheulte, nutzte Jürgen die Gelegenheit. Rechts die erste Tür war Franz' Garderobe. Die Tür war offen, und er trat ein – geschafft!

Jürgen atmete tief durch. So einfach hatte er es sich nicht vorgestellt. Er hatte sich bereits im Gespräch mit irgendwelchen Bühnenarbeitern gesehen, denen er seine Anwesenheit hinter den Kulissen hätte erklären müssen. Der Kelch war an ihm vorübergegangen.

Nun würde allerdings die Geduldsprobe für ihn beginnen. Er zog ein Paar Handschuhe aus der Tasche und streifte sie über. Fingerabdrücke sollten sie nicht finden.

Er sah auf die Uhr: zwanzig nach zwei. Es blieb viel Zeit, bis die Schauspieler zur Premiere eintreffen würden. Wann Franz käme, konnte er nur schätzen, er rechnete jedoch nicht vor sechs mit ihm. Trotzdem wollte er auf Nummer sicher gehen und möglichst alle Risiken vermeiden. Er öffnete die Badezimmertür, stellte sich in die Duschtasse und zog den bunt gemusterten, blickdichten Plastikvorhang hinter sich zu.

Von seinem Kittel tropfte es, der Regen hatte ihn völlig durchweicht. Die Minuten vergingen, und Jürgen konzentrierte sich auf die vor ihm liegende Aufgabe. Er malte sich das Gesicht von Franz aus, wie er in die Mündung der Pistole schaute. Bezahlen sollte er!

Plötzlich zuckte Jürgen zusammen. Die Garderobentür öffnete sich! So schnell hatte er nicht mit Franz gerechnet. Vorsichtig lugte er durch einen Spalt im

Vorhang und konnte erkennen, wie die Putzfrau in die Garderobe kam, den Staubsauger hinter sich herziehend. Jürgen hielt den Atem an. Sie suchte einen Stecker, um das Gerät anzuschließen. Neben dem Schminktisch fand sie einen und trat wieder auf den Schalter. Der Motor heulte auf, und die Frau versuchte, den Lärm mit einem Lied zu übertönen.

Jürgen beobachtete sie hinterm Vorhang und hoffte inständig, sie möge nicht auf die Idee verfallen, die Dusche zu reinigen. Allerdings sprachen dicke Kalkspuren auf den Armaturen und der Wanne dagegen.

Er sollte recht behalten. Als das Sauggeräusch erstarb, nahm die Frau einen Lappen und wischte flüchtig über den Schminktisch und den Spiegel an der Wand. Dann verließ sie den Raum samt Staubsauger und zog die Tür hinter sich zu.

Zwanzig vor drei. Er durchdachte erneut den Ablauf seines Vorhabens. Wichtig war, dass niemand den Schuss hörte. Jürgen hatte die Waffe bei seinen Versuchen mehrere Male zum Vergleich mit und ohne Dämpfer abgefeuert. Er war von dem Unterschied zwar begeistert, glaubte aber nicht, dass der Knall völlig unbemerkt bleiben würde. Wichtig war, danach möglichst schnell zu entkommen.

Na klar, das Fenster! Rasch schob er den Vorhang zur Seite und stieg aus der Dusche. Es war ein altes Fenster mit Einfachverglasung und einem Holzrahmen, der von der Witterung verzogen war, daher quietschte es beim Öffnen. Jürgen erschrak, doch nichts rührte sich. Der Regen prasselte nach wie vor.

Er schaute hinaus in den Innenhof und bemerkte zufrieden, dass direkt unter der Fensterbank ein Müllcontainer stand. So wird der Sprung leichter vonstattengehen, dachte er, lehnte das Fenster wieder an und kehrte zurück in sein Versteck.

Kurz vor drei. Noch konnte er den Plan abblasen, niemand würde etwas bemerken und sein Leben in ruhigen Bahnen weiterlaufen. Wollte er das? Nein! Er ließ die Bilder von Hohenschönhausen Revue passieren, von den Verhören, dem billigen Fraß, den sie ihm vorgesetzt hatten, den Befehlen, der Auslöschung jeglicher Persönlichkeit. All das über sechs Jahre hatten ihn verändert.

Er war nicht mehr derselbe, nachdem sie ihn freigelassen hatten. Und das hatte er nur einer einzigen Person zu verdanken, die ihm bald gegenüberstehen würde – Franz Wolf! Ein egoistischer Schauspieler, dem sein Emporkommen über alles ging. Auf dem Höhepunkt seines Ruhms, auf der höchsten Sprosse seiner Karriereleiter würde er ihn töten. Kein Wenn und Aber, Punkt!

Die Stunden zogen sich. Zwischenzeitlich hörte der Regen auf. Ab kurz vor sechs belebte sich der Gang draußen. Die ersten Schauspieler fanden sich in ihren Garderoben ein. Stimmengewirr drang zu Jürgen, und er merkte, dass er nervöser wurde. Er tastete nach der Waffe in seinem Gürtel. Langsam wurde es ernst.

Um kurz nach halb sieben öffnete sich plötzlich die Tür, Jürgen lugte durch den Spalt im Vorhang. Franz trat ein. Er hängte seine nassen Sachen auf einen Haken und spannte seinen Schirm auf, den er zum Trocknen auf den Boden stellte. Aus einer Tasche nahm er einen Klarsichtordner, legte ihn auf den Schminktisch am Spiegel und fing an, seinen Text zu deklamieren.

„Ich ließe mich wohl bewegen, wenn ich wäre wie ihr. Wenn ich bitten könnte, um andere zu bewegen. Aber ich bin fest wie der Polarstern, dessen unbewegbare, unveränderliche Beschaffenheit keiner seiner Gefährten am Firmament erreicht." Dabei zog er seine Kleidung aus und streifte sich eine Toga und Ledersandalen über.

Als er umgezogen war, wechselte er ins Bad und knipste das Licht an. Jürgen stockte der Atem. Daran hatte er nicht gedacht! Ob Franz ihn bei Licht durch den Vorhang sah?

Doch Franz blickte nur in den Spiegel, schien zufrieden mit sich selbst zu sein und pinkelte in die Toilette. Das Fenster ließ er offen stehen, obwohl es mittlerweile wieder zu regnen angefangen hatte.

Er setzte sich an den Schminktisch, schlug den Ordner auf und studierte seinen Text. Dabei öffnete er eine mitgebrachte Flasche Mineralwasser und goss sich ein Glas ein, das er zur Hälfte leerte.

Die Minuten zogen sich wie Kaugummi. Allmählich wurde die Geräuschkulisse auf dem Gang lauter. Nervöse Zwischenrufe und lautes Gemurmel deuteten auf den nahenden Beginn der Vorstellung hin. Der richtige Zeitpunkt schien gekommen.

Jürgen holte tief Luft, griff unter den Kittel, zog die Waffe aus dem Gürtel und war im Begriff, den Vorhang zur Seite zu schieben, als es an der Tür klopfte. Schnell nahm er die Hand zurück.

„Herein!", rief Franz.

Eine attraktive Frau mit roten Haaren, Pferdeschwanz und Pulli trat ein und schloss die Tür hinter sich. In der Hand hielt sie eine kleine Tasche.

„Iryna, mein Schatz. Komm rein, ich habe schon gewartet."

Franz erhob sich und ging auf sie zu. Anscheinend kannten sie sich näher, denn sie küssten sich lange. Danach setzte sich Franz wieder vor den Spiegel. Es war die Maskenbildnerin, erkannte Jürgen, als sie ihre Tasche öffnete und Franz' Gesicht mit einer Puderquaste abtönte.

Während Franz weitere Zeilen aus seinem Textbuch zitierte, schminkte die Frau ihn, traute sich jedoch augenscheinlich nicht, ihn zu unterbrechen. Nach zehn Minuten war sie fertig.

Er stand auf und umarmte sie. „Wir sehen uns nachher?"

„Ich denke schon", antwortete sie, hauchte ein „Toi, toi, toi" über die Schulter und verließ die Garderobe.

Der Lärm auf dem Gang hatte zugenommen. Jürgen schaute auf die Uhr. Zwanzig vor acht. Er brauchte drei Minuten ohne Störung, sonst wäre es zu spät!

Er nahm die Waffe aus dem Gürtel und entsicherte sie. Mit schneller Bewegung zog er den Vorhang zur Seite, stieg aus der Dusche und ging ins Zimmer. Rechts vor ihm saß Franz auf dem Stuhl. Jürgen konnte ihn förmlich denken sehen: Was macht der hier, wieso kommt der aus dem Bad? Bevor Franz auch nur in die Nähe einer Antwort kam, hob Jürgen die Waffe und zielte auf seinen Kopf.

Franz nahm in einem Reflex die Arme hoch und sah ihn mit Panik in den Augen an. „Jürgen, was ...?", stammelte er. „Ich kann doch ... Wieso ...? Hör auf damit, was soll das?"

„Hast du tatsächlich geglaubt davonzukommen?", begann Jürgen. „Deine Karriere im Westen gegen mein Leben im Knast? Und dazu sollte das wohl noch unentdeckt bleiben? Wie hast du das vor dir selbst verteidigt? Einen Freund an die Stasi zu verraten, nur um selbst den großen Star im Westen mimen zu können? Nein, mein Lieber, so haben wir nicht gewettet. Alles habe ich erfahren – *alles*! Und ich habe dir blind vertraut, dumm, wie ich damals war."

„J-Jürgen …", stotterte Franz und suchte offenbar nach Ausflüchten, „das war anders, das musst du mir glauben … Deine Flucht, die wäre sowieso entdeckt worden, mit den Methoden, die die damals hatten. Wir mussten alle sehen, wo wir blieben. Der Staat war eh im Arsch, das weißt du. Es war nur eine Frage der Zeit, wann alles zu Ende gegangen wäre. Das musst du verstehen!"

„Gar nichts muss ich! Du hast mich billigst an die Genossen verscherbelt, *das* verstehe ich! Und die Zeit in Hohenschönhausen? Jeden Tag habe ich mir gewünscht, denjenigen zu treffen, dem ich das zu verdanken hatte, das kannst du mir glauben!"

„Hör zu, du sollst das nicht umsonst gemacht haben! Da ist Geld, viel Geld für dich …"

Auf dem Gang wurde es plötzlich laut. Es klang, als würde ein Stapel Tabletts umgeworfen werden. Der letzte Satz hatte Jürgen gereicht. Jetzt wollte der ihm Geld für seinen Verrat bieten! Er hob die Makarow, zielte und schoss. Der Knall war laut, Jürgen zuckte zusammen. Franz sackte nach vorne und stieß mit dem Kopf auf den Tisch. Der hintere Teil seines Schädels fehlte.

Jürgen steckte schnell die Waffe weg, lief zurück ins Bad und blickte aus dem Fenster in den schummerigen Innenhof. Dann stieg er auf den Toilettendeckel und schwang sich mit einem Bein auf die Fensterbank. Mittlerweile war es draußen dunkel. Die schwache Beleuchtung zeigte ihm den Müllcontainer unter sich nur undeutlich. Als er nach unten sprang, löste sich der Deckel durch das Gewicht und fing an sich zu drehen.

Jürgen verlor das Gleichgewicht. Es gab einen lauten Knall, während er auf dem Deckel nach unten rutschte. Dabei blieb er mit der Tasche seines Kittels an irgendetwas hängen. Er fiel weiter auf den nassen Betonboden des Hofs. Den heftigen Schmerz in seinem linken Knie ignorierte er. Nur weg hier! Er rappelte sich auf und rannte zum Tor. Im Augenwinkel sah er einen Scheinwerfer hinter sich aufleuchten.

Auf der Straße vor dem Theater kamen ihm die letzten Premierengäste entgegengeeilt. Er humpelte Richtung Auto, zog die Handschuhe aus und griff in die Kitteltasche. Sie war halb abgerissen. Er erschrak, als er beim ersten Hineingreifen keinen Schlüssel ertastete. Hatte er ihn in die andere Tasche gesteckt? Auch dort war er nicht zu finden. Erneut griff er in die abgerissene Seite und fand ihn ohne den Anhänger der Mietwagenfirma unten in einer Stofffalte.

„Mist!", zischte er. Sollte er zurück und das fehlende Teil suchen? Es musste irgendwo am Container liegen. Allerdings war der Innenhof jetzt taghell. Nein, dachte er, nachher ist der noch in den Container gefallen, und da finde ich auf die Schnelle gar nichts.

Jürgen setzte sich in den Golf und fuhr los. Auf dem ersten Autobahnparkplatz der A4 in Richtung Köln hielt er an. Es war dunkel, sein Wagen war der einzige dort. Aus der Sporttasche nahm er die Mülltüte, zog sich komplett aus, stopfte alles hinein, warf die Wechselkleidung über und setzte die Fahrt fort.

In Bonn bog er von der Autobahn ab und suchte nach einem Altkleidercontainer, in den er die zugeknotete Mülltüte warf. Er erreichte den Rhein an der Beethovenhalle, parkte unter einer Autobahnbrücke und ging, etwas steif, zum Ufer. Sein linkes Knie schmerzte vom Sturz. Es war stockdunkel, kein Mensch zu sehen. Aus einer Plastiktüte holte er die Makarow hervor und schraubte den Schalldämpfer ab. Dann warf er die Pistole mit kräftigem Schwung weit rheinaufwärts in den Fluss und den Schalldämpfer flussabwärts.

Den Golf stellte er im Parkhaus der Konzerthalle ab, nahm den Aufzug ins Foyer hoch und suchte den Veranstaltungsraum der Firma *Hermann Marck* AG. Er mischte sich unter die Seminargäste, die dort im Rahmenprogramm ein Kammerkonzert verfolgt hatten und gerade begeistert aus dem Eingang strömten.

An der Bar im Vorraum standen volle Sektgläser für das Publikum bereit, er nahm sich eines, setzte sich in einen der Loungesessel und trank es in einem Zug aus.

KRIMINALKOMMISSARIAT 11, POLIZEIPRÄSIDIUM AACHEN, 9. SEPTEMBER 1997

Die Quiche hatte Mehrwald kalt fast genauso gut geschmeckt wie frisch aus dem Ofen. Zufrieden und satt setzte er nach der Mittagspause seine Recherchen fort.

Kälbchen war kurz vor Mittag aus der Fahrbereitschaft angerufen worden, sie möchte mal bitte dort vorbeischauen. Seitdem hatte Mehrwald sie nicht mehr gesehen, wartete aber auf sie, da er die anstehenden Formalitäten wie Haftbefehl und die Bitte um Amtshilfe von den Kollegen in Lübeck in ihre Hände legen wollte.

Er wählte die Nummer der Asklepios Klinik in Lübeck und ließ sich mit der Verwaltung verbinden. Mehrwald nannte als Grund seines Anrufs Richters notwendige Anwesenheit bei einer Aussage und fragte nach seinen Dienstplänen. Die Dame am anderen Ende der Leitung brauchte etwas, bis sie wieder am Apparat war.

„Herr Richter ist momentan beurlaubt. Er ist bis einschließlich morgen, Mittwoch, auf einer Fortbildung in Bonn.“

Mehrwald stutzte. „Seit wann ist er beurlaubt?“

„Der Doktor hatte am Dienstag vergangener Woche seinen letzten Arbeitstag, wir erwarten ihn Donnerstagmorgen zurück. Darf ich ihm etwas ausrichten?“

Mehrwald verneinte, ließ sich die Adresse des Instituts geben und verkniff sich den Satz, dass sie Jürgen Richter sehr lange dort nicht mehr sehen werde.

Als er auflegte, stürmte eine begeisterte Eleonore Kalb ins Büro.

Sie strahlte. „Ich denke, ich schulde dir was. Hast du mit Berners gesprochen?“

„Ich weiß nicht, wovon du redest“, erwiderte Mehrwald und versuchte, ein Lachen zu verbergen.

„Oh, du wärst ein schlechter Lügner im Verhör. Trotzdem sage ich schon mal herzlichen Dank, auch wenn du natürlich gar nichts dafürkannst.“

„Nun ja, es kann natürlich sein, dass ich unbewusst die ein oder andere Bemerkung fallen gelassen habe, dass die Busse in Aachen nicht zu den pünktlichsten gehören und ich es mir nicht erlauben kann, dass du deswegen laufend zu spät zum Dienst erscheinst ...“

„*Ich*? Ich war nicht ein einziges Mal ...“, entrüstete sich Kälbchen. Dann verstand sie. „Ach so, na prima, dann hat es auf jeden Fall gewirkt“, meinte sie und hielt ihm stolz einen Autoschlüssel entgegen. „Da unten steht er, mein Neuer!“ Sie zeigte auf den Parkplatz vor dem Gebäude.

Mehrwald erhob sich und trat ans Fenster.

Ein Audi Cabriolet in Blaumetallic parkte dort. Nicht das allerneueste Modell, offensichtlich frisch gewaschen glänzte es allerdings vor sich hin.

Mehrwald setzte einen bewundernden Gesichtsaus-
ruck auf. „Nicht schlecht, Herr Specht! Wo hat Berners
den denn her?“

„Angeblich wurde er bei einem Drogenschmuggel an
der Grenze in Lichtenbusch beschlagnahmt. Der Eigentümer kann sich leider selbst in den nächsten drei Jahren und sechs Monaten nicht darum kümmern.“

„Sehr bedauerlich, du aber auch noch nicht – hier ist
eine Liste der Dinge, die jetzt Priorität haben.“

BONN, 7. SEPTEMBER 1997

Jürgen war eine Stunde bei seinen Seminarkollegen in der Beethovenhalle geblieben und hatte viele in Gespräche verwickelt. Anschließend konnte er sich sicher sein, dass man ihm die Anwesenheit bei der Veranstaltung bezeugen würde.

Um halb elf verließ er die Gruppe mit der Begründung, starke Kopfschmerzen zu haben, setzte sich ins Auto und fuhr zu einer Tankstelle, um vollzutanken. Die Mietwagenfirma war in der Nähe seines Hotels. Er stellte den VW auf dem *Car-Rent*-Parkplatz ab, warf den Schlüssel in den Nachtbriefkasten und genoss es, ein paar Schritte durch die kühle Nacht zu Fuß zu gehen, da sich sein Knie mittlerweile erholt hatte.

Im Hotel legte er sich sofort ins Bett und schlief innerhalb von Minuten wie ein Stein.

Sonntagmorgen schaute er sich im Bett die Nachrichten an. Der Tod von Franz Wolf war das Topthema. Die Privatsender hatten zwar noch keinen einzigen Hinweis, schossen sich jedoch auf Eifersucht als Motiv für seine Ermordung ein, da der „international bekannte Schauspieler aufgrund seiner Beliebtheit, besonders in der Damenwelt, sicher viele Scherben während seines illustren Lebens hinterlassen hat".

Spontan wurde ein Franz-Wolf-Abend bei RTL ausgerufen. Der Sender würde zwei seiner frühen Fernsehauftritte, ein Gastspiel in der *Lindenstraße* und seine

Teilnahme an einer Talkshow sowie die Aufzeichnung eines Stücks aus dem Münchener Schauspielhaus von 1992 ausstrahlen.

Jürgen war beruhigt. Solange die Polizei in diese Richtung ermittelte, hatte sie lange zu tun. Eine direkte Verbindung zwischen Franz und ihm gab es nicht, zumindest in erster Annäherung. Ob man in Aachen auf das Thema „Stasi" stoßen würde, bezweifelte er. Warum sollten sie in dieser Ecke graben? Vor diesem Hintergrund war es für Jürgen vorteilhaft, dass die Verbindung zu Franz in den letzten vierzehn Jahren nicht existiert hatte. Von Jürgen würde kein Kommissar auch nur eine Spur in privaten Unterlagen finden, davon war er überzeugt. Da hatte Franz bestimmt gut aufgeräumt.

Der Sonntag stand den Seminarteilnehmern zur freien Verfügung, und Jürgen nutzte den Tag bei schönem Wetter zu einem langen Spaziergang in den Bonner Rheinauen.

Noch Montag und Dienstag, dann würden alle Mittwoch nach dem Mittagessen verabschiedet werden. Sein Zug ging um zehn vor drei, abends wäre er zu Hause. Die tägliche Routine konnte ab Donnerstag wieder beginnen, und ein wichtiges Kapitel in Jürgens Leben wäre endgültig abgeschlossen.

KRIMINALKOMMISSARIAT 11, POLIZEIPRÄSIDIUM AACHEN, 10. SEPTEMBER 1997

Gerade hörte sich die Seminargruppe die ausschweifenden Erfolgsgeschichten eines neuen, bahnbrechenden „Entzündungshemmers als Begleitmedikation in postoperativen Genesungsphasen" an. Keiner der Teilnehmer war nach diesen Tagen mehr richtig bei der Sache. Alle freuten sich auf das abschließende Mittagessen und die Heimfahrt.

Um halb elf war dieser Kriminalhauptkommissar und seine Partnerin mit den anderen zwei Beamten in Uniform erschienen. Sie hatten ihn unter den interessierten Blicken der Zuhörer aus dem Konferenzsaal des Instituts geführt.

„Jürgen Richter, ich verhafte Sie wegen des dringenden Tatverdachts der Ermordung von Franz Wolf. Sie haben das Recht zu schweigen. Alles, was Sie sagen, kann und wird vor Gericht gegen Sie verwendet werden. Sie haben das Recht, zu jeder Vernehmung einen Verteidiger hinzuzuziehen. Wenn Sie sich keinen Verteidiger leisten können, wird Ihnen einer gestellt. Haben Sie das verstanden?"

Jürgen war wie vor den Kopf gestoßen. Wie hatte das passieren können? Was hatten die so schnell herausgefunden? Was hatte er übersehen?

„Das ist doch … Sie müssen sich irren, *den* Franz Wolf aus dem Fernsehen? Ich habe … Ich war hier!" Er stammelte Halbsätze und wurde in Handschellen abgeführt.

Während der Fahrt nach Aachen hatte er anderthalb Stunden Zeit, sich auf das Verhör vorzubereiten. Zunächst fiel er emotional in ein tiefes Loch. Am Morgen noch hatte er zufrieden die Nachrichten verfolgt. Keine Presseverlautbarung im Fall Wolf, nur Spekulationen der Medien. So hätte es bleiben können. Er hatte sich sicher gefühlt.

Und dann das. Von jetzt auf gleich stand er unter Mordverdacht. Jürgen versuchte, die Lage zu durchschauen. Was konnte die Polizei wissen? Seine Gedanken überschlugen sich. Sie hatten eventuell seine Stasiakte. Fingerabdrücke am Tatort gab es nicht. Ob sie den Schlüsselanhänger hatten zuordnen können? Hatte ihn jemand im Theater gesehen? Die Putzfrau? Nein, wie hätten sie dann so schnell auf ihn kommen können? Ob es in Franz' Unterlagen irgendeinen Hinweis auf ihn gegeben hatte? Er musste es abwarten.

Als sie in den Hof des Aachener Präsidiums fuhren, nahmen in zwei Uniformierte in Empfang und führten ihn in den dritten Stock. Immerhin nicht in diese dunkle, kalte Betonhöhle im Keller von Hohenschönhausen, dachte Jürgen und war trotz der Situation erleichtert.

Das Verhörzimmer war klein mit einem Resopaltisch und drei Stühlen in der Mitte des Raums. Auf dem Tisch ein Mikrofon, daran angeschlossen ein Rekorder zum Mitschneiden. Die Beamten hatten ihn sich setzen lassen, jetzt stand einer in der Ecke und bewachte ihn. Nach zwei Minuten erschienen der Kriminal-hauptkommissar und seine Partnerin. Sie nahmen ihm gegenüber Platz.

„Herr Richter, wir werden dieses Verhör aufzeichnen", begann der Kommissar.

Das klang nicht nach einer Frage, dachte Jürgen. Er nickte.

Die junge Frau drückte zwei Tasten am Gerät, und eine Kassette begann sich zu drehen.

„Vernehmung des Verdächtigen Jürgen Richter in der Mordsache Franz Wolf", spulte der Kripobeamte die Formalitäten ab. „Neben Herrn Richter sind anwesend Kriminaloberkommissarin Kalb und Kriminalhauptkommissar Mehrwald. Wir haben Mittwoch, den zehnten September neunzehnhundertsiebenundneunzig", er sah auf die Uhr hinter Jürgen an der Wand, „zwölf Uhr fünfzehn."

Nachdem der Kriminalhauptkommissar ihn fürs Protokoll gefragt hatte, ob man ihn über seine Rechte belehrt habe, bejahte Jürgen. Ob er einen Anwalt hinzuziehen wolle? Er verneinte.

„Sie sind Jürgen Richter, geboren am dreizehnten Mai neunzehnhundertsiebenunddreißig, zurzeit wohnhaft in Lübeck, Ratzeburger Allee dreihundertsieben, ledig, keine Kinder. Sie sind Arzt und in der Asklepios Klinik in Lübeck beschäftigt. Ist das richtig?"

„Ja."

„Herr Richter, Sie werden heute vernommen als Hauptverdächtiger im Fall der Ermordung des Franz Wolf am Samstag, dem sechsten September neunzehnhundertsiebenundneunzig in Aachen. Möchten Sie sich zur Sache äußern?“

„Ich würde gerne wissen, warum ich verdächtig bin, das ist alles haltlos“, antwortete Jürgen.

„Herr Richter, damit wir uns richtig verstehen, die Fragen stellen *wir*! Sie antworten bitte nur. Also fangen wir noch einmal von vorne an. Sie kannten Franz Wolf?“ Langsam gewann die Befragung an Schärfe. Sein Gegenüber hatte offenbar keine Lust auf überflüssige Kommunikation.

„Ja natürlich, wer kannte ihn nicht!“

„Sie wissen, was ich meine, Sie kannten Franz Wolf auch persönlich, nicht wahr?“

„Ich kannte ihn. Es ist allerdings schon lange her, dass wir Kontakt hatten. Das war vor der Wende, um dreiundachtzig. Wir wohnten beide in Magdeburg, er war mein Patient.“

„Kontakt neunzehnhundertdreiundachtzig, soso, und dann wieder am Samstag im Theater?“

„Ich weiß nicht, was Sie meinen. Zuletzt habe ich ihn, wie gesagt, dreiundachtzig gesehen.“ Jürgen versuchte es einfach. Wer wusste, was sie überhaupt gegen ihn in der Hand hatten?

Oberkommissarin Kalb schaltete sich ein. „Herr Richter, verraten Sie uns doch, wo Sie am Abend des letzten Samstags zwischen neunzehn und zwanzig Uhr waren.“

„Die *Hermann Marck* AG hatte im Rahmen der Fortbildung am Samstagabend zu einem Konzert in die Beethovenhalle geladen“, gab Jürgen selbstsicher zurück. „Da saß ich ab acht Uhr – mit ungefähr dreißig

Kollegen, die das bezeugen werden. Vorher war ich auf meinem Hotelzimmer, allerdings allein."

Die junge Frau stockte. Ihr Partner kam ihr zu Hilfe.

Er schlug den Deckel der blauen Akte auf, die vor ihm auf dem Tisch lag, und las vor. *„Firma Car Rent, Filiale Bonn, der schwarze VW Golf mit dem Kennzeichen BN LA sieben-drei-neun wurde von Herrn Jürgen Richter am Morgen des sechsten Septembers um kurz nach neun Uhr in Empfang genommen. Die Rückgabe des Wagens erfolgte irgendwann nach Geschäftsschluss der Filiale, Klammer auf, zwanzig Uhr, Klammer zu, Punkt. Der Schlüssel befand sich am Montagmorgen im Nachtbriefkasten. Der Wagen hat in dieser Zeit hundertsechsundneunzig Kilometer zurückgelegt.“* Er hielt inne. „Ich brauche Ihnen nicht zu sagen, dass dies ziemlich genau der Entfernung von der Bonner Filiale zum Stadttheater Aachen und zurück entspricht.“ Er wartete, was Jürgen darauf antworten würde.

„Das stimmt. Den Wagen habe ich gemietet. Ich bin am besagten Samstag nur etwas durch die Gegend gefahren. Immerhin komme ich aus Lübeck beziehungsweise aus Magdeburg, und das Rheinland kannte ich nicht. Das wollte ich mir nicht entgehen lassen.“ Triumphierend lehnte er sich zurück. Und er setzte noch einen drauf. „Aber es hat sich gelohnt, Sie haben es wirklich schön hier!“

Die Kommissare schwiegen.

„Hören Sie“, fuhr Jürgen daher fort, „ich hätte überhaupt keinen Grund gehabt, Herrn Wolf zu töten – warum auch? Wir waren in Magdeburg befreundet, sind sogar zusammen auf die Jagd gegangen. Warum hätte ich ihn nach so langer Zeit umbringen sollen?“

„Das will ich Ihnen verraten." Der Kommissar blätterte erneut in der Akte. „Wir sehen da mindestens zwei Gründe: Sie erinnern sich sicher an", er suchte ein Datenblatt, „Montag, den vierten August. An dem Tag saßen Sie im Amt des Bundesbeauftragten in Berlin und haben sich die Akten angesehen, die vom Staatssicherheitsdienst über Sie angefertigt wurden."

Jürgen schnürte es die Kehle zu. „Das haben Hunderttausende von DDR-Bürgern mittlerweile auch gemacht. Was ist daran verwerflich?"

„Nichts", entgegnete der Kriminalhauptkommissar. „Nur das Ergebnis der Einsichtnahme wird Sie nicht erfreut haben. Sie haben entdeckt, dass Ihr ehemaliger Freund Franz Wolf Sie bei Ihrem Fluchtversuch dreiundachtzig an die Stasi verraten hat."

Jürgen schluckte.

„Fast sieben Jahre Haft in Hohenschönhausen hatten Sie Ihrem Freund zu verdanken. Da geht so manches freundschaftliche Gefühl den Bach runter, nicht wahr? Hat das nicht gereicht?"

„Ich habe nach der Wende wieder gut Fuß gefasst", erwiderte Jürgen hilflos. „Meinen Sie, ich wollte mir durch einen Mord mein Leben ein zweites Mal von ihm versauen lassen? So viel war er mir nicht wert!"

„Apropos wert, mir kommen langsam Zweifel, ob Sie nicht doch von dem Testament wussten."

„Testament?" Jürgen war völlig ratlos. „Was für ein Testament?"

Der Kommissar zog mehrere Seiten aus der Akte und reichte sie Jürgen.

Als er den Brief überflogen hatte, stockte ihm der Atem. „Aber ... wie geht denn ...? Das wusste ich nicht!"

Jürgen las den Brief zu Ende und kämpfte mit den Tränen. Franz entschuldigte sich tatsächlich bei ihm, seinem Mörder, und hinterließ ihm ein stattliches Vermögen. Wie verrückt das Leben spielen konnte! Nicht dass es ihm leidtat, gerührt war er trotzdem.

Sie ließen Jürgen Zeit zu lesen, währenddessen er wieder Selbstbewusstsein aufbaute. Noch hatten sie ihn nicht. Bisher waren es nur Vermutungen!

„Nun gut." Jürgen fasste sich wieder. „Das sind zwar alles Gründe, wie Sie zumindest meinen. Aber erstens wusste ich nichts von dem Testament, was Sie mir nicht glauben wollen, und zweitens gibt es irgendeinen Beweis, dass ich es getan habe? Ich sehe keinen. Daher ist es sinnvoll, dass ich einen Anwalt anrufe."

„Das dürfen Sie jederzeit", entgegnete der Kommissar, „wenn Sie mir eine Minute geben."

Jürgen verschränkte die Arme vor der Brust. „Bitte."

„Wissen Sie", konterte der Kommissar, „als wir beide jung gewesen sind, gab es einen Qualitätsbegriff für Produkte aus Deutschland, selbst wenn Sie einen Großteil Ihres Lebens in der DDR verbracht haben. ‚Made in Germany'."

Jürgen wusste nicht, was er von dieser Einleitung halten sollte, und nickte abwartend.

„Mit den Jahren kamen die Asiaten auf den europäischen Markt und übernahmen in vielen Bereichen die Massenproduktion mit einer Qualität, die nicht immer zur Zufriedenheit aller deutschen Abnehmer war", fuhr der Kommissar fort. „So auch in einem speziellen Fall." Er blätterte in der Akte ein paar Seiten weiter, bis er zu einer eingehefteten Plastikhülle gelangte. Er griff hinein, zog den abgerissenen Schlüsselanhänger hervor und warf ihn vor Jürgen auf den Tisch.

Jürgen erstarrte, als er das blaue Metallteil mit dem abgerissenen Stückchen Leder sah, und schwieg.

„Glücklicherweise konnte sich ein Mitarbeiter der Filiale in Bonn erinnern, dass der Schlüssel nicht vollständig eingeworfen wurde. Dieses Teil fehlte. Und Sie dürfen raten, wo wir es gefunden haben."

Die Kommissarin legte das Foto von dem abgerissenen Teil vor dem Müllcontainer auf den Tisch. „Dort, unter dem Badezimmerfenster von Franz Wolfs Garderobe."

Jürgen merkte, wie seine Fassade mit einem Mal bröckelte. Der Brief von Franz mit der Entschuldigung, das Testament, mit dem er nicht gerechnet hatte, und nun der Anhänger als eindeutiger Beweis gegen ihn. Das war zu viel für ihn. Er senkte den Kopf und wusste nicht mehr weiter. Sie hatten ihn, seine Kalkulationen waren ins Leere gelaufen. Er beugte sich über den Tisch und vergrub den Kopf in den Händen.

„Herr Richter, ich denke, wir haben genug gehört. Wenn Sie sich zu einem Geständnis durchringen können, wäre das für den Ausgang Ihres Prozesses vorteilhaft."

Jürgen blickte beide an. Er brauchte eine kurze Pause. Dann nickte er und begann zu erzählen.

AACHEN, 10. SEPTEMBER 1997

Kälbchen saß an ihrem Schreibtisch und räumte den Fall zu den Akten. Da war jetzt erst einmal nichts mehr zu tun. Mehrwald hatte sich in den Feierabend verabschiedet. Er müsse zu Hause mal wieder Ordnung machen.

„Vielleicht, weil du Besuch erwartest?", hatte Kälbchen lachend erwidert.

„Wer weiß, was einen in diesen unruhigen Zeiten in den nächsten Stunden erwartet?", hatte er erwidert und war verschwunden.

Sie zog einen Zettel aus der Tasche ihres Hosenanzugs und griff zum Telefon. Sollte sie wirklich? Ach was, warum nicht, einen Versuch war es wert. Sie wählte und wartete.

„Fuhrmann", drang eine Stimme aus dem Hörer.

„Hier spricht die Polizei", erwiderte Kälbchen. „Ich muss Sie leider noch mal zu einer Befragung bitten. Es sind Fragen offengeblieben!"

„Oh, das ist aber schön!" Sie konnte förmlich hören, wie er am anderen Ende anfing zu grinsen. „Wo soll das Verhör denn stattfinden?"

„Vielleicht heute Abend um acht im Elysée-Palast? In der Pause von *Die Brücken am Fluss*?"

„Sehr gerne", meinte er, „und sollte das nicht reichen, gibt es danach ausreichend Kneipen am Dom, um die Befragung fortzusetzen. Obwohl Verhöre unter Drogen ja nicht anerkannt werden, habe ich im *Tatort* mal gelernt."

„Wir werden sehen ... Wo darf ich den Verdächtigen einsammeln?"

„Roermonderstraße sechzehn. Ich steh um halb acht unten."

Sie legte auf und schaute auf die Uhr: kurz nach fünf. Dann nahm sie den Autoschlüssel und erhob sich. Das sollte reichen, um eine Kriminaloberkommissarin in eine passende Begleitung für einen blonden, gut aussehenden Langzeitstudenten zu verwandeln.

„Die ßutaten 'abe isch immer da. Und das 'uhn fange isch frisch", meinte Dr. Henriette Morel.

Sie einigten sich auf acht Uhr bei Mehrwald zu Hause.

„Aber nur, wenn ich dann für den Wein zuständig bin", machte er zur Bedingung.

Am anderen Ende der Leitung zögerte Henriette. „Wenn es richtiger Wein wird, *oui, peut-être*, abär nischt die 'ellenische Brühe, gutt?"

Er versprach es.

Nun standen sie in seiner Küche an der Marmorarbeitsplatte, sie in seiner Schürze mit *Hier kocht der Chef noch selbst* als Aufdruck, er in Jeans und Oberhemd. Draußen wurde es dunkel, und eine CD spielte Chansons von Juliette Gréco im Hintergrund. Das Hühnchen schmorte im Bräter in der Röhre. Mehrwald öffnete eine Flasche von dem '95er Bardolino, den ihm der Weinhändler seines Vertrauens im Frankenberger Viertel empfohlen hatte. Henriette war nach einem Blick auf das Etikett erleichtert und hatte sogar gebilligt, dass es kein Franzose war.

Mehrwald hatte ihr das Ende des Falls erzählt.

Als sie miteinander anstießen, sinnierte Henriette laut. „Wenn isch einmal ein Testament mache, isch sage allen Bescheid, die es betrifft. Nischt, dass misch noch der Falsche umbringt."

Dann nahmen sie einen tiefen Zug.

DANKSAGUNG

Was wäre dieses Buch geworden ohne die vielen Anstöße von außen? Auf jeden Fall kein Buch. Daher danke ich zunächst mal allen, die mich ermutigt haben, „doch mal was Richtiges zu schreiben". Ob es denn was Richtiges ist, muss noch bewertet werden. Aber immerhin ist es schon mal ein Buch.

Die Pressestelle der Aachener Polizei mit den dort tätigen Damen war mir eine große Hilfe nach Telefonaten über Fragen zu Polizei-Instanzen und Abläufen vor Ort.

Eine sehr interessante Führung durch das Stadttheater Aachen erlebte ich durch seinen ehemaligen Dramaturgen Lukas Popovic. Durch ihn erhielt ich vom Dach bis in den Keller Einblicke in Technik und Funktionen, die mir viele Ideen brachten.

Michael Frey-Dodillet, als Autor schon ein „alter Hase", gab mir den wertvollen Rat, mich über eine Literaturagentur betreuen zu lassen.

Die Agentur Ashera mit der lieben Alisha Bionda meinte daraufhin, mich als „Newcomer" nur aufgrund einer Leseprobe vermitteln zu wollen. Wir werden sehen, was sie davon hat. Und: ja, Alisha, ab jetzt verspreche ich mehr Geduld.

Meine Tochter Laura zeigte auch bei Papas fünfundzwanzigstem Entwurf von Textstellen keine Schwäche bei der Korrektur im Kleinen und half mir, den Blick für die zeitliche Ordnung des Ganzen nicht aus den Augen zu verlieren.

Meine Partnerin Ella rückte manche schiefe Passage im Buch wieder gerade, half mir in einer Art betreutem Schreiben mit fürchterlich leckeren Gerichten und brachte mit dem Schlüsselanhänger noch den richtigen Dreh.

Kein Buch ohne Text. Nadine Buranaseda sorgte als Lektorin abschließend für die Beseitigung sämtlicher verbaler Schlaglöcher und sonstiger Ungereimtheiten.

Der dp Verlag sprang mit mir ins kalte Wasser und half mir in Gestalt von Alexandra Fölker und Yasmin Lehmann professionell weiter bis zum fertigen Buch.

Diesen Helfern und allen anderen, speziell den Vergessenen, einen herzlichen Dank!